POIS
NUNCA
VAMOS
NOS
ENCONTRAR

Leah Thomas

POIS NUNCA VAMOS NOS ENCONTRAR

TRADUÇÃO
Ivar Panazzolo

ns
São Paulo, 2021

Pois nunca vamos nos encontrar
Because You'll Never Meet Me
Copyright © 2015 Leah Thomas
Copyright © 2021 by Novo Século Editora Ltda.

EDITOR: Luiz Vasconcelos
COORDENAÇÃO EDITORIAL: Nair Ferraz
TRADUÇÃO: Ivar Panazzolo
CAPA ORIGINAL: Amanda Bartlett
ADAPTAÇÃO DE CAPA: Dimitry Uziel
PREPARAÇÃO: Tássia Carvalho
REVISÃO: Alessandra Miranda de Sá • Livia First

Texto de acordo com as normas do Novo Acordo Ortográfico da Língua Portuguesa (1990), em vigor desde 1º de janeiro de 2009.

Dados Internacionais de Catalogação na Publicação (CIP)
Angélica Ilacqua CRB-8/7057

Thomas, Leah
Pois nunca vamos nos encontrar;
Leah Thomas; [tradução de Ivar Panazzolo].
Barueri, SP: Novo Século Editora, 2021.

Título original: *Because You'll Never Meet Me*

1. Ficção norte-americana I. Título.

16-1098   CDD-813.3

Índice para catálogo sistemático:
1. Ficção norte-americana   813

 Alameda Araguaia, 2190 – Bloco A – 11º andar – Conjunto 1111
CEP 06455-000 – Alphaville Industrial, Barueri – SP – Brasil
Tel.: (11) 3699-7107 | Fax: (11) 3699-7323
www.gruponovoseculo.com.br | atendimento@gruponovoseculo.com.br

Para a minha irmã, e por todas as coisas que
nos tornam o que somos.

Capítulo 1

O RAIO LASER

Caro Amigo Eremita,

Meu nome é Oliver, mas a maioria das pessoas que me conhece acaba me chamando de Ollie. Entretanto, acho que você não vai precisar fazer isso, porque provavelmente nunca vai me conhecer.

Nunca vou poder viajar para onde quer que você esteja, porque uma grande parte do que faz de mim um eremita é o fato de que sou mortalmente alérgico a eletricidade. Isso, na verdade, é bem incapacitante, mas... bem, todos têm problemas, não é?

Acho uma pena você nunca poder me conhecer, porque não sou tão chato assim. Para começo de conversa, sou capaz de fazer malabarismos com garfos sem qualquer dificuldade. Também sou bom na arte da caligrafia de kanjis e consigo entalhar pedaços de madeira de pinheiro para transformá-los em qualquer coisa – bem, qualquer coisa feita de madeira de pinheiro. O Dr. Bigode-Ruivo (juro que esse é o nome verdadeiro dele) ficou impressionado com minha habilidade de listar cada osso do corpo humano, desde a falange distal do meu dedo do pé mais feio até o osso frontal localizado logo acima dos meus olhos. Já li mais livros do que o número de cabelos que tenho na cabeça, e faltam poucos meses para eu dominar completamente o glockenspiel (caso você não saiba, o glockenspiel é como o irmão metálico e mais legal do xilofone). Sei o que você está pensando, mas se surpreenderia ao perceber o quanto morar sozinho no meio de uma floresta pode despertar o interesse de uma pessoa pelas maravilhas do som do glockenspiel.

Todavia, além de tudo isso, o mais interessante a meu respeito é o fato de que estou sofrendo por amor.

Não me refiro a toda aquela besteirada poética de sentir o desejo incontrolável de registrar o nome de uma garota em cadernos, tampos de escrivaninha e árvores. Também não falo de serenatas ao luar, porque até mesmo meu gato asmático sabe cantar melhor do que eu.

Estou dizendo que, se quisesse ficar perto dessa garota – Liz, seu nome é Liz – em circunstâncias normais, eu poderia morrer. Se algum dia quisesse levá-la a um... sei lá, a um *fliperama* (não é assim que vocês chamam aqueles lugares místicos cheios de jogos eletrônicos de uma parede à outra?), no momento em que eu entrasse em um lugar desses, cheio de bipes, luzes de neon e simuladores de corrida, cairia no chão e começaria a ter convulsões horríveis. E talvez, se batesse a cabeça em algum lugar, não chegasse a acordar para ver o dia seguinte.

Não acho que isso seja o que a maioria das pessoas diz quando está sofrendo por amor, Amigo Eremita.

Se eu levasse essa garota ao cinema (e eu adoraria fazer isso. Como é um cinema?), o zunido do projetor atrás de nós faria as minhas pálpebras estremecerem incontrolavelmente. O toque estridente dos telefones nos bolsos das pessoas me daria a sensação de picadores de gelo verdes sendo enfiados em minhas têmporas, e as luzes fracas no alto da sala queimariam em branco e dourado minhas retinas. Talvez eu acabasse até engolindo a língua.

Li em algum lugar, entretanto, que as pessoas que sofrem ataques epiléticos não são capazes de realmente engolir a língua. Mesmo assim, elas a *mordem*. Certa vez, depois de uma crise forte de convulsões, mordi e arranquei um pedaço da minha, e Bigode-Ruivo precisou dar, tipo, uns sete pontos em cima e cinco embaixo para ela voltar a ficar boa. Por mais de duas semanas andei pela nossa casa dizendo coisas como "O gue agontefeu?" e "Fim, por fafor" enquanto minha mãe se limitava a me olhar com uma expressão exasperada.

Minha mãe sempre está exasperada. O rosto dela se encontra bastante marcado por linhas de expressão, especialmente ao redor dos olhos, até mesmo quando ela sorri. De maneira geral, acho que é minha culpa. Não falo nada a respeito porque acho que ela ficaria irritada por eu ter percebido e poderia acabar se trancando na garagem de novo por um dia ou dois, ou até mais tempo desta vez.

Minha mãe é uma pessoa maravilhosa, mas ela e eu tivemos uns dias bem ruins ultimamente. Dias nos quais nenhum de nós consegue apreciar o sol do inverno. Ela está me observando enquanto escrevo esta carta à luz de velas e provavelmente se pergunta se você será capaz de lê-la. Minha mãe diz que tenho a letra de um médico bêbado. Certa vez, perguntei ao Dr. Bigode-Ruivo se ele consideraria a ideia de beber *moonshine* (não é isso que as pessoas geralmente bebem quando estão no meio do mato?) e depois escrever um soneto para que eu comparasse nossas caligrafias, mas ele apenas soltou uma risadinha por trás do cavanhaque e me deu um tapinha amistoso no ombro.

Mas... do que eu estava falando mesmo?

Estava falando sobre Liz? Provavelmente sim, porque é desse modo que as coisas são quando você sofre por amor. O primeiro efeito colateral é vomitar palavras incontrolavelmente.

Quando Liz está por perto, parece que nada mais existe! Ela tem um sorriso torto e fica me provocando do mesmo jeito que fez naquele primeiro dia em que a conheci na floresta, e aí penso que talvez hoje eu consiga ficar bem, que não vou perder o juízo. Porque Liz me disse que ninguém deveria anunciar a própria doença antes do nome. E a primeira coisa foi lhe dizer meu nome, Amigo Eremita!

Liz, porém, não tem aparecido por aqui ultimamente, então...

Desculpe-me, eu não devia ficar falando dela!

Os pais de Liz são assistentes sociais e ela acha que tenho uma espécie de distúrbio de déficit de atenção, porque às vezes meus pensamentos se afastam do meu cérebro e fico só no blá-blá-blá.

Mas me fale sobre você! O que está acontecendo por aí?

Minha mãe não quer me dizer para onde planeja enviar esta carta. Diz apenas que Bigode-Ruivo conhece outro garoto em algum lugar, uns dois anos mais velho do que eu, que também sofre de uns problemas médicos bem bizarros. Com tudo o que me aconteceu este ano, ela decidiu que seria legal se eu tivesse alguém com quem conversar. Ela acha que preciso de ajuda, mas creio que seja um exagero. Não é que eu tenha parado de *comer*, às vezes um cara só não quer mais sanduíche de atum. Não significa que estou doente. Ou, pelo menos, que não esteja mais doente que o habitual, porque ser alérgico a eletricidade já é uma doença suficientemente grave.

Em relação a isso... bem, vou tentar explicar minha situação, mas, se você perguntar *por que* sou alérgico a eletricidade, só vou poder dar de ombros e suspirar. Sempre fui assim. É o principal mistério deste lugar onde moro.

Entretanto, deve ter a ver com um laboratório supersecreto! É apenas uma hipótese, e não tem relação com o fato de eu ter lido *Frankenstein* debaixo dos cobertores em noites de chuva forte quando tinha dez anos e era bastante impressionável. Metade dos super-heróis cujas histórias eu li, do Capitão América ao Wolverine, conseguiram poderes interessantes depois de serem usados em experimentos em algum laboratório.

Acho que ser um experimento soa melhor do que ser doente, você não acha?

Bem, eis aqui está a teoria atual: será que o Dr. Bigode-Ruivo conheceu os seus pais em algum laboratório secreto, daqueles que não constam nem nos registros oficiais? Talvez o mesmo onde meu pai tenha sofrido intoxicação por radiação!

Porque, sabe, eu não tenho provas para embasar a minha hipótese. Não sei muita coisa sobre meu pai. Mas sei que ele era uma espécie de médico ou *cientista*, porque a minha mãe ainda mantém no guarda-roupa o jaleco de laboratório que ele usava. Certa vez, quando eu tinha uns sete anos, entrei escondido no quarto dela para roubar as chaves que estavam na sua escrivaninha (às vezes ela nos deixa trancados com um cadeado, mas naquele dia eu realmente queria sair porque era a melhor época para apanhar grilos), e ela estava dormindo com o jaleco branco gasto sobre o corpo, como se fosse um cobertor. Vi aquilo e parei de procurar pelas chaves.

Ela não quer me dizer se estou certo em relação ao laboratório, ou sobre meu pai; apenas contou que ele estava doente antes de morrer (acho que não era *necessariamente* intoxicação por radiação). Eu, entretanto, sou um investigador incansável, Amigo Eremita. No decorrer dos anos, experimentei todos os tipos de táticas para arrancar a história dela. Táticas que incluem, mas não estão limitadas a:

    a. Saltar de trás da poltrona dela e gritar: "Quem é o meu paaaaaaaii?";

    b. Ficar escondido na despensa escura até que ela entre para pegar farinha, e nesse ponto eu sussurro como se fosse um fantasma: "Fale... do laboratório...";

    c. Choramingar bastante (é só fingimento, eu juro) com os olhos de cachorro sem dono mais brilhantes que alguém já viu.

Minha mãe é inabalável. Sua resposta habitual a todas as táticas é revirar os olhos, mas de vez em quando ela ainda passa a mão na minha cabeça. Porém, quando estou na despensa, ela simplesmente fecha a porta na minha cara.

Assim, não sei quem foi meu pai, mas sei que ela sente saudades. Se ela sente saudades dele tanto quanto eu sinto de Liz, não me surpreende o fato de ela deixar as portas trancadas com cadeado.

Talvez você possa me dizer qualquer coisa que saiba sobre laboratórios na sua carta, já que fui mais uma vez perguntar a respeito para a minha mãe e ela me mandou voltar a sentar diante da escrivaninha e tentar, por tudo o que há de mais sagrado neste mundo, concentrar-me no mesmo tópico, pelo menos uma vez. Como? Nunca tive que me concentrar no mesmo tópico antes. Quando você passa a vida inteira sozinho no meio de uma floresta de pinheiros, não há razão para não divagar. Nunca tem ninguém por perto para me mandar calar a boca.

Quero dizer, com exceção do carteiro ou de uma ou outra pessoa, quase ninguém por aqui me conhece. Liz me disse que algumas pessoas acreditam que meu chalé é uma lenda urbana! Tenho vontade de ir até a cidade e mostrar a eles qual é a realidade.

Há, porém, um cabo de alta-tensão que passa por cima da viela de acesso que chega até nossa casa, e os filamentos alaranjados de eletricidade que ficam dependurados nunca me deixam passar por baixo dele. Esses pequenos cordões de luz de cor de tangerina me arrancaram do selim da bicicleta e me fizeram bater de cabeça no tronco de uma árvore.

Se você parar para analisar, verá que o que tenho é um pouco mais esquisito do que uma alergia. Às vezes é algo mais parecido com repulsão mútua ou coisa do tipo, como quando você aproxima dois ímãs com a mesma polarização frente a frente e eles se afastam como se lançados por duas catapultas por cima da mesa. Não parece algo que saiu direto de uma revista em quadrinhos? É intrigante, não é?

Minha mãe diz que não estou me explicando do jeito certo. Ela fez uma cara feia quando leu o que escrevi sobre o jaleco do laboratório, mas não riscou o texto. Depois, leu sobre a parte da repulsão e lembrou-me de que minha doença é basicamente como uma língua: difícil de engolir para a maioria das pessoas.

Epilepsia, basicamente, significa que a eletricidade no seu cérebro, de algum modo, é diferente do que deveria ser. Muitas pessoas no mundo têm esse problema, mas quase nenhuma precisa ser eremita por causa dele.

Ter epilepsia significa, às vezes, ter convulsões – ataques nos quais o corpo treme incontrolavelmente, digamos assim. Costumo pensar deste modo: minha cabeça fica presa em algum lugar e depois todo o resto do meu corpo também, e é como aquelas ocasiões em que você gagueja, mas não são as minhas palavras – é o meu corpo inteiro que faz isso. Da cabeça aos pés, todo ele gaguejando. E depois não consigo me lembrar do que estava tentando fazer ou dizer antes do ataque. Tudo o que resta são têmporas latejando, a língua fica inchada, eu perco a noção do tempo e sinto um cansaço tão grande nos ossos que tenho vontade de nunca mais voltar a me mexer.

Já li *quilos* de panfletos sobre epilepsia. Minha mãe os traz da clínica e nós os lemos juntos. Aprendi que algumas pessoas só desenvolvem a epilepsia depois de um machucado sério na cabeça, como uma batida de carro. Outros começam a ter convulsões como efeito colateral de alguma doença ou do uso de drogas.

Mas algumas pessoas simplesmente têm azar. Leia-se: eu.

Os panfletos também foram a maneira pela qual aprendi sobre auras, quando tinha, mais ou menos, seis anos.

– Antes de sofrerem uma convulsão, muitas pessoas têm a sensação de que ela é iminente. Essa sensação é chamada de "aura". E *iminente* significa "está para acontecer". Preste atenção, Ollie. Isso é importante.

– Não posso ir lá para fora?

– Primeiro, a lição de casa. "Durante uma aura, os pacientes podem sentir uma dissonância sensorial aguda."

– *Todas* essas palavras existem de verdade?

– Significa que os sentidos da maioria das pessoas começam a entrar em parafuso antes de uma convulsão, Ollie. Elas podem sentir um gosto de pimenta na boca...

– Prefiro sentir o gosto de sorvete.

– ... ou cheiro de enxofre. Ou talvez comecem a enxergar o mundo de um jeito diferente. Acho que você já sabe dessa última possibilidade.

Estávamos fora da casa, no quintal, ou dentro, diante da janela da cozinha? Não consigo me lembrar. Lembro, entretanto, que minha mãe segurou minha mão, apertou-a, e fechei os olhos com força.

Com certeza vejo as coisas de um jeito diferente, Amigo Eremita. Se eu olhar para *qualquer coisa* elétrica, começo a ver manchas coloridas. É como se minha visão medisse correntes elétricas em um espectro ou coisa parecida. Se ficar ofuscado por nuvens elétricas multicoloridas é o resultado de uma aura, então devo ter uma aura eterna. Ela nunca desaparece. Totalmente imortal. *Drácul-aura*.

Minha mãe disse que estou quase desviando do tópico outra vez e que eu devia me concentrar. Juro que ultimamente tudo o que escuto é: "Ollie, pare de choramingar! Ollie, coma o seu sanduíche de atum! Concentre-se!"

As pessoas mandam você se concentrar? O que isso significa? Sempre que minha mãe ou Bigode-Ruivo dizem "Concentre-se, Oliver!", tento forçar meus pensamentos a assumir a forma de um raio laser. Vi raios laser nas capas dos meus livros favoritos de ficção científica; cheguei até mesmo a pintar alguns. Geralmente pinto o que a minha aura me mostra quando olho para a eletricidade: *walkie-talkies* com relâmpagos de cor de açafrão, explosões emanadas por faróis de carro. Antes de me derrubar, a eletricidade pode ser algo muito legal de se admirar.

Todas as máquinas de ressonância magnética que vi, quando minha mãe e Bigode-Ruivo ainda me envolviam em roupas de borracha e me levavam para hospitais, estavam envoltas em cachecóis de luz dourada que me causavam dores de cabeça horríveis. Máquinas de raios-X emitem anéis de um vermelho-escarlate bem vivo. Lâmpadas fluorescentes emanam uma névoa prateada que cai bem devagar, como se fosse *glitter*. Tomadas? Essas cospem confetes e serpentinas azuis e brancas. Pilhas em aparelhos ligados são pequenas espirais de irradiação cor de bronze que se estilhaçam em tons acinzentados quando estão perto de se esgotar. Cada tipo de máquina solta uma energia colorida específica, e as minhas convulsões são desencadeadas por todas elas: tudo, qualquer coisa elétrica.

Sei que isso parece difícil de acreditar, mas é muito real para mim. É a razão pela qual me sinto entediado, embora não seja entediante. É o motivo de eu estar largado aqui no meio da floresta sozinho.

Pelo menos, quando Liz vinha até aqui, eu podia agir como uma pessoa normal, exatamente como ela. Eu a ouvia falar sobre a escola, e era quase como se eu fosse o tipo de garoto que poderia ir até lá com ela, que poderia mandar mensagens de texto pelo celular durante a aula, digitar os trabalhos no computador e depois voltar para casa, deitar diante da televisão e esquentar alguma comida no micro-ondas (esses fornos parecem *mágicos*, Amigo Eremita).

Mas eu nunca olhei diretamente para uma televisão; isso talvez me causasse um piripaque em questão de segundos. Televisões explodem com luzes inorgânicas e cores orgânicas, um miasma de ruídos. Já me disseram que as televisões são assim para todo mundo. Não sei se acredito nisso (acho que eu adoraria os desenhos animados).

E os veículos motorizados? Tenho dificuldade para enxergar motores, porque a nuvem de energia ao redor deles é incrivelmente escura. Não sei dizer qual é a cor da caminhonete da minha mãe; toda vez que fui até a janela do meu quarto e olhei o carro indo embora, ele estava cercado por uma nebulosa opaca e suja.

Meus aparelhos favoritos são aqueles aos quais as pessoas parecem passar o dia inteiro grudadas, coisas que Liz costumava me mostrar: telefones, tocadores de MP3, notebooks. Quando ligados, suas cores parecem refletir na pele dos usuários. Celulares dão um brilho verde e luminoso aos rostos contra os quais estão pressionados. Fones de ouvido tingem os ouvidos com um resíduo esverdeado. Os notebooks, entretanto, são os melhores. Dedos nos teclados ganham o contorno de rastros de luz, como se fossem gramíneas alongadas.

Você deve estar em dúvida sobre se estou reclamando ou não. Não sei ao certo. Minha mãe diz que o jeito que vejo as coisas parece bonito. Mas não tenho certeza de que ver essas explosões multicoloridas valha o risco de fritar um monte das minhas células cerebrais. Não é tão bonito quando estou babando no chão e com o corpo tomado pela tremedeira.

O que é que eu estava dizendo sobre raios laser?

Vou tentar resumir a história da minha vida para lhe contar da maneira mais direta possível. Portanto, estas cartas serão minha autobiografia. Você não precisa lê-las se não quiser, mas eu agradeceria se pudesse responder com sua própria história. O tédio por aqui é tão grande que eu poderia até me afogar nele. Só que, por favor, não me diga que uma pessoa pode se afogar em uma polegada de água. Sei disso. Estou falando em sentido figurado! Só tento lhe dizer que aqui tem tédio de monte.

Especialmente agora, que Liz talvez nunca mais venha me ver.

Vou lhe falar sobre isso mais tarde, porque minha mãe me disse que as boas autobiografias são lineares, como a vida. Tipo, eu devia lhe contar sobre a minha vida quando era bebê antes da parte na qual já estava maior.

Isso é bom. Não quero falar sobre a sensação que tenho quando estou esperando lá fora, na viela empoeirada, e Liz não chega pedalando e sorrindo. Nem quando ela chega pedalando de cara fechada, também. Ou de quando ela não aparece pedalando e eu simplesmente fico olhando para os mesmos pinheiros de sempre, os mesmos tocos de árvore de sempre, e inspiro o mesmo aroma de vazio e resina até escurecer.

Primeiro, quero ter certeza de que você existe. Mal posso esperar para receber notícias suas, Amigo Eremita! Duvido que eu já tenha feito metade das coisas que você fez! Trocaria toda minha habilidade no glockenspiel por uma oportunidade de entrar na internet. Ou subir num ônibus escolar, ou sentir o ar-condicionado. Você também é hipersensível a eletricidade?

Minha mãe está dizendo que uma carta com quinze folhas, frente e verso, é o suficiente para assustar qualquer pessoa. Por isso, vou parar aqui na página catorze.

Responda assim que puder. Está ficando chato aqui. Já falei isso?

~ Ollie Ollie Paraoalto-Eavante.

P.S.: Mando aqui um *spoiler* para criar suspense e fazê-lo ter vontade de ler a minha autobiografia: eu já *morri* uma vez.

Capítulo 2

O MARCA-PASSO

Oliver,

Em primeiro lugar, meu pai confirmou que sua letra é uma atrocidade. Pelo menos não há erros de ortografia. Eu detestaria ser melhor do que você na sua própria língua-mãe. Seria muito constrangedor. Estou farto de pessoas que acham que ser jovem significa não ser eloquente. Mesmo assim, os idiotas que vão à escola comigo estão preocupados demais com *fofocas* para se importar com a linguagem. Não espero que alcancem meu padrão, mas você não precisa ser um *Wunderkind* para se educar.

Detesto as outras pessoas da minha idade. *Jugendlichen*. Que apodreçam.

Você mencionou o idioma japonês. O glockenspiel, entretanto, é um instrumento musical alemão. Você não sabe falar nem escrever *auf Deutsch*? Duvido que saiba, mas o glockenspiel raramente é usado no hip-hop. Sinto pena dos seus ouvidos que nunca foram agraciados pelo som do Public Enemy.

Em segundo lugar, você está correto. Não vamos nos conhecer pessoalmente. Isso tem pouca relação com sua personalidade ensurdecedora. Sou elétrico. Se você fosse exposto a mim, acabaria desabando no chão.

Sem dúvida, essa sua mente hiperativa já está elaborando conclusões bastante estranhas. "Meu Deus, será que ele é um androide? Que tipo de monstro ele é? O filho de um dos velhos amigos do meu médico? O que é ele para ser tão elétrico? Um cadáver reanimado, com relâmpagos correndo-lhe pelas veias? Cara, que irado!"

Acalme-se. Isso não é ficção científica. Nem é divertido.

Nos últimos cinco anos, meu coração só continuou funcionando devido à assistência de um minúsculo aparelho que aplica pequenos impulsos elétricos na cavidade inferior esquerda do meu corpo. Se algum dia eu o encontrasse pessoalmente, a eletricidade na minha caixa torácica desencadearia suas convulsões. Se eu desligasse o meu marca-passo para poupá-lo disso, meu fluxo sanguíneo perderia força. Você poderia me matar.

O seu *spoiler* no *postscriptum* não me impressionou. Eu também já morri, Oliver Paraoalto-Eavante (me senti meio idiota ao escrever isso. Vou chamá-lo de Oliver). Morrer não foi uma experiência agradável. É suficiente dizer que despertei da morte com um coração elétrico. Você e eu, com certeza, nunca vamos nos encontrar.

E, mesmo assim, sinto uma vontade mórbida de continuar com nossa correspondência. Devo ter rido uma vez enquanto meu pai lia suas palavras para mim, ontem. Se eu me sentisse enjoado por causa de telefones, veículos e amplificadores, e não somente enjoado por causa dos meus colegas, talvez também acabasse recorrendo à tagarelice. Não que isso lhe sirva de justificativa.

Eu pensava que já havia visto de TUDO. Mas a sua mãe tem razão. Sua visão sobre o mundo é notável. E o seu entusiasmo estrondoso também. Assim, não a culpo por se esconder na garagem.

Não tenho certeza de que quero compartilhar os detalhes de minha vida com você. Não confio em você, Oliver. Para mim é desconfortável cuspir cada pensamento que tenho no papel. Pessoas como você não têm noção do poder das palavras. Palavras são impossíveis de se ver. Palavras podem ser retorcidas e distorcidas em inúmeras direções. Alguns de nós têm um cuidado maior com elas.

Em relação à sua pergunta sobre "laboratórios secretos", não estou tão interessado nesse assunto quanto você. Fale sobre algo que você conheça. Se não quiser ficar entediado, não me entedie. Pela minha experiência, não há nada de fascinante em laboratórios.

Conte-me sobre sua vida. Se achar que deve.

Além disso, é mais interessante se eu não falar muito.

Moritz Farber.

P.S.: Sim, um homem pode se afogar em uma polegada de água. Na Alemanha, entretanto, diríamos que seria em 2,54 centímetros de água. O sistema métrico é infinitamente superior.

Capítulo 3

O COMPUTADOR

Bem, o que é, o que é? Você lê quadrinhos? Espere. Deixe-me perguntar de outro jeito: Marvel ou DC? Além disso, você não disse se gosta de desenhos animados.

É impressionante o fato de você ter escrito uma carta sem me contar quase nada a seu respeito, embora eu ache que me impressionei por sua recusa em revelar seu passado trágico! Agora eu *realmente* quero saber o que você pensa sobre laboratórios. Mas, pelo menos, você sabe que existo!

Quer dizer, então, que você é alemão? Como é isso? Já li vários livros de história e muitos contos de fadas. Os alemães aparecem em ambos; nem sempre são retratados de uma forma legal, mas provavelmente você já sabe disso. Todos os alemães são pretensiosos como você? Não quero ofender, mas ler o que escreveu me fez sentir um pouco como se estivesse *dialogando* com um cavalheiro da era vitoriana, por Júpiter! Você lê Oscar Wilde? Embora vitoriano, ele era, tipo, exatamente o oposto de você! Era muito menos reservado, ora bolas!

Acho que a linguagem realmente é algo ótimo, então já temos algo em comum! Mas você não acha que o inglês é a melhor das línguas? Às vezes fico sentado aqui na minha escrivaninha e rio sozinho porque palavras inglesas como *but* e *butt* têm o mesmo som, embora uma signifique "mas" e a outra signifique "bunda". Outro dia eu estava rindo disso na cama, e minha mãe ficou de olhos arregalados porque comecei a tossir, e ela achou que talvez eu estivesse histérico outra vez, but – *butt!* – às vezes preciso rir de alguma coisa.

Ah! Eu pesquisei o significado de *Jugendlichen*. Essa é a palavra em alemão para "adolescentes", não é? Bem, pode dizer o que quiser. Eu chegaria a ponto de matar alguém (não literalmente, porque não sou psicopata) para conhecer mais adolescentes idiotas. Queria ser um deles!

E Bigode-Ruivo me disse que você tem dezesseis anos. Você tem dois anos a mais do que eu, então ainda não pode me detestar.

Apesar da sua resposta deprimente ao meu *spoiler* "eu-já-morri--uma-vez", anexa a Parte Um da minha autobiografia. Assim, minha mãe pode continuar acreditando que escrever para você vai me ajudar a me concentrar, a melhorar meu estado, e evitar que eu passe o dia inteiro diante da casa olhando para a viela.

Aí vai:

A Autobiografia Linear de Oliver Paulot, o Garoto Sem Energia
Parte Um : Gritos

Quando eu nasci, nasci gritando. A situação é a mesma com quase todas as pessoas de quem ouvi falar; se você não nasceu gritando, então provavelmente nasceu com uma dose exagerada de otimismo.

O meu grito, porém, fez com que até mesmo as enfermeiras mais experientes do período noturno na maternidade cobrissem as orelhas. O velho médico que estava ao lado da cama quase me deixou cair no chão. Bigode-Ruivo me disse que aquele velho médico provavelmente quis gritar comigo, mandando que eu "enfiasse uma meia na boca", mas essa, em geral, é considerada uma atitude reprovável. Além disso, aposto que as meias de um médico de plantão são ainda mais

contaminadas do que as meias dos adolescentes, se os pés de Bigode-
-Ruivo servirem de referência.

Minha mãe estava tranquila. Disse que eu estava fazendo barulho suficiente por nós dois.

O velho médico tirou uma lanterna de bolso do jaleco e a apontou para o fundo da minha garganta. O feixe de luz passou por minhas gengivas banguelas e chegou até o centro do meu corpo, e finalmente eu parei de gritar.

A sala respirou aliviada...

E eu tive a minha primeira convulsão.

Da última vez que perguntei sobre isso para minha mãe, era uma tarde em que a neve caía e nós dois estávamos passando o tempo diante da lareira acesa na sala.

– O dia em que eu nasci... como foi? – perguntei, enfiando minha caneta de caligrafia atrás da orelha.

Ela largou a peça de tapeçaria que decorava com ponto-cruz, deixando-a cair sobre as coxas. Para mim, aquela parecia a colcha mais violenta já conhecida pelo homem. Minha mãe sempre está criando coisas; ela se sente tão entediada quanto eu. Se não me engano, essa era a sétima tapeçaria que fazia, e retratava uma cena bem sanguinolenta da caçada a um cervo. Ela enfiou a agulha no braço do sofá. A agulha ainda trazia a linha vermelha que minha mãe usava para bordar as entranhas evisceradas do pobre cervo.

– Você já leu a respeito de partos. *Tsc.*

Às vezes minha mãe faz um som que parece um estalido perto da parte da frente dos dentes. É o seu jeito de dissimular o riso. Antigamente eu me perguntava se isso era algo que todo mundo fazia. Hoje sei que é um hábito de família.

– Aposto que eu era um pé na vagina *enorme*.

– Ollie. – À meia-luz, as linhas de expressão no rosto dela pareciam mais profundas.

— É um termo médico, mãe – eu disse, revirando os olhos. – Como você quer que eu chame?

— A maioria das pessoas não chama essa parte de nada. A maioria das pessoas tem *bom senso*.

Abri os braços para ilustrar a vastidão do nada que havia do lado de fora do nosso chalé.

— Onde estão, mãe? Onde estão todos?

— Sim, sim, está bem. Você foi uma dor *gigantesca*. Tive a sensação de ser rasgada em duas.

— Fissão nuclear!

— Não conheço nada sobre isso. Mas, já que perguntou, trazer você ao mundo foi a coisa mais dolorosa que já fiz.

— Desculpe.

— *Tsc*. Acho que o que eu senti não se compara com o que você sentiu durante aquela primeira convulsão – disse ela, fazendo uma careta. – Seu rosto estava muito vermelho. Parecia prestes a explodir.

— Explosão nuclear. – Levantei-me e me espreguicei.

— *Implosão*. Você continuou inteiro. Mas havia alguma coisa desmoronando e queimando debaixo da sua pele, dentro da sua cabeça. Você conhece a sensação melhor do que eu.

Dei de ombros. Já tive tantas convulsões que nem consigo me lembrar do choque da primeira.

— Você era tão pequeno... – falou ela, pegando a agulha outra vez. – Não me espantaria se aquilo o tivesse matado.

Sempre que eu estava consciente, estava convulsionando. Todos se preocupavam com as células do meu cérebro, porque as convulsões fazem com que elas se desgastem muito rápido. Então, fui sedado e enfiado em uma incubadora enquanto minha mãe continuava em repouso.

Na primavera do ano passado, pedi a Bigode-Ruivo que me contasse sua versão da história. Estávamos na varanda dos fundos certa noite, e ele media minha pressão sob a luz rosada que surgia por trás das árvores.

– Me conte sobre quando eu era bebê, Bigode-Ruivo.

– O quê? De novo?

– É isso aí.

– Às vezes, Ollie, você fala como se ainda fosse um moleque irritante de cinco anos.

– Está falando de agora, ou quando eu bato os pés no chão e fico pedindo sorvete?

Ele deu um sorriso torto e ajeitou os óculos. A braçadeira começou a inflar ao redor do meu braço, apertando-o.

– Sorvete é um assunto sério, garoto. Como você sabe, transforma todos nós em moleques de cinco anos.

– Tente de novo. Desta vez com emoção, Bigode-Ruivo.

– *Tsc.* – Ele ergueu uma sobrancelha zombeteira. A braçadeira afrouxou. – Você nasceu algumas semanas antes do previsto, senão eu estaria lá. Desde antes de nascer, já não parava quieto!

Bigode-Ruivo era amigo de meu pai desde a época em que os dois trabalhavam juntos (no laboratório misterioso do qual ninguém gosta de falar a respeito?), e minha mãe ligou para ele no momento em que entrou em trabalho de parto. Provavelmente gritou com ele, como qualquer pessoa que estivesse sendo rasgada em duas faria. Ele estava trabalhando como médico plantonista a algumas cidades de distância, e costuma dizer que saiu do trabalho e caiu na estrada tão rápido que largou o paciente anterior na mesa, com dois braços a menos. Muito engraçado, Bigode-Ruivo.

– Eu não conseguia parar de pensar naquela lanterna portátil. Ela deixava um rastro de brotoejas na sua pele. Aha! – disse ele, recriando seu momento de epifania, levantando-se da espreguiçadeira com o dedo no ar. – Epilepsia fotossensível!

– Sente aí, seu maluco.

Ele sabia que luzes piscantes às vezes causam convulsões. As auras de muitas pessoas são provocadas por ciclos ou repetições de luzes ou imagens. Bigode-Ruivo atormentou o velho médico sem parar até que ele concordasse em me colocar em uma sala escura. Eu, entretanto, ainda estava em uma incubadora e, por isso, continuei doente. Fiquei tão mal que meu coração parou, e o eletrocardiograma começou a mostrar só linhas retas. Bigode-Ruivo me ressuscitou.

– Mas eu nem cheguei a encostar as manoplas do desfibrilador no seu peito e nas costas! No momento em que as aproximei do seu diafragma, o simples choque da proximidade fez seu coração voltar a funcionar – disse ele, batendo as palmas uma contra a outra. – E você começou a convulsionar outra vez.

– Cara, parece que foi uma festa!

– Seria empolgante para mim, se você não estivesse sofrendo. – O rosto dele ficou paralisado, algo bem pouco comum de acontecer. – Você não devia pensar que sou tão terrível assim, Ollie.

Não consegui pensar em algo para falar. Os vaga-lumes começavam a voar sobre o gramado quando ele disse:

– Mas você não está inteiramente errado. Há todo tipo de aventuras no mundo. Naquele momento, quando você acordou de novo, a manopla se afastou do seu corpo. Foi repelida como se você tivesse carga elétrica própria.

Ele me deu alta sob seus cuidados, em seguida me embrulhou em peças emborrachadas do hospital e levou a mim e a minha mãe até seu Impala, enquanto a equipe do hospital nos observava, sem muita esperança, com os olhos marejados (uma licença artística neste momento, ok?).

Aposto que aquele carro poderia ter me matado mais uma vez. Até mesmo as luzinhas que se acendem quando a porta se abre poderiam ter acabado comigo. Até mesmo o rádio FM. Até mesmo os botões do vidro elétrico!

Não sei sobre o que ele e minha mãe conversaram enquanto ele saía da cidade. Talvez tenham falado sobre meu pai. Depois que deixamos para trás o último posto de gasolina, no limiar das florestas onde os turistas gostavam de acampar, ele me tirou do carro e me deitou sobre a grama.

Como ainda estremecia, ele tirou a jaqueta e o celular e os deixou para trás. Levou-me para o interior da floresta, e minha mãe o seguiu. Ele pediu a ela que esperasse no carro, mas minha mãe nunca faria uma coisa dessas. Aposto que foi uma cena bem engraçada, tropeçando sobre os galhos enquanto vestia uma camisola de hospital.

Em algum lugar debaixo daquelas árvores, a convulsão parou. Abri os olhos.

Algum tempo depois, minha mãe me disse que Bigode-Ruivo riu naquele momento – com alegria, ou alívio, ou com aquela satisfação louca pela qual os médicos e cientistas se deixam levar quando resolvem um enigma. Minha mãe, porém, não riu.

– Soube então que haveria coisas contra as quais você não teria forças para lutar. – Ela falava tranquilamente. – E que eu não poderia protegê-lo delas.

Triste, mãe. Muito triste.

Pode prender a respiração enquanto espera a Parte Dois! Posso deixar alguns detalhes dos meus primeiros anos de fora, como todas as vezes em que minha mãe me colocou sobre o ombro para arrotar ou a vez em que decidi fazer xixi sobre nosso gato persa azulado, Dorian Gray. Também sei ser misterioso, viu?

Por mais que eu goste de histórias de mistério, é difícil desvendá-las quando se está preso na região norte do estado do Michigan. O meu único candidato a Watson é um gato que ainda guarda rancor de mim. Embora já tenha lido muitos livros de Sir Arthur Conan Doyle e Agatha Christie, e vários mangás da série *Case Closed*, não sou detetive. Não tenho um cachimbo, por exemplo, o que julgo ser um pré-requisito.

Aqui estão as pistas que você já me deu, Moritz Farber:

1) Você usa um marca-passo. Oh, e o nome da sua cavidade inferior esquerda, na verdade, é ventrículo esquerdo, ou o seu

ventriculus cordis sinister. Você pode ser melhor em idiomas, mas *você* não passou quatro meses criando a réplica de um esqueleto humano em tamanho real, completo com órgãos de argila, pulmões de isopor e alvéolos bordados à mão!

2) Você não consegue ler por conta própria. Seu pai precisou ler minha carta para você. Mas a sua carta veio impressa em um inglês *realmente muito bom*. Assim, embora a eletricidade não seja problema para você, tem algo errado com seus olhos. Nesse caso, entretanto, a pista número 3 parece bem estranha...

3) Que diabos você quer dizer com "já havia visto de TUDO"? Por que essa parte da sua carta foi escrita em letras maiúsculas? Para mim, isso é diferente do uso do itálico. Você parecia estar GRITANDO COMIGO! FURIOSAMENTE!

4) Pessoas já lhe disseram coisas cruéis no passado. Isso é uma especulação. Afinal de contas, você odeia as pessoas da sua idade e seus colegas. Mas não somente porque eles são idiotas, pois eu acho que mesmo idiotas são pessoas legais às vezes. Se o problema for a linguagem abusiva, não preciso ir à escola para saber que as palavras podem realmente ser ruins, mesmo quando não são insultos. Vou fazer o melhor que puder, Moritz Farber, para não ofender você com elas. NEM ESCREVER EM LETRAS MAIÚSCULAS E AGRESSIVAS.

5) Sua carta foi digitada, então sei que você tem um computador. Nem venha me falar sobre a sensação imensa de vazio que sinto quando ouço falarem sobre a internet, uma Terra do Nunca esquisita e elétrica onde todos ficam rindo de fotos de gatos e atualizam as páginas do MyYouFace ou coisa do tipo. Quando leio os manuais de antigos navegadores da internet, tenho a sensação de que estou lendo algum romance *cyberpunk* bem chatinho, e na metade das vezes caio no sono e acordo mais tarde, com o texto na minha cara.

Há uma parte de mim que quer perguntar sobre tudo isso a você, mas para que serviria? Eu tento ser otimista! Não me faz muito bem ouvir a respeito de coisas que nunca vou poder ter.

Enfim... Quero lhe contar sobre a primeira vez que vi um computador, porque também foi a primeira vez na minha vida em que vi Liz.

Eu estava perto da casa de Joe Ferro-Velho, muito tempo atrás. O trailer de Joe é o único lugar que fica a poucos quilômetros da nossa casa. Os carros espalhados ali são os únicos que já vi e que são seguros para mim – mortos, espalhados pelo gramado como ossos enferrujados em um cemitério de elefantes mecânicos. Eu costumava sair escondido para rastejar entre eles.

A menininha na varanda de Joe não me viu agachado atrás de uma velha caminhonete. Era Liz, mas eu ainda não sabia disso. Ela estava sentada diante da mesa de piquenique inclinada, cutucando uma coisa que hoje as pessoas diriam ser um tijolo enorme, sem perceber as faixas de energia esverdeada que se reuniam ao redor de seus dedos sempre que apertava as teclas. A luz branca da tela se refletia em seus olhos. Para mim, foi como se ela estivesse olhando para a lua.

Será que a tela a refletia da mesma maneira que ela refletia a tela?

Eu sabia que, se chegasse mais perto, meu estômago iria se retorcer. As veias nas minhas têmporas iriam inchar. Eu começaria a convulsionar, cairia e bateria a cabeça nos degraus de madeira.

Mas, talvez, ver o que quer que ela estivesse vendo naquela tela faria uma convulsão valer a pena.

Obrigado por responder a minha carta. O tédio já está um pouco menor! Consegui até tirar minha bunda gorda da cama e descer as escadas por algumas horas para pegar o dicionário inglês-alemão, então minha mãe logo vai lhe fazer elogios. Você sabe... quando ela mesma sair da cama.

Deixo o resto com você, Moritz (posso chamar você de Mô?). Além disso, já escrevi demais, então acho que vou deixar as perguntas sobre laboratórios para depois, mas espero que você comece a confiar em mim. Não sei por que você acha que eu seria capaz de lhe dizer alguma coisa cruel.

Afinal, já lhe dei vários motivos para tirar sarro de mim. Se algum dia eu agir como um idiota, desde já lhe dou o direito de me chamar de "mijador de gato"!

E não me diga que isso não é nem *um pouco* divertido.

~ Ollie

Capítulo 4

A FONTE

Você é uma coceira difícil de ignorar, Oliver. Não consigo detestar você. Ainda não.

Não sou nem Oscar Wilde nem Mô. *Sou* especialista em contar histórias oralmente. Já ouvi centenas de livros. Dúzias de autores e leitores. E, mesmo assim, raramente ouvi uma voz como a sua.

Meu pai tem um forte sotaque da região da Suábia. Não é o melhor dos leitores. Sua voz parece cascalho. Quando ele fala, preciso me inclinar na direção dele para descobrir o que quer dizer. Antes de me conhecer, duvido que ele conversasse com alguém. Hoje em dia, ele tenta ser ouvido. Por minha causa. Durante a leitura de ontem à noite, ouvi sua voz, Oliver. Na sacada do apartamento do quinto andar com vista para os carros que passam pela barulhenta *Freibrücke* de Kreiszig, descobri algo a seu respeito. Algo que você não percebeu:

Mesmo que você não tenha energia, o que acontece com suas palavras é exatamente o contrário.

Você é um contador de histórias nato, Oliver. Deve ser *essa* a razão pela qual não confio em você; sua sinceridade é implausível. Você e eu somos muito diferentes. Mesmo assim, você conseguiu me fazer compreender o que é ser você. A maioria das pessoas não consegue me fazer sentir alguma coisa. Especialmente simpatia.

A maioria delas ficaria irritada depois da minha última carta. Eu o subestimei e zombei de você o tempo todo. Mas você respondeu dizendo exatamente quem é. E ainda me oferece novos insultos que posso usar contra você? Parece cruel manter a minha história em segredo quando você é incapaz de fazer o mesmo. É como se eu tentasse evitar um cachorrinho por medo de ele babar em mim.

E suas habilidades investigativas não são tão ruins. Você tem razão sobre meus olhos.

Duvido que eu consiga ser tão envolvente quanto você. Mas permita-me lhe mostrar quem sou.

Meu nome é Moritz Faber. Nasci escutando.

Nasci sem olhos. Não pergunte se sou cego. Nunca fui cego. Mas nasci sem globos oculares nas órbitas. Embora eu duvide que tenha gritado tão alto quanto você, outras pessoas tiveram ataques histéricos quando me viram.

Oliver, você devia agradecer por ter sido criado em uma cabana, e não em um laboratório. Eu passei meus primeiros anos num instituto médico. Não pretendo falar sobre isso. Pode me questionar o quanto quiser. Já encarei coisas piores. Agulhas, por exemplo.

Mesmo assim, também pensei no seguinte: pelo menos os cientistas aguentavam me ver.

Você nunca viu um garoto sem olhos. Talvez nem mesmo em todas aquelas revistas em quadrinhos e livros que ocupam seu tempo. Imagine que você está olhando para sua querida Liz. Imagine que, logo acima daquele nariz arrebitado e do sorriso iluminado, não há olhos refletindo a tela de um computador. Imagine que não há nada ali – apenas pele. Nenhuma expressão, por menor que seja. Imagine isso. Você seria capaz de dizer que ainda a ama?

Não tenho olhos, não tenho pálpebras. Nem sobrancelhas. Deixo meu cabelo escuro comprido na frente, de modo que a franja esconda a pior parte.

Porém, há um vazio no meu rosto. Quem não gritaria?

Eu não digo *"Tsc!"* como você e sua mãe. Isso seria irritante.

Às vezes, faço a língua estalar no céu da boca quando desejo ver algo com mais clareza: se eu estiver curioso em relação aos poros no nariz de alguém; a poeira nas pedras que pavimentam a rua; qualquer coisa minúscula requer que eu faça esse esforço extra. Basta um estalo concentrado e pronto. Consigo ver TUDO.

Estalos como esse geralmente são desnecessários. O ambiente ao meu redor cria ondas sonoras em quantidade suficiente para eu enxergar. Essa é a única vantagem de viver no meio de pessoas. Kreiszig é uma cidade movimentada. Muitos corpos, movimentos e ruídos. Ninguém consegue enxergar o que eu enxergo nos mercados de rua que vendem frutas e pão pela manhã, onde as pessoas pechincham, empilham, cortam e dialogam. Quanto mais ruidosa uma área, mais visível ela é para mim.

Quando estou na escola, consigo ver bem o suficiente para evitar aqueles que talvez estejam procurando por mim. Encontrar esconderijos que os outros não percebem. Salas de aula e armários vazios. Posso me agachar sob as mesas quando passos familiares se aproximam, arranhando o chão. Pelo menos o meu vazio serve de alerta.

Tenho certeza de que já ouviu falar sobre ecolocalização. Você parece já ter lido a respeito de tudo. Certamente já leu sobre baleias que usam a ecolocalização para se encontrarem nas profundezas escuras do mar. E sobre golfinhos que usam ondas sonoras para se comunicar através de grandes distâncias.

Eu vejo com as orelhas. Meu cérebro usa ondas sonoras para determinar o formato dos objetos e das barreiras ao meu redor. Como um morcego faria, usando seu sentido de sonar. Sou capaz de "ver" a que distância as coisas estão, perceber sua aparência pelo jeito que meus ouvidos interpretam a maneira que o som se molda ao redor delas. Não sou a primeira pessoa que conseguiu fazer isso. Mas *sou* a primeira pessoa, até onde sei, capaz de fazer isso desde que nasceu, e com mais clareza do que uma pessoa com a visão perfeita.

Meus ouvidos são tão sensíveis que consigo diferenciar um cílio de outro quando alguém pisca os olhos, porque consigo ouvir o som das pálpebras se fechando.

Imagine o que vejo nos shows de hip-hop, Oliver. Sempre tenho uma visão privilegiada em qualquer lugar onde esses eventos aconteçam. Nos festivais de verão no parque, quando os graves soam com mais força pelos alto-falantes, *woofers* e amplificadores, consigo ver as gotículas de suor de 30 mil pessoas de uma vez só. Consigo enxergar até mesmo os dentes dos artistas. Os folículos de barba no queixo deles e as linhas nas mãos enquanto seguram os microfones. A escuridão e a luz não interferem na minha visão. A escuridão não tem som.

A cor, entretanto, também é silenciosa. Não invejo as cores que você viu. Cor é um conceito alienígena para mim. Provavelmente tanto quanto a internet é para você.

Muitos cientistas daquele instituto pensavam que minha supersensibilidade causaria danos ao meu cérebro. Certamente, especulavam eles, se eu fosse capaz de ouvir olhos se fechando, ossos rangendo e fios de cabelo deslizando uns contra os outros, não teria capacidade de processar todo esse volume de informação. Como eu conseguiria dormir ouvindo o som do meu próprio sangue correndo pelas veias? Eles acreditavam que eu passaria o tempo todo apertando as mãos contra a cabeça. Gemendo e choramingando em uma câmara anecoica. Em uma sala sem som algum.

Uma das curiosidades de não ter olhos, Oliver, é que você nunca pode fechá-los.

Mesmo assim, nunca consegui agir de outra maneira. Não preciso ignorar o som da água nos canos. Ou o vento em escadarias. Ou uma narina que faz um ruído estridente de assovio quando alguém conversa comigo. Meu cérebro se adaptou. Ele trabalha por mim. Isso é algo que você, Expert em Anatomia, pode entender.

Se me lamento agora, é por causa do que sou. Eu já vi, mesmo que não tudo, o suficiente para detestar a mim mesmo e o resto do mundo, embora ainda não deteste você.

Muitas pessoas também inteligentes subestimam severamente o poder do cérebro humano. Espero que todos aqueles cientistas passem a eternidade coçando a própria cabeça. Não tenho paciência para essas palhaçadas. Por mim, podem apodrecer.

Para mim, a maior preocupação está na fraqueza do meu coração. Mas essa é uma história que não merece ser contada. Deixe-a estar. Interrogatórios não me farão revelá-la.

Não sou um Amigo Eremita, Oliver. Quisera eu ser.

Desde o ano passado, estou matriculado na Bernholdt-Regen *Hauptschule*, frequentando a escola pública pela primeira vez na vida. Nunca quis frequentar a escola. Mas, uma noite, meu pai chegou cedo do trabalho com algumas brochuras. Catálogos e fôlderes que ele vinha juntando na esperança de eu pelo menos fingir alguma empolgação quando ele os apresentasse para mim.

Observei as escolas naqueles panfletos e fôlderes. Como se tivéssemos condições de pagar por metade delas... Mas meu pai é orgulhoso. Eu não podia dizer isso a ele. Não enquanto estava sentado diante de mim, com o uniforme sujo de graxa. Com um sorriso cheio de esperança nos lábios. Ele se esforçara muito para me criar bem. Ninguém lhe pediu que fizesse isso. Mesmo assim, ele se esforçou.

Nem cheguei a fazer os testes de avaliação que me permitiriam escolher uma escola decente. Quanto mais pedir uma carta de recomendação. *Existem* algumas escolas adequadas para pessoas como eu. Escolhi a Bernholdt-Regen porque fica perto da minha casa.

Eu a escolhi porque não mereço nada melhor. Porque tenho razões para me lamentar e razões para detestar a mim mesmo.

Meu pai ficou contente por eu tomar uma decisão, qualquer que fosse. Ele acredita que a *Hauptschule* pode melhorar minha percepção sobre o mundo. Suavizar alguns dos meus hábitos supostamente "antissociais". Não sei por que ele acredita que eu precise de *mais* percepção. Enxergo em 360 graus de uma vez, mesmo durante a noite. E é ele quem fica murmurando e resmungando sobre hábitos antissociais.

Meus professores foram informados de que sofro de uma doença cardiovascular, fotossensibilidade e uma forte deficiência de leitura. Não compreendem precisamente a situação. Às vezes, falam comigo em voz bem alta. Afastam mesas e cadeiras do meu caminho como se achassem que eu fosse tropeçar deliberadamente em qualquer móvel tolo o bastante para se colocar no meu caminho. Acham que sou cego.

Eu *não sou* cego. Nunca fui cego.

É justo dizer que tenho uma deficiência de leitura. A ecolocalização não me permite visualizar o conteúdo de telas ou da maioria dos livros. Superfícies planas são impenetráveis para mim.

Meu pai sugeriu que eu fingisse ser cego na escola. A fim de evitar perguntas. Para que fosse mais fácil eu me encaixar lá. Mas abomino a ideia de usar uma bengala quando não preciso de uma. De fingir ser cego, apenas para me misturar a outras pessoas – *crianças* – que não têm interesse algum por mim, para começo de conversa. Que ideia repugnante. Não sou nada parecido com eles. Eles que apodreçam.

Por um tempo quase igual ao total de anos que vivi, quando em público, usei óculos grandes e opacos, daqueles que ficam presos ao redor da cabeça com um elástico ajustável. Disseram-me que as lentes eram pretas. Do lado esquerdo, enrolei um cadarço ao redor do elástico a fim de deixá-lo mais grosso. Para ocultar algumas cicatrizes logo atrás da minha orelha. Já me disseram que esses óculos me fazem parecer uma coruja gótica. Mas eles disfarçam suficientemente a minha falta de olhos para evitar que estranhos gritem de pavor.

Eu me lembro do exato momento em que descobri o que sou para pessoas estranhas.

Foi pouco antes de eu completar seis anos. Havia implorado à minha babá que me levasse à padaria em certa manhã. Os aromas que pairavam pelas ruas me atraíam. Eu sentia o cheiro das tortas glaceadas e dos cremes mais próximos da vitrine. Os fornos no fundo estavam quentes, cheios de *croissants* e sanduíches. O salão encontrava-se incrivelmente quente. Havia um menino com mais ou menos a minha idade ao lado do *Brötchen*. Observando-me. Mostrando a língua para mim, do outro lado da sala. Ele piscou para mim e assoou o nariz na mão. Seria divertido poder piscar de volta!

Eu era um imbecil.

Fiquei feliz por tirar os óculos no calor daquele salão. O menino gritou, gritou sem parar. Seu pai ergueu os punhos calejados e cheios de farinha e ralhou furiosamente com a babá. Ela assentiu. Tirou-me dali em silêncio. Puxou-me para perto de si. Colocou a mão sobre a parte superior do meu rosto para poupar o mundo de me ver. Durante todo aquele tempo, fiquei estalando a língua, estalando e enxergando tudo em todas as direções, enquanto o pai do menino tentava consolar a criança traumatizada. Com o avental, ele enxugou a cascata de lágrimas e o fio de catarro que escorriam pelo lábio do menino.

Eis aqui um adágio que você deve conhecer: *Os olhos são as janelas da alma.*

Sou capaz de ver muita coisa das outras pessoas, mas ninguém consegue olhar para dentro de mim. Em algum nível primitivo, isso dá a impressão de que não tenho uma alma. Talvez não tenha. Se sou menos do que um ser humano, de alguma forma, não espero a humanidade dos outros. E não duvido de que seja menos que um ser humano. Sei que fui criado, assim como nasci. Mas não há nada reconfortante nisso, Oliver.

Já ponderei muito sobre esse assunto. Meus colegas nessa escola inútil nem pensam no estado da própria alma; estão preocupados demais com música pop. Com delineador de olhos e esportes.

Você fala sobre se sentir solitário e doente em um chalé na floresta, embora demonstre ser uma pessoa bastante alegre. Sua personalidade é tão colorida quanto sua visão. Você devia ser grato por isso.

Não há nada tão solitário quanto estar cercado por pessoas. Desperdiço meus dias em um gigantesco mar de corpos que, quase sem exceção, não dão a menor importância para o garoto "deficiente" de óculos escuros.

Quase sem exceção.

Há um garoto chamado Lenz Monk que gosta de me atormentar. Hoje eu estava no segundo andar, debruçado sobre o que deve ser o último bebedouro da Saxônia (é claro que a Bernholdt-Regen preservaria algo tão pouco higiênico), concentrado na sujeira pegajosa ao redor da boca da torneira. Lenz, ao passar pelas minhas costas, deu um chute na parte de trás dos meus joelhos. Claro que minhas pernas se dobraram. Claro que a água bateu no meu rosto. Talvez, se não me encontrasse tão fixado na sujeira, teria ouvido o farfalhar do tecido das calças de Lenz quando ele preparou o chute.

Em vez disso, eu me levantei, encharcado. Pelo menos, desta vez, ele não me deixou sangrando.

Não me virei para olhar para ele. Não preciso me virar para enxergar. Apenas saí dali. Lenz não xinga. Apenas causa seus hematomas e observa em silêncio. Na semana passada, fechou uma porta com força nos meus dedos. Ouvi a porta quando ela se fechava e podia ter afastado a mão, mas Lenz não para enquanto não me ouve gemer. Se eu gemer logo, ele me deixa em paz mais rápido. Se o primeiro ataque tem sucesso, ele já fica satisfeito.

Estou digitando somente com a mão esquerda hoje, pois a pele que cobre os nós dos dedos não está esfolada.

Muitas vezes Lenz se esforça para me empurrar contra paredes, cabines de banheiro ou concreto. Lenz sempre tenta puxar meus óculos. Ele puxa até que a alça ao redor da cabeça fique bem tensionada e, depois, solta-os para que batam no meu rosto. Ele volta para casa caminhando pela mesma rua que eu, na direção de Ostzig, na zona leste da cidade. Quase sempre preciso me esconder atrás de um quiosque do lado de fora da estação de trem, onde os fumantes se reúnem. Eles não olham para mim enquanto escuto, esforçando-me ao máximo para não tossir com toda aquela fumaça e esperando pelo arrastar de sapatos dos pés de Lenz passar por mim.

Ele espera até que eu gema de dor.

Depois de algum tempo, sempre acaba me apanhando de novo. Houve uma vez em que ele apertou minha garganta até eu quase ouvir os hematomas se formando sob minha pele; consegui ouvir os vasos sanguíneos rangerem sob os dedos dele. Tive de usar um cachecol para meu pai não se preocup...

Por que estou corrompendo seus ingênuos ouvidos, Oliver? Você pode ser poupado dessas coisas.

Aprecie o seu isolamento. A escola pública é uma verdadeira tortura.

Há algo em que venho pensando desde quando você começou a me escrever. Eu nunca o ouvi falar. Mesmo assim, imagino que seja do tipo que vive tagarelando e cantarolando como os pássaros e o trânsito pela manhã. Imagino que você seja uma pessoa bastante ruidosa.

Quanto mais ruidosa é uma pessoa, mais eu consigo enxergá-la. Talvez você possa me ajudar a ver algo que nunca vi antes. Será que consigo enxergar o mundo com seu otimismo?

Mas nunca vou conhecê-lo pessoalmente.

Já me expus o suficiente por enquanto. Aguardo pela Parte Dois. Não a ponto de prender a respiração, mas com uma ansiedade graciosa. Ainda não compreendo por que, exatamente, você está tão fixado nessa sua Liz. Parece que ela o maltrata.

Perdoe minha cautela. Não estou acostumado com uma honestidade tão abrasiva.

Moritz.

P.S.: Para saciar a sua curiosidade, especificamente:

1) Marvel ou DC: Não me importo com nenhuma das duas. Não escuto revistas em quadrinhos.

2) Desenhos animados: São irritantes. Ruídos e explosões. Algumas pessoas os adoram.

3) Oscar Wilde: Escutei os audiolivros de *O retrato de Dorian Gray* e *A importância de ser prudente*. Por que ele é tão verborrágico? Quem tem tanto a dizer? Além de você?

4) Computadores e a internet: Prefiro o rádio. Superfícies planas me frustram.

Não aprendi a ler em braile. Não sou cego. Mas aprendi o formato das letras há muito tempo. Aprendi também qual é a posição das teclas de referência do meu teclado há um bom tempo. Quando digito para você, meu computador dita o que estou escrevendo, com uma voz robótica. Não é agradável de escutar. É como um Daft Punk monótono.

Capítulo 5

O CABO DE ALTA-TENSÃO

Não achei que você foi grosseiro comigo na primeira carta, embora o que falou a respeito de Liz na segunda tenha me chateado um pouco. Olhe, talvez eu esteja me lamentando demais por causa dela, mas quando eu conseguir lhe falar LINEARMENTE mais a respeito dela, acho que vai entender. Não que ela tivesse me mandado cair no chão. O que quero dizer é que nada disso é culpa dela. Não foi ela que me fez deste jeito.

Sobre se eu continuaria amando Liz mesmo que ela não tivesse olhos: neste caso, vou precisar tomar medidas extremas.

Por favor, siga estas instruções:

1) Coloque as folhas desta carta numa pilha ordenada.
2) Enrole as páginas para formar um cilindro.
3) Bata com o rolo de papel na cabeça.
4) Repita o procedimento.

Você é um palhaço. De todas as coisas estúpidas – desculpe. ESTÚPIDAS! – a dizer, você acha que Liz perderia a alma se perdesse os olhos? Ela poderia ter a aparência que fosse, desde que continuasse a ser Liz. Pense nisso, Moritz. A sua aparência não define quem você é.

Se Liz não seria uma pessoa sem alma caso não tivesse olhos, então você também não é.

Nunca se apaixonou por ninguém? Tipo, conheço menos pessoas do que o número de falanges que tenho, e encontrei uma garota que não sai do meu pensamento. Você não? Acho difícil acreditar nisso. Olhe direito. Por acaso você é... *cego*?

E também... que diabos! Você escondeu essas coisas de mim, Mô! Você não tem globos oculares? E, em vez disso, usa óculos escuros e desenvolveu uma espécie de visão-morcego? Humm, certo. Entendo que não possa ler quadrinhos, mas, por favor, tente dar uma ouvida no *Demolidor*. Não está percebendo? Você enxerga como um morcego! Você é bilíngue? Já está com meio caminho andado para se tornar um super-herói!

E, seja lá o que lhe aconteceu quando você era mais novo (aqui falo sobre o laboratório novamente), você não é *sub-humano*. Por exemplo, pense nos X-Men: a Vampira não pode nem mesmo tocar nas pessoas sem matá-las! E o Fera é *azul*, cara. Quer dizer que você não tem olhos? Bem, pelo menos seus olhos não são lasers capazes de queimar a pele. E, mesmo que fossem, ainda valeria a pena conhecer você.

Sobre a ecolocalização: quando eu tinha uns nove anos, passei por uma fase bem intensa de obsessão por golfinhos. Temos uma pequena lagoa com peixes que não fica muito longe do nosso chalé, e já fui até lá algumas vezes. Mas, surpreendentemente, não há nenhum golfinho por lá (por que não posso ser um eremita numa casa de praia? Nunca vou conseguir ver o mar...).

Eis aqui o que aprendi sobre ecolocalização: os golfinhos podem estalar a língua em frequências tão altas que a maioria das pessoas não consegue ouvi-las. A maioria dos humanos consegue ouvir sons graves com até 20 hertz, o que não é parecido com nada, mas dá a sensação de que você está embaixo d'água com pressão nos ouvidos; e com uma frequência tão alta quanto 20 mil hertz, o que deve ser parecido com MAIÚSCULAS se as MAIÚSCULAS fossem uma chaleira verdadeiramente irritada. Entretanto, há alguns casos documentados em que mergulhadores que nadavam no meio de golfinhos sentiram as vibrações na água. E aqui vai a parte mais esquisita:

Algumas pessoas sentiram emoções naquelas vibrações. Sentiram se os golfinhos estavam felizes, ou tristes, ou com medo de que algum barco estivesse a caminho para transformá-los em atum ralado. Esses golfinhos enviavam suas emoções para o mundo. E se eu pudesse ver as ondas sonoras em vez de eletricidade? Qual seria a cor das emoções dos golfinhos?

(Liz disse que essa foi a pergunta mais "feminina" que já formulei. Sei que caubóis são machões, mas pra quê? E, indo além, os ruídos dos golfinhos são... femininos? Quem foi que escreveu essas regras?)

De qualquer maneira, talvez o motivo pelo qual as pessoas evitem você seja o fato de as emoções que o seu cérebro emana quando estala a língua serem... negativas? Estalar a língua é um hábito que vem do nervosismo. E você faz isso com mais intensidade quando está preocupado com esse garoto que o segue a caminho de casa. É isso que as pessoas chamam de "bullying"? Existe alguma palavra em alemão para isso? Dei uma olhada no dicionário de alemão, e lá estava a palavra *Tyrann*, que soa como "tiranossauro". Mas ele não parece um dinossauro incrível, e sim um zé-ninguém. Talvez você esteja emitindo infelicidade para as pessoas com seus estalos, e elas enviam isso de volta em ecos.

Espero que isso não pareça idiotice. O que quero dizer é que algumas pessoas podem realmente ser terríveis. Mas você precisa se esforçar mais para não deixar isso afetá-lo, porque, se deixar que elas causem esses sentimentos em você, só vai aumentar a infelicidade que está no ar.

Não entendo por que você é tão introvertido. Você parece ser um cara bem legal, mesmo que meio pretensioso. Fico me perguntando o que poderia ter acontecido para você detestar Moritz Farber. Moritz Farber não é nem um pouco entediante.

Como eu disse, você tem todas as características de um super-herói dos quadrinhos! Se as pessoas lhe causam tantos problemas por ser tão legal, levante-se, arranque os óculos e assuste-as. Ria ensandecidamente e emane ondas-golfinho de felicidade...

Na verdade, estou falando sério. Acho que você *deveria* tentar tirar os óculos algumas vezes. Já chegou a fazer isso? Se é tão feio (cale a boca e acerte a cabeça de novo com as páginas enroladas), pode fazer com que fujam com o rabo entre as pernas! Quem sabe assim você não precise mais gemer. Lenz não vai parar se você não o fizer parar.

Do que sente tanto medo? Não consigo nem mesmo pedalar até o fim da viela de acesso à minha casa, mas você pode fazer qualquer coisa. Qualquer coisa que queira, sempre que quiser!

De fato, sua Visão Cerebral Mágica (que vamos denominar de VCM deste ponto em diante) faz com que minha alergia pareça patética, de qualquer forma que você a examine. Assim, vou tentar chegar logo às partes boas da minha história. Vou tentar acelerar um pouco e chegar logo à parte em que conheci Liz, para você parar de pensar besteiras.

Vou dar uma apressada nos meus primeiros anos. Quero chegar ao ponto em que já tinha idade suficiente para ler, idade suficiente para me perguntar por que eu não era capaz de lidar com pilhas elétricas, idade suficiente para parar de fazer xixi nos bichos da casa. Já que você confia tanto em minhas habilidades de contador de histórias (esse é um dos melhores elogios que já recebi. Histórias são tudo para mim), acho que lhe contarei três histórias de quando eu era menininho. Três lembranças de três acidentes que realmente se destacam em minha mente. Três é legal, mas eu meio que esperava que fossem cinco. Tudo isso por causa de alguém que era um excelente contador de histórias. Sabe quem? Shakespeare. Ele escrevia peças em cinco atos.

Concentre-se, Ollie.

A Autobiografia Linear de Oliver Paulot, o Garoto Sem Energia
Parte Dois: Os Dias Antigos, em Três Acidentes

1) O Incêndio

Minha mãe usou o dinheiro do seguro de vida do meu pai para comprar o nosso chalé no meio da floresta. A casa tem o formato de um triângulo; aparentemente, isso é parte de alguma tradição mundial e muito antiga que faz o telhado se estender até o chão. A todo-poderosa forma da letra A! Há musgos e trepadeiras que sobem do chão até o telhado, e às vezes a parte mais alta da casa, onde meu quarto ocupa todo o piso superior, fica um pouco mofada, e o lugar começa a cheirar a escumalha de lagoa e cedro. No andar de baixo ficam o quarto da minha mãe, a cozinha, a sala e o banheiro, todos revestidos por painéis de madeira escura que a minha mãe diz ser "setentoide demais para aguentar". Talvez essa seja a razão de ela pendurar tapeçarias, colchas e pinturas em todas as superfícies. Há uma varanda nos fundos e uma na parte da frente, com um toldo que não faz muita sombra no verão.

O chalé localiza-se nos arredores de Rochdale, no estado do Michigan, a algumas horas de distância do lugar onde Bigode-Ruivo mora. Desde que eu nasci, ele vem me examinar pelo menos duas vezes por mês. Ele é meio biruta, mas acho que o amo, ou algo parecido.

De qualquer maneira, uma das minhas memórias mais esquisitas começa com um desses exames.

Eu nunca vi o Dr. Bigode-Ruivo dirigindo. Ele é bem cuidadoso em relação às minhas alergias. Por isso, estaciona a mancha marrom do seu Impala mais recente no final da viela de acesso, que tem duas milhas de comprimento (isso deve ser equivalente a alguma quantidade de quilômetros. Estou dizendo apenas que a nossa viela é mais parecida com uma estrada de terra longa e estreita). Em seguida, ele vem saltitante até a casa, com uma mala na mão. Não usa um jaleco de laboratório, o que acho meio decepcionante. Sempre se veste com camisas sociais de estampas indianas e calças de veludo. Durante muito tempo, pensei que os homens se vestissem assim, mas minha mãe sempre abre um sorriso torto e diz que Bigode-Ruivo é "excêntrico".

Geralmente, passo por um exame físico padrão com ele, mas é preciso usar a criatividade em certos momentos. Durante anos, tive uma espécie de penteado moicano meio murcho e desajeitado. Não que eu tivesse escolhido isso por vontade própria. Era obra das mãos de Bigode--Ruivo! Sempre que ele vem fazer um exame físico, é preciso olhar no interior das minhas orelhas, nariz e boca sem uma lanterna (você deve se lembrar de que eu e as lanternas não nos damos muito bem).

Assim, ele tem uma geringonça antiga e maluca que é similar a um pequeno lampião a gás ajustável com uma lente de aumento na frente, e um funil acoplado. Ele segura isso diante da lateral da minha cabeça sempre que deseja verificar se há alguma infecção nos meus ouvidos (é um otoscópio improvisado). Diz que ter cabelos nas laterais da cabeça aumenta o risco de algo se incendiar, mas acho que ele gosta mesmo é de me deixar parecido com um galo.

Ele costumava me fazer sentar sobre o seu colo na varanda da frente, onde a luz é melhor. Uma vez, quando eu era bem pequeno, o Dr. Bigode-Ruivo pressionou o otoscópio contra a lateral da minha cabeça e eu perdi a vontade de continuar sentado. Assim, levantei-me dali rapidamente e acabei derrubando o otoscópio nas tábuas da varanda, e o lampião se espatifou. Houve uma explosão súbita de calor conforme o capacho foi tomado pelas chamas, seguido pelo vaso de plantas mais próximo, depois pela guirlanda na porta aberta e o tapete logo na entrada. Lembro-me de ter a sensação de que o fogo agia por vontade própria, mais ou menos como a eletricidade – e que estava querendo me pegar.

Por sorte, o Dr. Bigode-Ruivo é bastante perceptivo sobre tudo que acontece ao redor dele, porque me pegou e me levou para longe da varanda. Deixou-me em um toco de árvore bem longe do chalé e disse: "Fique aí!", como se eu fosse o cãozinho babão com o qual você me comparou.

Acho que ele queria voltar para resgatar minha mãe, que estava na cozinha fazendo chá. Mas ela não precisava ser resgatada. Passou rapidamente pela porta em chamas com Dorian Gray preso debaixo do braço, e os dois pareciam mais irritados do que qualquer outra coisa. Ele a arranhava com bastante vontade. No gramado, ela empurrou o gato para as mãos de Bigode-Ruivo antes de correr para a garagem a fim de ligar para os bombeiros.

Fiquei ali sentado no toco de árvore, apenas piscando os olhos, observando as chamas que lambiam a chaminé de tijolos. O telhado estava pegando fogo quando comecei a ouvir as sirenes. Queria poder descrever aquela imagem. O caminhão de bombeiros. Eu pensava que o carro da minha mãe fosse algo sujo, mas isso foi antes de aquele motor a diesel aparecer. Eu conseguia sentir a vibração da eletricidade até mesmo nas solas dos pés, ainda antes de o caminhão surgir. Sentia aquela coisa vindo como uma manada elétrica, uma massa vermelha e luminosa nas minhas têmporas, e isso deve ter se refletido em meu rosto, porque Bigode-Ruivo me pegou nos braços e correu comigo para longe conforme o caminhão se aproximava. Dorian Gray miava sem parar, e o peito de Bigode-Ruivo subia e descia como se correr não fosse uma atividade habitual entre os ingleses de camisa estampada.

Ali estava a minha mãe, olhando fixamente para nossa casa que se consumia em chamas, observando a fumaça e as cinzas surgirem do refúgio que havia construído para morar com o filho, parecendo, apesar de tudo, apenas um pouco exasperada com tudo aquilo. Eu só tinha olhos para as luzes piscantes e para a fumaça negra que sufocava o caminhão dos bombeiros. É assim que imagino uma velha locomotiva, se essa locomotiva saísse direto do inferno. Como um aríete gigantesco, toda feita de fumaça negra e vermelha e explosões de luz branca que se agita e cospe até o infinito diante de meus olhos lacrimejantes. Grond! Grond! (Leia-se Tolkien!)

Lembro-me de ver algumas outras coisas impressionantes. Vi policiais com *walkie-talkies* que, sempre que chiavam com algum ruído, deixavam rastros de poeira cor de açafrão pelo ar. Lembro-me da luz azul no alto das viaturas perfurando as nuvens ao redor do caminhão de bombeiros, mas, para mim, não pareciam apenas azuis. Eram como folhas giratórias multicoloridas, abrindo-se em leques esmeralda e azul-celeste que trespassavam lufadas de escarlate e castanho.

Eu devia ter desviado os olhos. Meu crânio zunia ao redor do cérebro. Meu nariz escorria, meus olhos lacrimejavam muito, e isso se devia menos ao fogo do que às auras elétricas que se espalhavam pelo ar, causando-me uma coceira que ia da cabeça aos pés como se eu tivesse uma espécie de comichão vulcânico.

Mas vi muitas cores naquela noite. Tantas que talvez até você sentiria um pouco de inveja.

Minha mãe não deixou ninguém chegar perto de mim. Não tinha como saber se aquelas pessoas traziam telefones ou *tasers* presos aos cintos. Bigode-Ruivo riu discretamente quando percebeu que eu havia chamuscado a lateral das minhas calças; os olhos dele brilhavam. Quando minha mãe veio em nossa direção, pisando forte, eu me preparei para a bronca gigantesca que receberia.

Ela, entretanto, passou direto por mim e segurou Bigode-Ruivo pelos ombros, balançando-o com força.

– O que você fez? Tudo isso foi por causa de outro relógio digital supostamente inofensivo?

– É claro que não! – protestou ele. – Foi um acidente! O eletromagnetismo não iria causar um incêndio.

– Não diga "claro que não", como se você nunca o houvesse forçado antes. Oliver não é um de seus experimentos!

– Você não precisa me dizer isso. – O fogo no olhar dele não se devia apenas ao reflexo das chamas atrás de nós.

– Ele não é *seu* filho.

Eu olhava, boquiaberto, para os dois adultos, porque aquilo era um espetáculo ainda maior do que o incêndio. Minha mãe e Bigode--Ruivo *nunca* brigavam. Em algumas noites, bebiam cervejas na varanda, e ficavam com os olhos cheios de lágrimas e os rostos vermelhos quando pensavam que eu não os espiava com o binóculo.

Agora, minha mãe olhava para Bigode-Ruivo como se ele tivesse me dado uma surra.

– Meredith – disse ele lentamente, com os olhos refletindo a luz das chamas –, eu jamais causaria algum mal a ele. Você sabe disso.

Minha mãe soltou uma risada sem qualquer humor.

– Acho que eu mesma posso cortar os cabelos de Ollie daqui por diante.

– *Por favor.* – O sangue parecia ter se esvaído das bochechas dele, Moritz.

Corri na direção deles e segurei o cotovelo de minha mãe.

– Mãe! Ele não fez nada!

Ela esmoreceu.

– Desta vez, não fez.

E minha mãe, coberta por fuligem negra, soltou o Dr. Bigode-Ruivo e colocou os braços ao redor de mim, abraçando-me com força.

Pude ver o Dr. Bigode-Ruivo por sobre o ombro dela, branco contra o negro e o vermelho.

Ficamos em uma barraca durante um mês, atitude que a polícia achou estranha. Entretanto, acampar na floresta e cozinhar salsichas para fazer cachorros-quentes foi uma aventura enquanto esperávamos o chalé ser reconstruído. Quando finalmente voltamos para lá, minha mãe colocou as nossas malas na sala de estar intacta e suspirou.

– *Tsc*. Nem mesmo o fogo do inferno foi capaz de matar os anos 1970?

Joguei-me sobre o sofá alaranjado com o forro xadrez, enfiando-me no meio das almofadas.

– Que nada.

Minha mãe sentou-se ao meu lado.

– Ollie. Olhe para mim.

Ela falou aquilo com tanta seriedade que obedeci.

– Você é novo demais para se lembrar do relógio digital. Mas, se Greg... se o Dr. Bigode-Ruivo... *tentar* lhe mostrar alguma coisa elétrica, você tem que me contar imediatamente.

– Mas... ele é meu médico.

– E eu sou sua mãe.

Acho que só me senti aliviado por saber que ele continuaria nos visitando. E que eu voltaria a ver cor no rosto dele outra vez.

Temos uma sala de estar *lotada* de estantes, Moritz, e uma delas está abarrotada com pilhas de enciclopédias. Alguns anos depois que

Bigode-Ruivo e minha mãe tiveram aquela discussão, eu li a palavra *eletromagnetismo*.

Basicamente, o eletromagnetismo é uma força tão intensa no mundo quanto a gravidade. Digo, se é que você pode acreditar com certeza em alguma coisa, é que as coisas vão cair quando você as largar, e que o ar está cheio de eletricidade. Subatomicamente, as partículas elétricas se atraem e se repelem *o tempo inteiro*.

Entretanto, se sou intolerante à eletricidade, por que a estática não me mata? Já levei alguns choques quando vestia meias sobre o piso de madeira da cozinha, e isso não me causou convulsões. E conheço anatomia. A eletricidade existe em nosso cérebro, Moritz. Walt Whitman não precisa cantar nenhum corpo elétrico, como fez naquele poema. Todos somos um pouco elétricos, com ou sem marca-passos.

Então, como é que eu ainda não estou permanentemente morto?

Esta é minha teoria até o momento: minha epilepsia não tem relação com alergias. Vai além disso.

Eu *não me dou bem* com a eletricidade. Eu e ela nos repelimos mutuamente. Ninguém apenas *nasce* tão diferente assim. É algo que desafia a ciência e a lógica, Moritz.

É mais fácil dizer que estou doente. Mais fácil para a minha mãe me tratar como um inválido.

É por isso que você *tem* que me falar sobre o laboratório, Moritz. Mesmo que isso o deixe chateado. Não estou interrogando você agora. Estou *pedindo*. Se você foi criado em um laboratório, será que eu fui também? Afinal, de que outro modo eu e você estamos conectados?

O que mais pode explicar essa situação na qual me encontro? Se sou um experimento como você, preciso explicar isso a Liz. Preciso que ela saiba que havia problemas maiores do que eu ser um desastre ambulante para justificar – bem, não para justificar, mas para *explicar* – que não pude fazer nada para evitar o que aconteceu quando fomos acampar. Não pude ajudá-la e não pude...

Concentre-se.

Estou soprando o meu cachimbo de fazer bolhas de sabão, Watson.

2) Joe Ferro-Velho

Minha mãe colocou placas de "Proibida a entrada" por todos os lados da nossa propriedade. Você sabe. Do tipo que diz que "INVASORES serão recebidos A TIROS". Não acho isso legal, mas é uma ameaça decente. A razão pela qual placas como essas eram necessárias tinha muito a ver com a temporada de caça.

As pessoas caçam na Alemanha, Moritz? Quando tento imaginar isso, penso em homens com pantalonas bufantes saltitando pela floresta e perseguindo cervos, como nas tapeçarias de minha mãe.

De qualquer maneira, a temporada de caça aqui é algo bem sério. Há muitos cervos-de-cauda-branca nas florestas, e todos os anos, no mês de novembro, as pessoas viajam para cá com garrafas de cerveja, rifles e lonas a reboque. Dizem estar atrás de machos com galhadas de dez pontas, mas, na verdade, de acordo com o que Bigode-Ruivo diz, o que mais querem é se embriagar com os amigos e se sentar sobre os galhos das árvores. Bigode-Ruivo não é do tipo que gosta de sair para caçar. Britânico demais, ou coisa do tipo.

A última coisa que minha mãe queria era algum caçador se aproximando do nosso chalé. A maioria das mães ficaria preocupada com bêbados empunhando armas. Mas a minha se preocupava mais com bêbados empunhando lanternas.

Bem, quando eu tinha uns sete anos, um homem usando roupa camuflada entrou na nossa propriedade com um rifle sobre os ombros.

Minha mãe estava me ensinando a andar de bicicleta. Eu ainda precisava das rodinhas laterais, mas começava a pedalar o mais rápido que podia e freava com força suficiente para deixar marcas profundas de pneu na terra da viela de acesso. Minha mãe vinha correndo atrás de mim, sempre observando tudo cuidadosamente.

Em um dia de outono, quando o cheiro das folhas era pungente devido à umidade, elas amarelavam na viela, eu pedalava lentamente para tranquilizá-la.

– Estou ouvindo um pica-pau, mãe.

Ela chutou as folhas secas.

– É mesmo? Não estou ouvindo nada.

– Escute!

– Ah, prefiro cheirar. Sinta o cheiro desse ar. – Ela fechou os olhos.

E, quando os abriu, eu já estava pedalando para longe dali o mais rápido possível. Ela gritou meu nome. Eu ainda não tinha me afastado tanto quando o caçador vestido de laranja apareceu bem na minha frente, saindo do meio dos pinheiros. Seus olhos se arregalaram. Percebi que havia algo que brilhava com uma luz verde dentro dos bolsos dele, então apertei os freios com força e a bicicleta derrapou. Quando me dei conta, estava sendo carregado e minha cabeça doía, além de ter arranhado o rosto na terra.

– Não é sua propriedade – disse o homem que me carregava. Não o caçador, mas outra pessoa. Eu me sentia zonzo demais para reconhecê-lo. – Saia daqui antes que eu o denuncie. A polícia deste lugar está sempre procurando por idiotas do interior, você sabe.

Eu via as copas das árvores e um queixo com a barba por fazer logo acima de mim. Não sei se o caçador (o idiota do interior) deu o fora dali ou não.

– O gue agontefeu? – perguntei. Podia ter sido bem naquela hora, ou podia ter sido alguns minutos depois. Sentia faíscas em meus olhos, e meus dentes rangiam.

– Você arranjou uma bela concussão. E aí vem sua mãe, parecendo louca para lhe arranjar mais uma.

Eu a ouvi me chamar pelo nome e, quando dei por mim, estava nos braços dela, na varanda de casa e ainda meio zonzo. Observando-a por cima do ombro, encontrei todo o resto do cara com a barba espessa: Joe Ferro-Velho.

Joe, um mecânico barbudo que usava perpetuamente um boné de beisebol, era nosso único "vizinho", embora o trailer e o ferro-velho dele ficassem a quase dois quilômetros de distância. Ele não se importava com as placas que minha mãe colocara. De acordo com ele, toda aquela carne de cervo lhe pertencia. Ele costumava vir até nossa casa para deixar alguns potes cheios de cozido de cervo.

– Hora de acordar, garoto – disse ele, mostrando os dentes que lhe faltavam na boca.

Pisquei os olhos.

– Consegue me ouvir? – a voz da minha mãe era muito alta, assim tão perto de mim.

Concordei com a cabeça, mas tinha a sensação de que metade da minha cara havia sido rasgada e retalhada.

– Olhe só para você. Agora as pessoas vão pensar que estamos lhe batendo. – Ela me puxou para mais perto. – Se você fugir de novo daquele jeito, não sei o que vou fazer. Então não fuja. Nunca mais.

Deve ter sido nessa época que minha mãe começou a colocar cadeados na porta, Mô.

Depois de algum tempo, minha mãe me colocou na cama, mas, como ainda era início de tarde, eu não estava com sono. Ela e Joe ficaram na varanda dos fundos. Minha janela estava aberta. Fazia um dia quente e o vento soprava as folhas contra a tela; e minha mãe tinha razão – o cheiro era maravilhoso.

– Obrigada pela ajuda, Joe.

– Estava só cuidando dos meus vizinhos. Fique de olho no garoto.

– Estou tentando. Se eu não tomar cuidado, ele vai desaparecer. Vai sumir antes que eu perceba.

– Oh, não vai ser assim. Ele está melhorando?

Minha mãe provavelmente negou com a cabeça. Eu me afastei da janela.

– Talvez eu o apresente para a minha sobrinha algum dia. Ela tem mais ou menos a mesma idade. Chama-se Elizabeth.

– Sim – disse a minha mãe, depois de um segundo. – Talvez.

Bem, a seguir eu pretendia lhe contar uma história sobre uma época em que tive uma babá e foi um desastre, mas mudei de ideia. Porque a Elizabeth que Joe mencionou era a Liz sobre a qual vivo falando; assim, saltar até o dia em que a conheci ainda é mais ou menos escrever de forma linear. E preciso limpar o nome da Liz! Tenho que mostrar a você a importância que ela tem para mim. Tenho que lhe dizer por que espero por ela no alto da viela de acesso toda quarta-feira.

3) A Garota

Brincar de caçador na floresta é bem menos divertido quando sua mãe vem logo atrás de você, escondendo-se atrás das árvores com a graça de um bêbado perneta. E, se eu estivesse no meu quarto, ela vinha ver como eu estava a cada sete minutos. Às vezes me trazia macarrão ainda quente do fogão a lenha ou leite gelado da garagem.

Eu lhe disse que ela tem hobbies. O cérebro dela é como o meu: quer se ocupar o tempo todo. Ela borda, pinta, cria cenários para modelos de ferrovias, recolhe folhas e as preserva, faz móbiles e objetos de cerâmica e encaderna livros. Mas acho que o passatempo favorito da minha mãe é me observar.

Ela ficava na minha cama me observando enquanto eu estudava, fazia dobraduras ou desenho na minha escrivaninha. De vez em quando falava alguma coisa. Em geral, ela apenas me observava com os dedos nos lábios, aquela expressão (você sabe de qual estou falando) no rosto.

– Você pode ir fazer alguma outra coisa?

– "Pode" é uma palavra divertida – respondeu ela. – Mas, se eu *posso* aguentar você, então você também *pode* me aguentar.

Uma vez ela me disse, quando perguntei sobre meu pai, que havia prometido a ele não me prender. Se meu pai queria o melhor ou o pior para mim, não sei. Ele morreu e nos deixou dinheiro suficiente para vivermos bem, mas com uma condição: se algum dia eu decidisse ir embora, minha mãe teria de permitir. Ele colocou isso no testamento. Então minha mãe não pode simplesmente me manter aqui para sempre.

Ela *prometeu* a ele.

Mas, analisando a maneira que minha mãe olhava para mim, não creio que ela seria capaz de manter essa promessa.

Talvez seja essa a razão de eu estar sempre estava tentando ir embora.

Eu já tinha quase onze anos quando minha mãe finalmente me deixou tirar as rodinhas laterais da bicicleta.

Ela e eu brincávamos de mecânico. Minha mãe costumava brincar muito mais antigamente. Ela estava deitada de costas sobre o gramado com o quadro da bicicleta sobre o nariz enquanto eu observava, mastigando e chupando uma banana.

– Chave de fenda! – gritou ela.

– Não precisa de uma chave de boca antes? – Passei a casca da minha banana para ela, e ela nem pestanejou. Só largou a casca e estendeu a mão outra vez.

– Bisturi!

– Mas você não é médica. – Passei-lhe a chave de catraca. – Médicos têm cavanhaques. Bigodes ruivos.

Os dedos dela estavam gelados quando pegou a chave, porque mesmo naquela época sua circulação já não era tão boa. Os parafusos enferrujados rangiam enquanto ela os torcia.

– Ollie, o Dr. Bigode-Ruivo fala com você sobre o passado?

– Eu gostaria que ele falasse. Ele tem medo demais de você para responder a todas as perguntas que faço sobre laboratórios.

– *Tsc.* É melhor ter medo mesmo. – Foi um murmúrio, mas consegui ouvi-la em meio aos cliques da ferramenta que ela tinha na mão.

– Ele não é seu amigo, mãe?

– Não exatamente, Ollie.

– Então… como são os amigos? Você acha que algum dia eu terei algum?

Embora eu estivesse sorrindo, minha mãe deixou cair a chave de catraca. Ela me encarou por entre o eixo da roda.

– Eu gostaria que… bem, por enquanto você tem a mim, Ollie. É melhor do que nada, não acha?

– Talvez. – Abri um sorriso bem largo para apertar os olhos, porque, por algum motivo, eles estavam úmidos, e eu não queria que ela visse isso. – Acho que você serve. Conte-me sobre o meu pai.

Imunidade a interrogatórios! Minha mãe saiu lentamente de baixo do quadro da bicicleta e se levantou para observá-la.

– Aí está. Mas você precisa tomar cuidado. Se levantar o estribo, a bicicleta vai tombar.

– Tudo bem. Mãe?

Ela enxugava os olhos, limitando-se a olhar fixamente para a bicicleta. Tive a impressão de que, se eu montasse, ela iria me empurrar imediatamente para o chão, ou de que lutava contra um poderoso desejo de prender de novo as rodinhas ou concretar todo aquele quadro ao chão.

Deixei meu corpo se escorar no dela. Ela estendeu o pé para a esquerda a fim de se apoiar.

– Eu serei seu estribo.

Ela bufou e apoiou o cotovelo (*articulatio cubiti*) sobre meus cabelos. O osso era proeminente.

– Que nada. Você é o meu descanso de braço. Você não vai a lugar nenhum.

Minha mãe tem boas intenções. Mas você percebe por que não consigo acreditar nas promessas dela, Moritz?

Sou um estribo meia-boca.

Alguns dias depois, roubei as chaves do esconderijo mais recente na segunda estante de carvalho (eu *sempre* as encontro), saí correndo para o gramado e tirei a bicicleta de baixo das mangueiras emaranhadas do quartinho de ferramentas. Pedalei pela viela que levava para fora da floresta. As raízes das árvores, expostas na trilha, pareciam-se muito com mãos estendidas. Toda vez que eu passava por cima de uma, tinha a impressão de estar correndo por cima dos dedos de alguém.

Eu não queria só escapar da minha mãe. Estava buscando umidificadores, caminhões e caixas registradoras. Aparelhos de som, cinemas, *tablets* e tênis com luzes piscantes nas solas. Queria ver aquilo que todo mundo via, mesmo que apenas à distância. Eu queria o mundo.

Aquele cabo elétrico de alta-tensão que cruzava a viela quase me derrubou da bicicleta. Filamentos elétricos alaranjados estavam dependurados dos cabos elétricos acima, provavelmente pendendo dos fios como a franja gótica que cobre sua testa, Mô. No momento em que me aproximei daquilo, meu estômago se revirou. Definitivamente aquele cabo elétrico e eu tínhamos cargas opostas.

Senti um espasmo atravessar meu pé direito; ele escapou do pedal. Era como se os filamentos houvessem me agarrado, enrolado fios quentes ao redor do meu crânio e apertando meu cérebro. As raízes no caminho não tinham feito nada, mas aquele cabo prateado no céu me jogou sobre o capinzal.

Porém, do mesmo jeito que havia algo hipnótico em um notebook, havia também alguma coisa naqueles filamentos esvoaçantes com cor de tangerina que me deixou determinado a atravessá-los, mesmo que me aproximar deles já fizesse com que eu me retorcesse.

"Isso não acabou", eu disse à linha de transmissão. E foi assim que começou nossa rivalidade legendária.

Quando voltei à fenda entre os pinheiros, estava guiando a bicicleta apenas com uma mão e trazia um velho aquário redondo sob o outro braço (Dorian Gray havia enterrado o peixe beta que morava ali em seu estômago). Desmontei, deixei a bicicleta cair e enfiei o aquário na cabeça, mas ele ficou preso em minhas orelhas. Eu o forcei para que descesse. Logo minha respiração embaçava minha visão. Tentando não tremer sob meu capacete improvisado, eu me aproximei dos filamentos cor de tangerina que balançavam no cabo de alta-tensão.

Já havia lido panfletos sobre trajes para lidar com materiais perigosos e proteção NBQ, sobre roupas cientificamente isoladas (embora minha mãe sempre dissesse que elas não valiam o risco, qualquer que fosse a razão). Eu também tinha lido que vidro não conduz eletricidade.

Além disso, o vidro parecia funcionar bem para os astronautas, não é?

Liz devia estar rindo de mim. Ela morava na cidade, mas seu pai adorava tortas de amora, e havia várias amoreiras perto da viela que dava acesso à nossa casa. Colher amoras não era exatamente o que os outros garotos faziam nos fins de semana, mas Liz não era como os outros, Mô. Eu não a vi entre os arbustos, só me observando; imaginei que não tivesse ninguém por perto, afinal, nunca havia ninguém por perto.

Liz se aproximou sorrateiramente enquanto eu esticava o pescoço para observar meu nêmesis encordoado. Poderia até ensinar minha mãe a andar em silêncio, ou então a grama abafava muito bem os sons, porque não cheguei nem mesmo a perceber sua presença até que ela encostou o rosto no aquário e gritou:

– VAI SAIR PARA UM MERGULHO?

O som ecoou nas minhas orelhas. Caí de costas sobre as folhas.

– Que diabos você está usando na cabeça?

Limpei as folhas de pinheiro que espetavam minhas palmas e ergui os olhos na direção dela. Pelo vidro distorcido, podia ser qualquer pessoa, qualquer coisa. Então tirei o aquário da cabeça.

Ela era a garota que eu havia visto com o notebook. Seus cabelos escuros estavam presos em um rabo de cavalo. O rosto bronzeado tinha sardas, contrastando bastante com minha cara branquela. Ela vestia um macacão curto com os bolsos cheios de amoras, que manchavam o tecido azul do jeans de roxo. Um joelho sujo tinha uma folha molhada grudada à pele.

– Oh, não. – A expressão dela se suavizou. – Você tem alguma deficiência de desenvolvimento, não é? Ou será que sofre de algum problema mental?

– Não...

– Bom, meus pais são assistentes sociais. Minha mãe trabalha com controle de crises, o que significa impedir as pessoas de se matarem. – Liz sorriu. Tenho certeza de que ela pensou que aquilo seria reconfortante, mas era um sorriso muito largo. – Se tiver alguma doença mental, para mim não faz diferença alguma. Acho até que posso ajudá-lo com isso.

— Não sou louco! — Minhas orelhas ardiam.

— Então você é...?

— Doente. Ah... alérgico a eletricidade.

Liz ergueu as sobrancelhas.

— Então você é louco.

— Não. — Eu me levantei, hesitante, e apontei para o cabo elétrico. — Fique olhando.

Corri o mais rápido que pude até a fenda entre as árvores. Foi o ato mais imprudente que já cometi, e, quando os filamentos me jogaram para longe e eu sofri um ataque de tremores no chão da floresta com um sangramento no nariz, fiquei abismado por não ter acontecido nada pior.

— Uau! Isso foi esquisito. Quase como se você tivesse batido em uma parede invisível ou coisa assim. Está machucado?

Concordei com a cabeça.

— *Legal*.

Senti meu rosto empalidecer.

— Mas não foi por isso que eu disse que você era louco. — Ela ficou séria de repente. — Disse que você é louco porque falou da sua doença antes de dizer seu nome. É igual a um dos clientes do meu pai. — Ela apontou um dedo severo para mim. — NÃO SE DEFINA PELA SUA DOENÇA, SENHOR...?

— O-Oliver.

— Eu sou Liz. — Ela estendeu a mão. Pensei que me ajudaria a levantar, mas estava oferecendo amoras roxas e suculentas. — Quer algumas, Ollie? Ou prefere ficar sentado aí, sangrando?

— Obrigado. — Enfiei uma amora na boca, mas senti o gosto de sangue junto com o da polpa. — Muito obrigado.

— Não foi nada, Ollie.

Mas aquilo foi importante, Moritz. Ela não fazia ideia do quanto aquilo tinha sido importante.

Amanhã é quarta-feira, então talvez Liz passe por aqui. Ou talvez não. Digo, seja lá o que ela fizer, não vou achar ruim. Afinal, não tenho mais tanta coisa para fazer. Estou tentando aprender a fazer origami, mas não consigo nem começar a dobrar os dragões do jeito certo, porque devemos construí-los a partir de garças. Porém, toda vez que faço uma garça, ela acaba ficando frouxa no meio. Isso leva muito tempo. Mas ainda assim é melhor do que ficar largado por aí arrancando os cabelos.

Você tem que me contar mais fatos interessantes sobre sua vida e o que faz aí em Kreiszig. Cure o meu tédio de novo, por favor.

~ Ollie

P.S.: Ei, por que você tem uma cicatriz atrás da orelha? Isso foi obra de Lenz ou aconteceu no laboratório? Você não pode me dizer que não se interessa por LABORATÓRIOS SECRETOS e depois insinuar abertamente que as pessoas fizeram *experimentos de verdade* em você. É como mostrar uma cenoura a um jumento depois de cortar as pernas dele! Por favor, Moritz.

Não tenho ninguém mais a quem perguntar essas coisas. Apenas esquilos e árvores. Ok?

Capítulo 6

AS PALAVRAS

Por que, Oliver? POR QUE EU FUI DAR OUVIDOS A VOCÊ?! Seu mijador de gatos!

Não estou querendo usar o itálico. Estou GRITANDO com você! Escrevo esta maldita carta depois de levar uma suspensão de uma semana da Bernholdt-Regen Hauptschule, o que pode potencialmente levar à minha expulsão! Estou sentado aqui, sozinho, no meu apartamento, com o nariz ensanguentado e o rosto cheio de hematomas. E considero você o culpado por essas duas coisas. Mas por que você deveria se importar? Afinal, não o estou entediando.

Fiquei muito contente com sua última carta. Foi por isso que agi como um idiota. Provavelmente como você agiria. Quando alguém diz pela primeira vez na sua existência que você é *heroico*, torna-se difícil manter a sensatez. Essa sua natureza encantadora me transformou num *Arsch*. Você não me entende, Oliver, não mais do que entende o mundo. Tudo que posso esperar é que seu conselho pavoroso não tenha sido um ato de crueldade, mas, sim, de ignorância.

Mas e se minhas esperanças forem verdadeiras? Que ideia terrível. É como se sua ignorância tivesse passado para mim pelo simples fato de ter escrito algo que me emocionou. Estou furioso. Por outro lado, a culpa também é minha. Escolhi confiar em você. Você tem uma tendência enganosa de parecer sábio.

Mas o que você poderia realmente saber? Todas as palavras que já me escreveu foram aprendidas por meio de livros. Palavras que você aprendeu em um chalé muito distante do mundo real. Ou então pior: são as palavras que aprendeu com uma garota adolescente que o leva de um lado para outro como se você fosse um brinquedo sem a capacidade de pensar. Você está comendo direito, Ollie? Por que diz que se levantar da cama é uma vitória? Você se esforça tanto para parecer feliz, mas o que faria sem suas distrações? Está tão apaixonado que passaria o resto da eternidade choramingando se Liz nunca mais aparecesse?

Você é quem precisa se *levantar*.

Então, como foi que eu consegui encontrar refúgio em suas palavras?

Você nunca foi à escola. Nunca jogaram objetos na sua cabeça. Nunca viu seus colegas de classe fingirem que estão doentes. Tossindo, cuspindo e suspirando quando indicados para serem seu parceiro durante as aulas de ciências.

Você jamais caminhou por uma cidade insensível durante a tarde e esperou que Lenz Monk o derrubasse no chão, preocupando-se com a possibilidade de o sopro do vento encobrir os movimentos dele. Nunca correu para casa em tardes frias com os olhos na nuca, quando quase consegue sentir as mãos estendidas para agarrá-lo ou puxá-lo pela beirada da roupa. As mãos de alguém louco para agarrá-lo, apenas para ouvir você gritar.

A "VCM" até que tem alguns benefícios. Ela me diz se há alguém de tocaia no caminho mais adiante. Ou se alguém está me seguindo. Consigo ouvir os passos acelerando. Pegadas. O som faz meu coração se retorcer, meus pulmões incharem. Faz meu cérebro chacoalhar, Oliver.

Você, porém, nunca saberia como é isso. Você não viu a forma das palavras na ecolocalização. Não é o mesmo que ver a eletricidade. Não é bonito.

"Monstro!" A palavra se reflete em todas as superfícies até me alcançar. Penetra no meu cérebro pela testa.

"Bicha!" Essa perfura meu peito. Enrosca-se na minha virilha, no meu coração fraco.

"Retardado!" Consigo ouvir essa palavra se formando nos lábios. Vejo nas gotículas de cuspe que saem com ela, porque eu estalo, estalo, estalo a minha língua o dobro das vezes quando acho que alguém está a ponto de pronunciá-la. "Retardado."

Isso sem falar do laboratório. Você pergunta por que eu tenho cicatrizes? Fica imaginando sobre minhas origens *heroicas*? Que mistério mais divertido! Tenho essas cicatrizes porque, quando era pequeno, as pessoas naquele laboratório me cortaram e colocaram aparelhos elétricos dentro da minha cabeça. Tudo em prol da ciência. Está contente por perguntar? Quer saber mais? Você realmente espera que nós dois conversemos sobre este lugar?

Você diz que as pessoas podem ser cruéis comigo porque contamino o ar com... o quê? Energia negativa? Você insinua que a maneira como os outros me tratam é minha culpa? Porque eu mostro a eles que tenho medo?

Como posso evitar mostrar isso, quando mal consigo respirar, o suor escorre por minha pele e desejo apenas conseguir fechar os olhos que não tenho para não precisar enxergar as expressões no rosto deles?

Não precisa me dizer que mereço tudo isso. Eu já sei.

Fick dich, Oliver.

E pensar que eu havia começado a considerar você um amigo.

Nossos pais queriam que nossas cartas tivessem efeito de um remédio. Mas este é um remédio ruim. Não quero mais ter contato com você. Considere isso o fim de nossa correspondência.

Capítulo 7

O CHALÉ

Ok. Você precisa se acalmar. Uma parte de mim está com receio de dizer algo que o irrite ainda mais, mas outra parte quer gritar tudo de volta. E estou realmente me perguntando se você recebeu algum tipo de ajuda. Onde se encontra seu pai enquanto você está ocupado, sangrando pela casa e gritando? Você está sozinho no apartamento? Já chegou a falar para alguém sobre Lenz Monk? Alguém que não seja impotente? Ou você apenas fecha a boca e aceita tudo isso calado?

Então, que diabos aconteceu? Qual foi a origem disso tudo? Eu *nunca* diria que você merece ser ferido. Por que está dizendo uma coisa dessas?

Posso ter um déficit de atenção ou coisa parecida, mas acho que você pode ser maníaco-depressivo ou sofrer de algum distúrbio de humor, Moritz! Li a respeito dessas coisas, e não quero dizer que sou especialista no assunto, mas acho que você deveria conversar com um terapeuta, um assistente social ou um psiquiatra para ajudá-lo, se ainda não fez isso. Cheguei até a pedir a Bigode-Ruivo que desse uma olhada em sua última carta, mas não adiantou nada. Aqui está o que ele disse enquanto media minha pulsação:

— Às vezes, amigos em situações ruins podem não ser tão amigáveis e agir de maneira ruim, também.

Estou preocupado com você e acho muito chato não ser capaz de fazer nada a respeito. Talvez nunca tenhamos nos encontrado e isso nunca venha a acontecer, mas acho que deixei claro que *quero* ser seu amigo. E, se amigos se tratam mal, acho que posso tratá-lo mal também. Portanto, digo a você que *não vou* me sentir culpado até que me conte o que aconteceu e por que foi suspenso, e por que diabos isso pode ser minha culpa!

Você tem razão. Não sei muito sobre como outros adolescentes agem entre si. Nunca estive em uma sala de aula. Nunca fiquei esperando na droga do ponto de ônibus. Por isso, talvez eu seja a pior pessoa a quem alguém possa dar ouvidos. Mas acho que você está descontando tudo isso em mim por ter medo de encarar as pessoas que realmente o machucaram. Como aquelas pessoas no laboratório que não conheço, eu acho.

Faça um favor a nós dois e explique o que aconteceu antes de começar a gritar comigo! Porque esta é a verdade sobre como me sinto sobre nossa "correspondência" até o momento: sempre fui bastante honesto com você.

E quanto a você, Moritz?

Você se desvia de todos os assuntos como se falasse por meio daquelas ondas que enxerga. Você não diz o que pensa! Nunca suaviza os golpes. Diz não querer ferir meus "ingênuos ouvidos". Quer saber? Para mim, isso é um monte de besteira. Você só está com medo de confiar em mim porque acha que, se algum dia eu encontrá-lo, vou empurrar você contra um bebedouro como Lenz faz.

Como se eu precisasse de mais algum motivo para me sentir um leproso.

Da próxima vez que falar comigo, realmente *fale comigo*.

Se não quiser mesmo me escrever mais, acho que não há problema nisso. Afinal, já estou me acostumando a toda essa sensação de abandono. Já faz quatro meses desde que vi Liz pela última vez. Quatro meses desde que ela veio aqui depois da escola e disse que seus dias estavam cheios de compromissos como jogos de basquete, competições de teatro e basicamente um monte de pessoas que não são impotentes como eu.

E sabe de uma coisa? Não me sinto mal por lhe perguntar sobre o laboratório. É fácil para você ignorar tudo isso porque tem outras distrações. É fácil apenas se esquecer de onde veio, porque pode ir para outros lugares.

Talvez eu nunca saia daqui, Moritz. No que posso pensar além do passado?

Desculpe-me por ter dito a você que apreciasse o mundo "real". Desculpe-me por ter lhe dito que não ignorasse o fato de estar cercado por outras pessoas.

Minha mãe está dizendo que acha que eu nem deveria ter começado a escrever para você, para começo de conversa. Ela está tentando trancar esta porta, como faz com todas as outras. Diz que eu não deveria sequer responder. Mas não há muito a perder se você realmente já estiver pulando fora.

E sobre os meus conselhos terríveis – eu lhe disse que se levantasse e enfrentasse seus problemas. Culpar a mim por problemas que são seus não é nada heroico. Você poderia ter usado uma capa e uma máscara, Moritz. Acho que pensei que você era mais corajoso do que de fato é.

Capítulo 8

ÓCULOS

Ollie. Posso chamá-lo de Ollie? Como pedido de desculpas? Não tenho muita experiência com pedidos de desculpas ou amizades. Não sei por onde começar.

Eu estava preparado a nunca mais voltar a conversar com você quando escrevi a última carta. Como nunca vamos nos encontrar pessoalmente, escrevi como um covarde. Escrevi sabendo que você não poderia rechaçar minhas acusações. Pelo menos, não diante do meu rosto vazio.

Entretanto, depois que gritei daquele jeito, sua primeira resposta veio em forma de *preocupação*. Isso me ensinou um pouco sobre humildade. Sou dois anos mais velho do que você, Ollie. Não sinto esses anos. Você... você não foi capaz de me deixar apodrecer.

Obrigado, Ollie.

Não, não tenho um psiquiatra. Não tenho intenção de conversar com um. Admito que meu temperamento ocasionalmente é instável. Atribuo esse fato a uma combinação genética infeliz. A uma criação problemática. Já vi gente demais com jalecos de laboratório. Um médico me visita regularmente para verificar se meu marca-passo está funcionando de modo adequado. Além dele, não pretendo conversar com nenhum outro.

Mas fico grato por sua preocupação. Meu pai também está preocupado. Discretamente. Às vezes, quando fico sentado na sacada escutando os sons de Kreiszig na hora do *rush*, carros, buzinas e os ecos dos passos lá embaixo, ele se senta ao meu lado. E coloca a mão sobre meu ombro.

Mas a família é algo compulsório. Uma família que não se importa com você não é família. Talvez amigos que se importem sejam mais do que uma família? Veja o quanto sou hipócrita. Permita-me falar francamente: eu aprecio sua amizade. Perdoe-me por transformá-la em uma melodia fúnebre e desajeitada.

Eu mereço todas as suas reprimendas?

Em primeiro lugar, sinto-me ressentido pela acusação de que não confio em você. Talvez eu nunca seja a pessoa extrovertida que você é, mas *estou* aprendendo a confiar em você. Você sabe mais a meu respeito do que praticamente qualquer outra pessoa.

Em segundo lugar, não está sendo objetivo. Por mais que eu admire sua maneira honesta de se expressar, você nem sempre é honesto consigo mesmo. Permita-me elaborar:

Você diz que não vê sentido em falar sobre coisas que não pode ter. Mas pensa nelas constantemente. Como a internet. Você a insulta. E expressa o desejo de vê-la. Em seguida, volta a alegar seu desinteresse. Por que esse fingimento? Você pode dizer a *mim* que preciso dar um jeito em meu temperamento, quando *você* fala de maneira tão contraditória? Que hipocrisia.

Talvez eu tenha descontado a raiva das minhas circunstâncias em você. Você fez o mesmo comigo, fingindo alegria. Tentando ser engraçado mesmo quando tomado pela dor. Não sou um herói e você não deveria fingir que é um. Usar uma máscara não muda o fato de estar gemendo por baixo dela!

Eu gostaria de visitar sua casa vazia. Dar a você um motivo para fazer barulho. Não posso. Assim, quando escrever, irrite-se! Fique furioso! De que outra maneira poderei "conhecê-lo"?

E isso me leva até Liz. Ela parece… *encantadora*. De certa forma. Mas você não pode achar que não há futuro sem ela. Estou tentando conter meu julgamento até saber mais a respeito. Ela é uma pessoa em quem você pode confiar inteiramente?

Não falo na escola. Sim, talvez uma aura amarga de infelicidade permeie o ar ao meu redor. Em minha defesa, ninguém jamais se aproximou de mim como Liz fez com você, com amoras, estendendo a mão ou algo do tipo. Saber como vocês se conheceram… como ela o ajudou enquanto você lutava para atravessar aquela linha de transmissão, armado apenas com ressentimento e um aquário…

Senti vontade de ter metade do heroísmo de vocês dois.

Permita-me contar por que o culpei pelo que aconteceu comigo. Permita-me contar sobre o momento milagroso que inspirou este pedido de desculpas.

Permita-me retribuir sua história com minha própria fábula, que envolve um nariz ensanguentado.

Fui à escola há uma semana com sua carta ainda bastante presente nos meus pensamentos. Tentei emanar as suas "ondas-golfinho" de felicidade invisíveis enquanto atravessava o pátio de concreto da Bernholdt-Regen. Estava com a cabeça erguida. Naquela ocasião, meus óculos e a minha testa encontravam-se expostos.

Ninguém percebeu. Os alunos ao meu redor continuaram a mastigar suas bochechas nos corredores ensebados e salas de aula apertadas. As mesmas idiotices de sempre. Vi Lenz Monk encostado na porta da cabine de um sanitário. Sem dúvida, prendia uma pobre alma lá dentro. *Acenei* para ele, que piscou os olhos, como se não acreditasse, mas me deixou passar sem me provocar nenhum gemido.

Durante a aula de educação física, logo fui eliminado de um jogo de queimada e sentei-me nas arquibancadas que cheiravam a suor, ao lado dos meus camaradas que também haviam sucumbido. Se eu quisesse, *poderia* ganhar com facilidade qualquer jogo de queimada.

A VCM permite que eu veja a trajetória da bola assim que ela deixa os dedos de alguém. Especialmente no ginásio barulhento de uma *Hauptschule*. Eu *poderia* vencer.

Porém, não gosto de atrair esse tipo de atenção. Não sou mais o experimento de alguém.

Prossegui com passos cautelosos. Cumprimentei com um aceno de cabeça a pessoa sentada ao meu lado, um rapaz bastante quieto: Owen Abend. Eu o percebo pelo seu silêncio. Quando fico sentado sozinho na cantina, consigo percebê-lo mesmo no meio de uma multidão. Ele aparece como uma fresta no meu campo de visão. Não um buraco, mas uma fresta muito discreta de um corpo perpetuamente em silêncio.

Owen piscou os olhos para mim. Em silêncio, é claro. Mas não se esquivou.

Lenz foi eliminado com o impacto da bola em seu peito. Meus companheiros de time o cumprimentaram com tapinhas no ombro.

Ergui a voz junto com os outros:

– Da próxima vez vai ser melhor.

Os olhos dele se estreitaram. Logo estava em pé diante de mim.

Permita-me descrever Lenz Monk. Ele cheira a cigarros e a pão de centeio doce do tipo *pumpernickel*. É grande. Bem maior do que eu (sou baixo para minha idade, e tenho a mesma espessura do maço de folhas finas com o qual você mandou que eu batesse na cabeça). Ele tem os ombros arredondados. Um dos olhos se move mais lentamente que o outro. Ele é feio. Mas quem sou eu para dizer uma coisa dessas?

Forcei um sorriso.

– Foi um esforço valoroso.

Ele tentou me empurrar, colocando a mão no meu peito. Provavelmente apenas para me tirar do caminho. Em geral, ele não age quando há tanta gente presente. Ele costuma atormentar as pessoas às escondidas. Estava a salvo.

Se não tivesse reagido.

Entenda que tenho reflexos muito rápidos, Ollie. Quando cada movimento minúsculo feito por outra pessoa é percebido pelo seu cérebro no exato *instante* em que ocorre, e ocasionalmente alguns momentos antes de ocorrer, seu impulso natural é apenas reagir. Sem pensar de modo consciente.

No momento em que ele ergueu a mão, eu já retorcia o tronco para me esquivar. Ele só acertou o vazio. Tropeçou um passo ou dois para a frente. Um dos garotos riu. Owen Abend cobriu a boca com a mão.

Para citar a sua Liz, "não foi nada".

Lenz Monk discordou. Ele me deu um soco no rosto.

Ter VCM significa que eu poderia ter me agachado para escapar do punho dele. Podia ter contra-atacado com meus próprios socos antes de ele perceber que havia errado o golpe diante dos grupos de alunos com olhos arregalados assistindo à cena atrás de mim. Eu podia ter escapado dos dedos grossos que seguravam minha clavícula. Podia ter me aproximado rápido, agilmente. Dado um beijo humilhante na ponta do nariz dele.

Então, por que levei o soco logo abaixo da minha lente direita? Por que deixei que aquele punho pesado arrancasse meus óculos? Por que permiti que meu nariz cuspisse sangue e os malares do meu rosto rangessem?

Porque, naquele exato momento, eu me lembrei de você. Você correu na direção daquele cabo de alta-tensão.

E nenhum beijo humilhante seria capaz de causar nele o mesmo dano que meu súbito desmascaramento causou. O soco me jogou no chão encerado. Então tirei os óculos do rosto. Puxei-os para cima, até que afastassem minha franja longa. Encostei o nariz na manga e ergui a cabeça alto o bastante para que Lenz visse o nada.

Porque você me disse para fazer isso, Ollie. Porque esse podia ser o meu superpoder, não é?

Discretamente, eu estalava a língua sem parar. Mas não recoloquei os óculos.

A VCM revelou as feições de Lenz em detalhes muito minuciosos. O rosto dele quase se retorceu. O asco desceu das sobrancelhas e se coagulou ao redor do nariz antes de escorrer e repuxar os cantos da boca para longe dos dentes. Os dentes se afastaram para deixar o som sair de trás deles. Um som que evidenciou o horror dele para mim.

Atrás de nós, as pessoas se esticaram para a frente em um movimento sincronizado, não muito diferente da onda que as pessoas nas arquibancadas formam durante eventos esportivos – mas todos se encolheram com o dobro da velocidade. Vi que uma garota tropeçou para trás sobre as arquibancadas, mas, enquanto via o salto do sapato dela no degrau, também via o rosto horrorizado de Lenz, retorcido em alta definição, bem como o rosto do meu professor de educação física, Herr Gebor, saindo do vestiário e vindo rapidamente em nossa direção, com um dos cadarços desamarrados. Além disso, via uma mariposa voando muito, muito alto, um milhão de partículas de poeira se juntando nas vigas do telhado, os olhos de Owen Abend se arregalando, e a torrente de sangue morno que corria e se empoçava no espaço entre o lábio inferior e a gengiva. Por fim, via também o desenho aleatório nas fibras das tábuas enceradas do chão sob meus pés e o cóccix, e quase conseguia ver através dos poros de Lenz e enxergar o seu crânio boquiaberto por baixo...

Os cientistas não estavam totalmente errados a respeito do meu cérebro. Quando estou irritado, não consigo concentrar meu VCM (W em uma única coisa. O som e a fúria de tudo invadem a minha cabeça de todas as direções enquanto estalo a minha língua confusa. Ver tudo de uma vez só faz a minha cabeça doer e o meu coração fraquejar. Isso é o pior que pode acontecer. Meu coração simplório. Meu marca-passo que luta para fazê-lo funcionar.

Por um instante, Lenz ficou imóvel.

Em seguida, ele esmagou meu rosto contra o chão. Doeu tanto que praticamente não consegui sentir. Como se meu corpo tivesse transformado meus receptores de dor em gelo. Meus óculos se quebraram contra minha testa; a lente direita se soltou da armação. Os óculos caíram da minha cabeça, raspando e arranhando-me o rosto em linhas incandescentes conforme se soltavam.

As pessoas gritavam. Estariam vibrando por causa de Lenz? Tudo estava ruidoso demais com aquelas palavras. Eu conseguia ver a saliva no fundo da garganta deles quando gritavam. Torciam para que ele afundasse meu rosto. Assistir ao vivo enquanto o rosto de um monstro/bicha/retardado se espatifa é considerado um entretenimento de qualidade. Independentemente de a pessoa ter VCM, visão perfeita, ou precisar de lentes para enxergar.

– *Monstro* – cuspiu Lenz.

Um forte safanão na parte superior do meu braço: Herr Gebor estava nos apartando. Ele olhou para meu rosto e falou um palavrão antes de me soltar, Ollie.

Sem meus óculos, puxei os cabelos para cobrir os olhos, arranhando a pele. Arranhei, estalei, arranhei e estalei.

Uma pessoa, no entanto, continuava com a cabeça no lugar. Uma das poucas pessoas com a qual perdi o contato visual durante meu episódio atabalhoado e desajeitado de VCM. Ela me agarrou por baixo dos braços. Ergueu-me para que eu ficasse em pé. Frau Pruwitt olhou direto para o meu rosto, como se eu tivesse olhos que ela pudesse encarar.

Sei que há um clichê habitual sobre bibliotecárias serem o que o senso comum chama de inflexível. Frau Pruwitt é granito. Se eu tivesse tentáculos sobre os óculos, ela não iria nem pestanejar. Deve ter ouvido toda aquela confusão no corredor. Sem qualquer cerimônia, enfiou um monte de lenços de papel sob o meu nariz ensanguentado. Franziu os lábios.

– Uma *briga*, Sr. Farber? – Ela suspirou. – Venha comigo, então.

Eu continuava vendo coisas demais enquanto era puxado até a sala do diretor por entre um aglomerado de alunos que se abriam diante de nós como o mar de Moisés. Enxergando tudo aquilo, tinha a impressão de que minha cabeça fosse rachar em duas, do mesmo modo que acontecia com a multidão. Meu coração palpitante poderia acabar rachando ao meio também. Que coisa idiota.

Em algum momento, fui colocado na sala do diretor. Compreendi, em meio a ondas de tontura, que havia sido suspenso. Deixaram-me ali para esperar e recuperar o fôlego, a razão e o ritmo cardíaco em um sofá desconfortável no corredor que ficava diante do escritório principal. Deixaram-me ali para escutar o som dos ácaros no carpete marrom, fazendo seus estalidos minúsculos ao mesmo tempo em que eu estalava a língua, estalava sem parar. Do outro lado de uma vidraça atrás de mim, conseguia ver/ouvir homens e mulheres sussurrantes no escritório. Um homem, meu professor de História, segurava o estômago, que se revirava. Como se a minha imagem o deixasse incrivelmente enjoado.

— Mas ele *deve* ser cego.

— Ele ainda está fazendo aquele som. O que é aquilo? Algum tique?

— Por que não temos mais informações sobre isso? Ele devia usar algum tipo de adaptador.

— Quando foi matriculado, o responsável só nos disse que ele era fotossensível. Isso foi tudo.

— Achei que ele só usasse aqueles óculos com elástico para fins estéticos. Ele não tem muitos amigos; se quis usar "fotossensibilidade" como justificativa, não posso culpá-lo. Não fazia a menor ideia de que ele era... — disse meu professor de Física.

— Todos nós seremos responsabilizados. Devia haver um plano para esse tipo de situação. Além de todo o resto, ele usa um marca-passo! É claro que ele terá desvantagens quando estiver entre alunos normais.

Oh. Alunos *normais*, Ollie.

Naquele momento, finalmente detestei você. Minha cabeça estava prestes a se abrir em duas. Não conseguia filtrar nem bloquear um único sussurro. Uma das curiosidades de não ter olhos é o fato de você nunca poder fechá-los.

Tampei os ouvidos com as mãos. Tentei ouvir somente meu batimento cardíaco irregular. O zunido suave do meu marca-passo. O ar que corria pelos meus pulmões. O sangue que pulsava pelas minhas veias e artérias. Os sons do meu esqueleto. Os sons dos quais nunca me livro.

No meu colo estavam os óculos quebrados. Frau Pruwitt esperava ao meu lado, os braços cruzados.

– Alegre-se, filho – disse ela rispidamente, sem olhar para mim. – Logo o Natal vai chegar.

Estamos em fevereiro.

Foi somente depois de lhe enviar aquela carta enfurecida que me lembrei de algo vital.

Havia estímulos demais no ginásio naquele dia, Ollie. Ruídos demais. Só consegui pensar com clareza sobre tudo pelo que havia passado e testemunhado quando já era tarde da noite.

Mas os óculos...

Eu não conseguia me lembrar de ter pegado os óculos. Eles haviam sido arrancados de mim. Como eu estava com eles nas mãos outra vez?

Depois que Herr Gebor tirou Lenz de cima de mim, algo milagroso aconteceu. Algo maravilhoso. E olha que meu apreço pela linguagem raramente tem espaço para a palavra *maravilhoso*.

Antes de eu ser arrastado até a sala do diretor com a bibliotecária aterrorizante, alguém me interpelou na porta.

Owen Abend. Um toque em meu ombro. Ele colocou os óculos na minha mão. Havia tido o cuidado de colocar a lente deslocada de volta no lugar.

Talvez a escola não será tão insuportável quando eu voltar. Quando minha suspensão terminar. Ou será que isso é apenas o seu otimismo tentando me infectar outra vez?

De qualquer maneira, não é a pior coisa que já senti.

Por favor, responda em breve.

Sinceramente,

Moritz

Capítulo 9

A FLORESTA

Por favor, não se desculpe comigo. Isso me deixa muito encabulado. Eca, cara. Eca. Concordo com você, não mereço isso. Sério. Por isso, chega dessas baboseiras. E eu já disse para me chamar de Ollie!

Recebi sua carta bastante irritada em uma quarta-feira. Devo ter mencionado que quartas-feiras eram os dias em que Liz vinha até a minha casa depois de suas aulas acabarem. Sempre fico meio rabugento nas noites de quarta quando ela não aparece. Então, no momento em que minha mãe entrou, coberta de neve, segurando as cartas com as luvas, e vi sua carta sobre as contas dela do hospital, eu realmente esperava por um Superaumento de Autoestima do Amigo por Correspondência... mas acho que ser insultado em alemão não era exatamente isso (creio que consigo adivinhar o que *fick dich* significa. Li essa linha em voz alta e minha mãe quase enfiou a agulha de bordar no dedo).

Vejo que você não está me contando tudo a seu respeito, mas isso não é o mesmo que mentir para mim. Não sei por que espero que todas as pessoas sejam como eu. Se essa fosse a realidade, haveria uma quantidade enorme de poluição sonora entupindo o ar. Provavelmente nem seria necessário ter VCM para enxergá-la!

Talvez às vezes eu finja ser feliz. Eu meio que imaginava que um amigo por correspondência fosse uma pessoa imaginária disposta a ouvir tudo que eu tivesse a dizer sobre saltar de um lado para outro, momentos felizes e comer bacon, especialmente se esse amigo por correspondência fosse um garoto alemão maníaco-depressivo (sem ofensa, Capitão Tristonho). Mas você vai se arrepender por ter dado brecha para esse assunto.

Lá vem o ataque! Prepare-se para uma enchente de angústia *honesta* na sua caixa de correio!

A sua batalha contra o Feioso Monk (eu não preciso ser legal com ele) se desenrolou como os quadrinhos de um gibi decente, mesmo com a surra que você levou. Imaginei balões com sons como "POW!". Eu realmente não me arrependo de dizer para você tirar os óculos, porque, na minha cabeça, você fez isso em câmera lenta, realizando uma pausa para aumentar o drama da cena. Você disse que uma garota tropeçou quando viu sua verdadeira identidade, não é? Na minha versão, ela gritou e desmaiou, e os cabelos dela ficaram brancos também.

Mas lamento pela dor que você sentiu. Quando você não consegue filtrar sua VCM, isso parece ser bem semelhante a quando estou cercado por eletricidade e desejando conter uma convulsão que não se importa nem um pouco com meus desejos.

Além disso, acho que você enfim revelou sua paixão secreta: Frau Pruwitt e sua personalidade figurativa de titânio! Estou louco para saber das suas incríveis tentativas de cortejar a bibliotecária (só que não. Porque isso seria nojento, cara. Que diabos deu na sua cabeça, Moritz?).

Em relação àqueles professores cuja conversa você ouviu na sala do diretor... tem certeza de que um portal para o inferno não se abriu em algum porão da sua escola? Eles parecem meio malignos, cara. Exorcize-os, ou ignore-os. São apenas uma espécie diferente de *Tyrannen*.

Já conversou com Owen? Devia agradecer a ele. Depois, vocês podem magicamente começar a criar uma amizade.

Espere um pouco. Como é que a maioria das pessoas faz novos amigos? Só consegui fazer isso uma vez. Deve haver uma maneira mais fácil, algo que não envolva ser jogado no chão e sangrar por toda parte. Mas nós dois passamos por isso. Então, talvez...

Narizes sangrando = amizade. Talvez amigos sejam atraídos por derramamentos de sangue. Você sabe. Como os tubarões.

Ah! E, já que estamos falando sobre amigos assustadores, é engraçado você achar que Liz é do tipo que intimida as pessoas, porque ela é bem mais baixa do que eu e tem, digamos, mãos de bebê. Mas eu entendi o que quer dizer. Talvez, se eu falar mais sobre uma das pessoas que conheço, alguém que é maravilhosa e incrivelmente agradável, você não precisará pensar sobre aquelas que conhece por algum tempo.

Eu me levantei e tentei não olhar diretamente para a linha de transmissão de energia. O sumo das amoras manchava a minha palma e o sangue escorria pela minha camiseta, e Liz me observava com os olhos arregalados, como se quisesse me agarrar e me balançar apenas para ver se eu tilintava.

– Você está parecendo figurante de um filme de terror. – As amoras haviam desaparecido; provavelmente enfiadas nos bolsos dela de novo. – E talvez você seja! Parece que uma mão invisível o empurrou para longe. Sinistro.

– Sinistro...?

– É o que as crianças inglesas dizem. Em Harry Potter. Acho isso legal.

– Você acha que é sinistro.

– Sim. – Liz franziu a testa. – Então você é o garoto do chalé *amish*. Achei que teria um ar mais primitivo. Com dentes tortos e corcunda. Você sabe, como se sua mãe fosse casada com seu tio ou algo do tipo. Não que eu esteja julgando você, se esse for o caso. Não dá para controlar quem são nossos pais.

Ela praticamente torcia o meu pescoço.

– O quê...?

– Ei! – Ela chegou perto, bem perto. – Você está machucado, não está? Que tal voltarmos para sua casa e limparmos esses ferimentos?

– Os olhos dela brilhavam. – Ninguém vai acreditar em mim quando eu disser que fui até sua casa. Mikayla vai dizer que estou falando merda outra vez.

Embora Bigode-Ruivo tenha o estranho hábito de dizer "que merda!" sempre que deixa alguma coisa cair, minha mãe nunca falava palavrões. Esforcei-me para ficar de boca fechada.

(Cara... minha mãe com certeza ia querer saber por onde eu tinha andado. Eu havia fugido dela enquanto ela enchia a banheira. Provavelmente ela estava revirando a floresta agora, ou então andando pelo capinzal alto do quintal, equilibrando-se na ponta dos pés, protegendo os olhos do sol e chamando meu nome.)

– E então?

Pisquei os olhos.

– Talvez... talvez não. Não. Melhor não.

Ela bufou.

– Quer dizer que acertei? Seu tio é seu pai?

– Não é isso. – Fiquei olhando para os meus pés. Coisas como essa não podiam acontecer comigo. Eu não podia simplesmente conversar com outros garotos normais no meio da floresta.

Liz estava agachada diante do meu aquário, cheirando-o. Cutucando-o, por algum motivo qualquer. Deve ter lambido o vidro.

Bem, com outros garotos *anormais* na floresta, então.

– Você é a primeira pessoa da minha idade com quem converso – falei.

– Ah, duvido. – Ela esfregou o queixo, espalhando sumo de amoras por ele. – Quer ir até a casa do meu tio? Ele tem gaze. Ou papel higiênico, pelo menos. E ele definitivamente não é meu pai, então não precisa se preocupar.

Olhei para a viela, para minha bicicleta jogada no chão. Eu conseguia chegar até a bicicleta antes de ela me agarrar. Por outro lado, ela parecia bastante ágil e já havia me pegado desprevenido uma vez. Talvez conseguisse me derrubar no chão, exatamente como a linha de transmissão. Olhei de novo para Liz. Por trás dela, os feixes que pendiam do cabo prateado se contorciam na minha direção, provocando-me.

Você ainda não ganhou essa.

Finalmente, concordei com a cabeça.

Liz ergueu minha bicicleta e começou a empurrá-la na direção das árvores para mim.

– Vamos lá – disse ela, por cima do ombro. – Podemos seguir as trilhas dos cervos.

Eu a segui, Mô.

Andei como se estivesse no meio de um sonho.

O percurso pela floresta foi curto até chegarmos à casa de Joe Ferro-Velho, sendo o céu da tarde visível acima dos pinheiros. Mesmo assim, o caminho estava manchado pelas sombras, e aquela não era uma trilha que eu costumava percorrer; por isso, devia ter ficado de olho nas minhas botas Timberland surradas e me esforçado para não tropeçar diante dela de novo nem deixar o aquário cair.

As pessoas têm maneiras diferentes de andar. Isso é algo que você acaba percebendo quando só viu algumas pessoas na vida. Bigode-Ruivo faz movimentos bruscos, minha mãe é cautelosa e controlada, e Liz... bem, ela se movia como se tivesse molas nas solas dos pés. Fiquei na expectativa de que fosse saltar rumo ao céu e continuasse subindo, como um astronauta em gravidade zero.

Liz passava ruidosamente por cima de troncos que eu decidia contornar. Ela empurrava a bicicleta pelo chão coberto de folhas como se nem se lembrasse de que a trazia consigo, parando de vez em quando para pegar frutinhas dos arbustos ou bolotas de carvalho do solo e enfiá-las nos bolsos aparentemente sem fundo. Outras vezes, parava e apontava para plantas aleatórias, ou pedras e outras marcas na floresta, com exclamações como "Não acredito! Uma pedra conglomerada!" e "Deve ter salamandras embaixo daquele tronco". Ela fazia força para erguer o tronco e, com certeza, em meio às centopeias que se contorciam, havia uma salamandra com manchas amarelas que tentava se enterrar para se esconder dela.

Acho que me identifiquei um pouco com aquilo. Mesmo assim, estava quase subindo em uma árvore, porque centopeias não são meus animais favoritos (se você já foi mordido por uma dessas, vai entender o que estou dizendo).

Liz se inclinou para a frente e pegou a salamandra do chão com a mesma facilidade com a qual colheu aquelas amoras, a mesma facilidade com que se aproximou sorrateiramente de mim. Achei que ela iria enfiá-la no bolso junto com as frutas e soltei um gemido. Nenhuma criatura merece morrer num bolso de macacão.

Liz, porém, limitou-se a erguê-la diante do rosto e olhá-la fixamente nos olhos. O bicho se contorceu no início, com a cauda batendo em seu punho como se fosse um chicote. Mas a salamandra deve ter ficado entediada, ou então, assim como eu, não conseguiu encarar aquele olhar intenso, porque parou de se mover e apenas a encarou em resposta.

Tive vontade de dizer a ela que segurar uma salamandra devia ser a pior coisa que se poderia fazer com um animal desses, pois eles respiram através de poros na pele, e a oleosidade nas mãos dos seres humanos causa um estrago grande, mesmo quando não tem a sujeira de amoras recém-colhidas no mato. Mas tudo o que fiz foi observá-la, assim como a salamandra fazia.

Ela a devolveu ao lugar onde a havia encontrado e, com toda a gentileza que podia, colocou o tronco de novo sobre o bicho. Não disse uma palavra sobre tudo aquilo; apenas voltamos a caminhar.

Está começando a perceber, Mô? Pelo menos um pouco?

Quando consegui ver os contornos do trailer e da garagem de Joe, as silhuetas fantasmagóricas de carros sucateados, Liz parou subitamente à minha frente e quase trombei com suas costas. Ela me pegou pela manga e apontou para uma estranha depressão no solo da floresta sob o galho de um pinheiro baixo.

– Uau! – ela sussurrava. – Você já viu uma dessas? Deve ser uma "cama" para uma corça-de-rabo-branco e seus filhotes. Não vamos entrar aí. Podemos assustá-los se estiverem em algum lugar por aqui e sentirem nosso cheiro. Mas, olhe, dá para ver onde eles se acomodam e dormem, porque as folhas dos pinheiros estão todas esmagadas. E dá para ver as marcas dos cascos aqui, é por isso que sabemos que tipo de lugar é este.

– E dá para sentir o cheiro de xixi também.

Liz não respondeu. Ela me soltou e começou a andar outra vez. Desejei ter ficado de boca calada.

– Bem-vindo ao lar de Joe Ferro-Velho! – disse Liz, estendendo os braços para o cemitério de carros.

Algumas novas peças haviam sido acrescentadas ao lugar desde a última vez em que estive ali. Entre a varanda de madeira do trailer prateado e a garagem, havia um catamarã com apenas um casco, o *motorhome* de alguém que tinha sido deixado temporariamente ali e uma motocicleta do tipo *cross* sem os guidões.

Tentei fingir que nunca tinha visto aquele lugar antes. Ela pisoteava a grama conforme passávamos por fileiras de caminhonetes completamente enferrujadas, carrocerias de caminhão desmanteladas e os restos de carros de passeio cujos acessórios tinham sido removidos.

– O tio Joe ainda não deve ter voltado da oficina.

Fiquei embasbacado com aquilo.

– Ele deixa você ficar fora de casa sozinha?

– Já tenho *doze anos.*

Estávamos diante do trailer de Joe.

– É melhor eu ir...

– Olhe, o tio Joe não vai se importar por você estar aqui. Mas precisa saber que a casa dele é uma bagunça por dentro. Tem vários animais espalhados pelo trailer.

– Ah... animais de pelúcia?

– Não. Animais mortos.

– Animais de pelúcia mortos?

Pelo menos aquela expressão exasperada era familiar. Eu via a mesma expressão no rosto da minha mãe toda vez que perguntava sobre o laboratório. Mas não queria pensar nisso, porque pensar na minha mãe me fazia lembrar que eu não devia tê-la deixado sozinha e preocupada.

– Não. Ele atira em bichos com o rifle e depois vai até a loja do Bob na East Higgins Road. Bob enche os bichos mortos com poliéster e os cobre com formol ou algo do tipo, e coloca bolinhas de gude nos olhos deles. E depois tio Joe pendura os bichos mortos nas paredes.

– Você está falando de taxidermia. Devia ter dito logo no começo.

As bochechas dela se contraíram, quase formando covinhas.

– Não devia não, seu bobão. Agora, venha cá. Prometo que não há nenhum urso de pelúcia morto esperando por nós. Nem ursos de verdade mortos. Parece que o tio Joe só atira em coelhos, esquilos e cervos.

– Morte a todas as coisas fofas! – apenas balbuciei, mas ela me ouviu.

Podia ouvir o vento assobiar por entre os esqueletos dos automóveis à nossa volta; sentia que ele secava o suor da minha testa e o sangue no meu queixo enquanto Liz olhava para mim. E então ela riu. Talvez você pense que ela soltou uma gargalhada áspera, mas, em vez disso, seu riso era bem mais suave do que ela – como o choque de uma lufada de ar fresco quando você abre a coifa de uma chaminé depois do fim do inverno.

– Vamos lá.

Ela encostou minha bicicleta no corrimão da varanda e subiu os degraus. Era a mesma varanda que eu havia espiado antes, quando Liz ainda era uma garotinha com um notebook e eu ainda não a conhecia.

Porém, eu mal havia pisado no primeiro degrau quando senti meu estômago revirar. Percebi cores esmaecidas se esvaindo pelas frestas entre as tábuas do piso da varanda. Joe devia ter um gerador ali embaixo. Ou podia ser uma linha telefônica. Como os filamentos de cor eram esverdeados, pensei na segunda possibilidade. Mas, na realidade, não importava o que aquilo fosse.

– Vou esperar aqui.

– O que foi? Está preocupado com sua alergia?

Concordei com a cabeça.

– Bem, deixe eu entrar primeiro. Vou tirar a TV e o rádio da tomada. E o micro-ondas também.

Acenei negativamente com a cabeça.

– Não vai ser suficiente.

– Tudo bem. Então vou tirar a geladeira da tomada, também. Mas o refrigerante não vai ter um gosto muito bom se estiver quente.

– Tem ainda as tomadas. E a fiação nas paredes. – Arrastei um dos pés pela terra. – Acho que é melhor eu voltar para casa.

Liz agarrou meu braço quando me virei, manchando meu antebraço com o sumo de amoras.

– Está falando sério? É tão ruim assim para você?

– Por que eu mentiria sobre uma coisa dessas?

– Cara, deve ser um saco – disse ela. – Ei, segure isso para mim. – Ela esvaziou os bolsos cheios de amoras no meu aquário. – Vou buscar as coisas. O papel higiênico funciona tão bem aqui fora quanto lá dentro.

Ela correu para o interior da casa na maior tranquilidade, e aquelas pequenas manchas coloridas nem se moveram quando ela passou. Ou, se o fizeram, apenas a acariciaram gentilmente, amistosas para ela de um jeito que nunca foram comigo. Algumas pareciam loucas para me espetar, estendendo-se na minha direção e afastando-se outra vez. Liz tirou as sandálias sobre o capacho que dizia "bem-vindos". A porta de tela se fechou com força depois que ela passou.

Pássaros trinavam nos galhos altos das árvores. O suco arroxeado das amoras se acumulava no aquário que eu segurava, quente sob o sol. Respirei fundo. Será que ela simplesmente me deixaria ali?

Oh, meu Deus. E se ela só quiser me deixar aqui com cara de bobo, segurando este aquário cheio de amoras?

O que mais ela poderia querer de mim?

Pensei em sair correndo outra vez, mas ela já estava de volta, trazendo uma lata de refrigerante vermelho em cada mão. Imaginei, talvez por um microssegundo, onde estaria o papel higiênico que ela prometera pegar, antes de ver Liz tirá-lo de um de seus bolsos misteriosos dali a, mais ou menos, um minuto.

Lembrei-me da última vez em que estive ali, olhando para aquela varanda. A vez em que a vi olhando fixamente para a tela do computador.

Agora, era ela que olhava para mim.

Liz removeu algumas folhas de pinheiro para nos sentarmos sobre o teto de uma velha minivan verde, que ela chamava de "Guetomóvel". Nunca perguntei sobre a origem daquele nome. É melhor deixar alguns mistérios existirem na minha vida.

– Parece que você sangrou muito, mas pelo menos não é do tipo que desmaia quando vê sangue. Alguns dos clientes da minha mãe desmaiam. Ela não pode ficar falando isso, porque, na verdade, não pode nem conversar com os clientes. Mas alguns dos esquizofrênicos e uns outros têm narcolepsia, causada por cato... cata... catoplexia, ou algo do tipo.

– Quer dizer que sua mãe conta segredos para você?

Liz deu de ombros.

– Se eu insistir bastante.

Liz entendia de interrogatórios, também. Talvez ela pudesse me dar algumas dicas.

Era o fim de tarde agora, quase noite, e os mosquitos picavam nossas pernas e se acumulavam sobre minha camiseta ensanguentada. Eu pressionava um chumaço enorme de papel higiênico sob o nariz, mas o sangue já havia secado há bastante tempo; meu nariz tinha parado de sangrar antes mesmo de encontrarmos aquela pedra conglomerada na trilha. Eu me sentia um pouco tonto, mas não tinha certeza se aquilo tinha relação com a perda de sangue.

Ficamos sentados ali por uma hora enquanto Liz me contava tudo sobre os pais dela, sobre a ocasião em que sua mãe tentou impedir um cara de se suicidar, quase se enforcando com um cordão de luzes natalinas, e sobre uma adolescente com um distúrbio de personalidade *borderline* que estava convencida de que não precisava de tratamento algum, desde que bebesse uma mistura de enxaguante bucal e molho de pimenta Tabasco todos os dias antes de ir à escola. Contou também sobre um alcoólatra que bebia álcool em gel direto do recipiente preso à parede.

Cara, Liz tinha orgulho dos próprios pais. Pensava que eles eram super-heróis ou algo do tipo. Mas, na verdade, ela podia estar falando sobre qualquer coisa, pois eu me sentia desesperado para ouvir uma nova voz.

– O que você estava fazendo naquele lugar, com um aquário enfiado na cabeça?

– Oh. Bem... eu queria ultrapassar aquele trecho. Estava tentando encontrar alguma coisa que eu pudesse usar. Algo capaz de neutralizar minha intolerância à eletricidade.

Liz coçou o queixo outra vez.

– Por que você não tenta correr bem rápido? Como se fosse fazer um salto em distância. Não dê tempo para aquilo arremessar você para longe!

– Acho que não funcionaria. Se eu tentasse, seria jogado para trás com ainda mais força. E também... ah, deixe para lá.

– O que foi? – Ela parou de bater os pés em um bagageiro.

– Mesmo que eu passasse para o outro lado, talvez não conseguisse voltar. E quero poder voltar para casa.

– Por quê? Não se sente entediado por aqui?

– Por causa da minha mãe. Preciso ficar aqui.

– Cara... – disse Liz. – Se eu fugisse de casa, acho que minha mãe levaria algumas semanas para perceber.

Eu não soube dizer se ela estava brincando ou falando sério.

– Hummm...

Liz suspirou.

– Mas isso é esquisito demais. Tipo, todo mundo sabe que talvez exista um garoto que é educado em casa aqui na floresta, porque todos conhecem sua mãe e a veem quando ela vai fazer compras ou algo do tipo. Ninguém pergunta sobre você para ela. Todo mundo pensa que vocês são *amish*.

– Oh.

– Vocês são *amish*?

– Não. Não sou religioso.

– Mas os *amish* moram em fazendas. Sem eletricidade. Você pode ir morar com eles! Fuja e tenha uma vida normal.

– Uma vida normal, ordenhando cabras?

– Não seja tão crítico.

Eu tossi.

– De qualquer forma, acho que não conseguiria. A eletricidade realmente está por toda parte. Sempre há cabos elétricos por perto, mesmo quando você não pode vê-los. E torres de telefonia celular. Esta é uma espécie de zona segura, porque está bem ao lado do parque estadual e não há muitos cabos por perto.

– É por isso que ninguém me manda mensagens de texto quando estou aqui? Imaginei que fosse porque todos tinham coisas mais importantes a fazer do que mandar SMS para Liz Becker.

Ela tirou um aparelho de um dos bolsos de trás; era preto e retangular, e havia um pequeno pingente com a forma de um gato japonês da sorte pendurado nele. O telefone estava envolto com quantidade suficiente de um brilho suave azul-turquesa para quase me fazer cair pela lateral do Guetomóvel com um gemido.

– Ei, ei, Ollie. Está zerado. A bateria está zerada. Olhe.

Ela ergueu o aparelho outra vez. Observando-o de novo, só havia um tom muito sutil de uma sombra azul-esverdeada.

Subi lentamente de volta ao teto do carro.

A testa dela se enrugou.

– Talvez você possa tentar segurar o celular. Vamos lá, a bateria está zerada. Aposto que quase não tem eletricidade. Ele não vai morder você.

Neguei com a cabeça.

Ela segurou o telefone pelo pingente, fazendo-o balançar.

— Enfrente seus medos, Oliver! De que outra forma você vai se curar?

Ela forçou o aparelho contra minha mão, e eu senti um choque.

— Não! – falei, levantando-me. – Não é uma coisa que tenha cura. Se quiser ajudar as pessoas, assim como seus pais, não deve ser tão... tão autoritária!

— Oh. – Ela colocou o telefone no bolso outra vez.

— Desculpe. Por favor... me desculpe. Eu não... não sei direito como conversar com as pessoas. – Engoli em seco. – Desculpe.

Liz se levantou de repente e esticou o pescoço, como se olhasse o horizonte em meio às árvores. Não consegui ver o rosto dela.

— Quer dizer que você mora no fim daquela viela, não é? Nunca fui até o final. Posso visitar você?

— Realmente quer fazer isso?

— Quero.

Não consegui me conter e acabei sorrindo como um idiota.

— Você vai se decepcionar. Não é tão horrível. Não temos animais de pelúcia mortos.

— Sabe, já me chamaram de mandona antes. As pessoas nem sempre gostam de mim; sou uma sabichona. Mas ninguém nunca tinha me chamado de autoritária. Essa palavra é bem mais legal – disse ela, com uma risadinha. – Você é bem engraçado, Ollie Ollie Paraoalto-Eavante.

— Meu sobrenome é Paulot.

— É apenas uma brincadeira que estou fazendo com você.

— Como assim?

— Ah... – disse ela. – Não sei. Pode ser uma dessas brincadeiras que as crianças fazem. Quando eu estava no jardim de infância, tínhamos várias brincadeiras assim.

— E vocês brincam com palavras na... escola média?

— *Ensino médio*. Ainda não tenho idade. – Ela franziu a testa. – Acho que não. Pelo menos, ninguém me falou nada a respeito.

O rosto dela se iluminou.

— Mas fazíamos várias brincadeiras com palavras quando íamos no *playground*. Como jogos de rima.

— Ah, não conheço nenhum.

Ela riu outra vez.

— Bem, talvez eu possa lhe ensinar alguns. Vou ficar aqui até o fim do feriado do Memorial Day. Ninguém sentiria minha falta se eu ficasse mais algum tempo por aqui. Vou até a sua casa amanhã à tarde para darmos início às aulas!

Ela saltou do teto do carro para o chão.

— Vou entrar. Até amanhã. Diga à sua mãe que vou até a casa de vocês, está bem?

— Mas... oh... Ok! Direi sim. — Estava me esforçando muito para não morder a língua.

Uma visitante. Alguém que queria vir me *visitar*. O que minha mãe diria?

Oh, não. Mãe.

Empurrei minha bicicleta de volta pela floresta, tropeçando nos galhos caídos conforme o crepúsculo se aproximava. Já estava quase ficando escuro demais para pedalar quando cheguei novamente à viela, então a larguei no meio do caminho e comecei a correr o mais rápido que minhas pernas podiam me levar.

Tinha ficado fora por quantas horas?

Quatro? Sete?

Oh, não. Oh, não.

O céu já estava bem escuro com o cair da noite quando a silhueta familiar do nosso chalé triangular apareceu diante de mim. Não havia lampiões nas janelas e, quando atravessei a entrada correndo, meus passos ecoaram.

— Mãe? Cheguei!

Os lampiões não eram acesos desde a noite anterior. O corredor dava a sensação de estar estranhamente frio. Fui na ponta dos pés até a cozinha e encontrei o lugar todo revirado. Todas as vasilhas haviam sido arrancadas das prateleiras e os talheres encontravam-se no chão. Na sala de estar, as almofadas do sofá estavam espalhadas como se um tornado as tivesse jogado de um lado para outro. Os livros tinham sido largados, abertos, por toda a sala de estar, as lombadas mostrando sinais de agressão. A mesinha de centro talhada a mão estava virada de cabeça para baixo. Eu sabia que encontraria meu quarto num estado de caos similar, então nem me incomodei em subir as escadas para verificar.

Costumo me perguntar por que ela procura em todos os lugares, até mesmo naqueles em que eu nunca poderia estar.

Saí pela porta dos fundos e avancei pela grama alta. Os grilos entoavam uma canção horrível. Fiquei na beirada da clareira cheia de plantas que separa a nossa casa da garagem alergênica. Minha mãe não consegue ser uma eremita como eu. Às vezes ela precisa ligar para marcar consultas. Precisa de um lugar para estacionar a caminhonete, e talvez até mesmo um lugar para se esconder de mim, Moritz.

Embora haja uma camada grossa de isolante na garagem, ela emana um brilho escarlate suave em algumas noites, e, durante o pôr do sol, os painéis solares no telhado cintilam com reflexos prateados. O gerador perto da parte de trás fica escondido por centenas de tonalidades. Naquela noite, consegui ver até a aura prateada das lâmpadas fluorescentes acesas ali dentro, através da única janela perto do alto da estrutura feita de blocos de concreto, e quase desmaiei de alívio.

Pelo menos ela não estava dirigindo pela cidade desta vez, berrando meu nome pelos bairros. Pelo menos desta vez a polícia não iria trazê-la para casa. Pelo menos ela estava aqui.

Fiquei do lado de fora por um longo tempo, esperando que ela saísse. Por uma ou duas vezes, tentei me aproximar da garagem, mas a luz cor de vinho era forte o bastante para fazer a minha pele formigar, mesmo àquela distância. Quanto mais me aproximava, mais o capim alto que chegava às minhas canelas parecia suficientemente afiado para me cortar.

Pensei em chamar por ela. Mas o que eu poderia dizer quando "desculpe-me" não era o bastante? Não era a primeira vez que isso acontecia. Eu sabia muito bem o que viria depois.

E havia outra coisa, algo pequeno e pontiagudo: sentia medo de ver o rosto dela. Medo da aparência que os olhos dela teriam.

– Desculpe-me – disse para meus joelhos.

Depois que a noite começou a esfriar e as estrelas pintaram tudo de branco, e o canto dos grilos era acompanhado pelos ruídos discretos dos animais noturnos e piados na escuridão, fui despertado de um sono agitado.

O Dr. Bigode-Ruivo, agachado ao meu lado, cutucava-me com o cotovelo. Sua silhueta se delineou em uma luz laranja e sombras negras quando ele ergueu o lampião para dar uma boa olhada no meu rosto.

Comecei a me perguntar quando ela teria ligado para ele. Se ele tinha vindo muito rápido para chegar aqui. Geralmente Bigode-Ruivo só vinha até nossa casa a cada dois finais de semana. Será que havia deixado outro paciente esperando em uma mesa de cirurgia apenas para cuidar do inválido da floresta de novo?

– Ollie, às vezes você é um imbecil.

– Foram só algumas horas.

Ele suspirou.

– Ah... Mas tente visualizar essa situação a partir da perspectiva dela, garoto.

Apoiei a cabeça nos braços.

– Você pode ir buscá-la, por favor?

– Posso tentar. Que diabo aconteceu com seu nariz?

– Conheci uma garota.

– Humm. Parece ter sido isso mesmo, pelo jeito.

– Ela disse que virá aqui amanhã. – Esfreguei os olhos no antebraço.

— Então é melhor você cuidar do seu sono de beleza, Príncipe Encantado. Hora de se levantar. — Ele me cutucou com os sapatos de couro vermelho. — Vou conversar com sua mãe.

— E se ela não quiser sair dali?

Ele apertou meu ombro gentilmente.

— Não pense nisso. Volte para casa e vá para sua cama.

Eu o observei enquanto ia até a garagem, com a luz da lanterna balançando pelo capinzal. Uma breve explosão de eletricidade vermelha e luz amarela emanou pela noite antes de Bigode-Ruivo fechar a porta atrás de si.

Aqueles grilos não paravam de cantar. Eu ainda conseguia ouvi-los depois de passar horas deitado no desastre que meu quarto tinha se tornado, em meio a asas quebradas de alguns modelos de aviões em miniatura.

Espero que você consiga encarar bem a situação quando voltar para a escola. É uma droga aqueles palhaços da Bernholdt-Regen o terem suspendido, quando, na verdade, você é quem teve a cara transformada em purê de batata.

Eles não podem expulsá-lo por não ter olhos! Isso é discriminação! Ou as regras são diferentes na Alemanha? Não sei o que *Hauptschule* significa, e minha mãe jogou fora o que restava do meu dicionário inglês-alemão na quarta-feira passada, depois que eu, bem... o rasguei em pedaços, irritado.

Por favor, conte-me mais sobre as peripécias que você tem com seus superpoderes.

Se minha autobiografia estiver começando a irritá-lo, posso parar antes de chegar às partes ruins.

Se preferir, escrevo sobre escalas cromáticas e a chatice que é afinar o meu glock em dias quentes, quando os instrumentos de metal são afetados pela umidade.

~ Ollie

P.S.: He-he – você tem superpoderes, e eu não tenho energia. Somos como dois polos de um ímã muito esquisito!

P.P.S.: Desculpe. Estou com muito sono, e comecei a falar idiotês fluente.

P.P.P.S.: Ei, acabei de me sentar na cama só para escrever isto. Você já pensou na possibilidade de nosso ponto em comum não ser um laboratório? E se estivermos conectados de uma maneira diferente? Quero dizer, será que você não se sente um pouco curioso?
Não seria ótimo se fôssemos, de algum modo, irmãos?

Capítulo 10

OS PIERCINGS

Ollie, eu não preciso de um irmão.

Percebo por que Liz é tão encantadora para você. Ainda assim, continuo convicto da minha dedução anterior, senhor Holmes. Ela se parece um pouco com as garotas que ficam dando risadinhas na cantina da escola e que jogam os cabelos com um aceno de cabeça nos corredores. Por que elas querem ser observadas?

É claro, você também deseja ser visto. Talvez dois ímãs com os polos iguais nem sempre se afastem um do outro. Não é a mesma equação que opõe Oliver Paulot contra o Cabo de Alta-Tensão da Viela de Acesso. Talvez você e Liz estarem juntos faça sentido. Dadas as circunstâncias. Ela não é tão confiante quanto parece. Vocês dois têm isso em comum também.

Fico me perguntando o que aconteceu para você sofrer por amor e ficar sem ela, Ollie. Aprecio, entretanto, a tentativa de contar sua história de maneira linear. Você começou a aprimorar sua habilidade de concentração. Ainda não é um raio laser. Talvez seja um facho de luz. Um passo de cada vez.

Esta é a situação atual em Kreiszig: desde que retornei a Bernholdt-Regen, alguns aspectos da minha vida diária melhoraram de um modo que jamais imaginaria que acontecesse.

Outros me incomodam profundamente.

Depois que minha suspensão terminou, não me atrevi a sair da *Strasse* e entrar no campus aberto de Bernholdt-Regen até ter certeza de que não havia ninguém de tocaia à minha espera dentro dos portões da escola. Lenz Monk podia estar logo depois da entrada, com os punhos prontos para entrar em ação.

Escutei com toda a atenção pelos portões abertos, tentando acalmar as mãos e o coração trêmulos. Endireitei a gravata. Apertei as mãos com força ao redor da bengala. Meu pai tinha me entregado naquela manhã. Ele não é de falar muito. Suas ações falam por si.

Na cozinha pequena do apartamento, consegui enxergar a inclinação ansiosa da cabeça dele. Pude ver/ouvir como prendeu a respiração quando me entregou a bengala. E eu também prendi o fôlego.

Meu rosto ainda está inchado. Às vezes o topo mais alto do meu nariz lateja. É como acupuntura dentro das narinas. A bengala que sempre me recusei a segurar tinha mais peso do que nunca. Compreendi que ela seria minha armadura.

A bengala era o pré-requisito que me permitiria frequentar a escola pública novamente.

Minha nova máscara, Oliver?

Na manhã em que minha suspensão começou, comi cereais aos punhados. Concentrei-me no interior ruidoso da minha boca e em nada mais. Meu pai, entretanto, que não havia ido para a fábrica naquele dia, fez com que eu me levantasse da mesa e me levou junto com ele à Bernholdt-Regen. Conduziu-me diretamente rumo à sala do diretor. A maioria dos meus "colegas" encontrava-se na cantina. Ficamos diante da vidraça. Ele olhou fixamente para o diretor, Herr Haydn, por entre as persianas. Não podiam apenas deixar meu pai ali. Haydn e vários outros professores que perambulavam por ali concordaram em discutir o futuro da minha vida escolar.

Meu pai tomou a palavra. Começou convencendo a equipe inquieta de que sou legalmente cego. De que havia me recusado a usar minha bengala devido ao excesso de orgulho. Eu assentia junto com as palavras dele. Esforcei-me ao máximo para parecer uma vítima. Não foi difícil.

Você está correto quando se refere à discriminação. Se eu fosse cego, eles estariam andando sobre gelo fino. Nunca foram muito receptivos.

Sabe o que foi mais maravilhoso? Eu queria voltar, Ollie. Queria conversar com Owen Abend. Agradecer a ele.

Quando prendi os óculos ao redor da cabeça esta manhã, tentei sorrir.

Você fez com que eu reconsiderasse o que há ao meu redor. Você me deu esperança.

Se isso significa que terei de usar uma bengala, então que seja.

Da rua, os sons do campus mostravam que o lugar estava desorganizado como sempre. O local transbordava com a cacofonia daqueles *Jugendlichen* idiotas. Falavam como se fossem sereias tentando abafar o som do sino da escola. Havia muito movimento. Alunos empurravam, esbarravam e se chocavam uns contra os outros. A VCM me informou que não tinha ninguém à espreita atrás do muro. Em algum lugar à direita do pátio, um garoto era alvo de zombaria de outros por causa dos tênis que havia decidido usar naquele dia. Perto dos degraus da entrada, os cabelos de uma garota eram puxados pelas raízes por uma amiga invejosa. Puxões de cabelo e zombarias por causa de calçados são algo bem comum em Bernholdt-Regen.

Você perguntou sobre o sistema educacional alemão. Na *Deutschland*, nossos futuros são decididos bem cedo. Depois da *Grundschule* (o ensino elementar), somos separados em três grupos possíveis. Os alunos com desempenho acadêmico acima da média, que colocam os traços nos "Ts" e os tremas nas vogais certas, vão para um *Gymnasium*, uma escola preparatória para aqueles que desejam frequentar a universidade. Alunos que querem ter empregos técnicos – os que desejam ser mecânicos, digamos – devem se qualificar para a *Realschule*, mas muitos acabam passando para um *Gymnasium* posteriormente.

Para todos os outros – aqueles que não têm um desempenho acima da média, os indiferentes ou aqueles considerados *alunos--problema* –, existem as *Hauptschulen*.

Ollie, eu certamente sou problemático. A Bernholdt-Regen é para os indesejáveis e os indignos. Não mereço nada melhor do que isso.

O garoto com os calçados impopulares tentava sair de uma chave de pescoço quando pisei no pátio. Mordi a língua para não a estalar. Atravessei o limiar dos portões do campus. A terra não rachou. O fogo do inferno nem se incomodou em cair do céu. A silhueta corpulenta de Lenz Monk não estava à vista.

Soltei o ar dos pulmões. Afinal de contas, talvez eu estivesse em segurança. Talvez eu conseguisse passar o dia sem soltar um gemido.

Mas, conforme eu avançava, os alunos faziam um esforço considerável para sair do meu caminho. Frequentemente, sou ignorado. Desta vez foi pior. Algo semelhante a quando saí do ginásio ensanguentado: o mar de odores corporais, perfume barato e fumaça de cigarro se abriu diante de mim.

Estou acostumado com sussurros, mas não ouvi nenhum. As pessoas ficaram em silêncio enquanto eu passava. E, quanto mais silêncio faziam, menos eu conseguia enxergar. O rosto delas se tornava menos definido. E eu me tornava mais cego.

Meu marca-passo precisou fazer força para dar conta do meu coração acelerado. Meu peito doía. Gotas de suor se formavam em minha testa. Mordi a língua com mais força. Acelerei o passo. Ser o ponto focal de tanta atenção era a sensação mais estranha de todas. Tive de me conter e não bater nos espectadores com minha bengala para poder vê-los mais claramente. Era como se eu atravessasse uma camada de estática. Tentando perceber movimentos nebulosos por feixes de nada. Não demorou muito até que a única coisa que conseguisse ouvir fosse o meu coração, que se esforçava para continuar batendo.

Fiquei um pouco acanhado por causa da bengala. Com certeza nenhuma daquelas pessoas acreditava nessa farsa. Existe algum ritmo específico no qual os deficientes visuais batem suas bengalas no chão? Eu sempre acabava caindo em algum trecho de música. Batendo a bengala na calçada no ritmo de "The Message", de Grandmaster Flash. Pelo menos podia enxergar com a ressonância da bengala.

Quando cheguei aos degraus de pedra diante do prédio, havia uma garota sentada no alto do corrimão. Fumando um cigarro. Há áreas para fumantes em alguns campos das *Hauptschulen* alemãs. Nossa escola é suficientemente patética para essa área incluir o campus inteiro.

Os cabelos dela eram um ninho revolto e desgrenhado sobre laterais raspadas. Talvez não fosse tão diferente do seu corte de cabelo que o deixava semelhante a um galo. As botas que ela usava pareciam pesadas o suficiente para deixar marcas no concreto. Tinha mais piercings do que eu era capaz de contar, amontoados em lábios, nariz e orelhas; quando fechava os lábios ao redor do cigarro, os piercings tilintavam uns nos outros. Aquele som iluminava o rosto dela; um nariz afilado e olhos inseridos em órbitas profundas e dramáticas. Ouvi o chiado no peito dela mesmo antes de eu pisar na escada.

Ela era muito vívida depois de todo aquele silêncio, Ollie.

O que a menina usava ia contra o código de vestimentas da escola. Usava uma saia incrivelmente curta, com as meias puxadas até acima dos joelhos. A camisa sem mangas estava para fora do cós da saia e ela tinha correntes com pregas penduradas diante do peito. Eu, porém, não censuraria algum professor que decidisse não confrontar aquele olhar tão terrível.

Ela compartilhou aquela expressão comigo durante todo o tempo que levei para subir as escadas, batendo a bengala nos degraus. Quis recuar, mesmo que fosse para voltar à estática que havia atrás de mim. Sem dúvida, ela planejava enfiar o cigarro na minha orelha. Quando estávamos na mesma altura, tive de lutar contra o impulso de sair correndo para longe do alcance dela.

Entrei no prédio da escola. São e salvo.

E em seguida o meu coração quase parou.

– Ei – disse ela, virando-se quando passei. – Você.

Ela jogou um avião de papel na minha direção. Estalei a língua e o agarrei quando estava diante do meu rosto.

– Leia.

Enfiei o avião na minha mochila. Não disse a ela que não sabia ler.

– Humm. – Ela estreitou os olhos. Saltou do alto do corrimão e afastou-se, pisando duro com aquelas botas. Os ecos ao redor dos pés dela criavam ondas de clareza onde quer que pusesse com aqueles saltos, Ollie. Eu conseguia ver a poeira no ar onde quer que a menina pisasse. Podia ver as fibras da meia-calça que ela usava, e como essa peça mal parecia capaz de conter a força das pernas sob o tecido.

Herr Haydn havia sugerido que eu deixasse de frequentar as aulas de educação física para evitar novas altercações com Lenz e os outros. Fiquei tentado a aceitar a sugestão. Não sou corajoso.

Entretanto, a aula de educação física era a única que eu fazia com Owen Abend, um ano mais novo. Eu poderia procurá-lo em outros momentos. Talvez na cantina, ou no pátio durante a manhã. Mas isso exigiria uma audácia muito maior. No passado, sempre que me afastava dos olhos dos professores, eu era inevitavelmente provocado. Não consigo me lembrar da última vez em que falei com algum dos meus colegas fora de uma sala de aula.

Quando entrei no vestiário de odor acre, o silêncio novamente se formou no ambiente. Havia ruído suficiente da água que caía dos chuveiros, portas de armário batendo, para eu perceber que todas as pessoas desviavam o olhar. Tirei as roupas de educação física da minha bolsa. Troquei-me o mais rápido que pude. Esperei Lenz

Monk aparecer por trás de mim e bater minha cabeça contra os azulejos da parede.

Mas nem Owen nem Lenz apareceram.

Fui até o ginásio de cabeça baixa. Ouvi que as batidas das bolas de basquete contra o chão se tornaram mais lentas por alguns instantes quando entrei. Herr Gebor, que estava em pé na lateral da quadra, parou por um momento para falar comigo antes de mandar os outros voltarem aos exercícios de dribles.

Mal havia me sentado no banco quando Gebor se aproximou.

– Espero que seja grato por tudo que estamos fazendo por você – disse ele. – Todas as vantagens que estamos lhe concedendo. Se tivesse falado conosco antes, tudo isso poderia ter sido resolvido com antecedência. Você precisa *conversar* conosco, Farber. Para que possamos ajudá-lo.

– Perdão – falei. – Que vantagens?

– Fizemos uma assembleia enquanto você estava... se recuperando. Todos os alunos daqui foram informados sobre suas circunstâncias e instruídos sobre o *bullying*. Por isso, não se preocupe, Farber.

Fechei os punhos com força. Isso explicava o silêncio. O fato de ninguém olhar para mim.

– Diga-me: todos os meus colegas de classe foram informados de que sou deficiente?

– Bem... basta saber que você está em segurança. Que está em segurança e que pode conversar conosco. Entendeu?

– É claro. Obrigado.

Durante minha ausência, houve uma assembleia sobre perpetrar o *bullying* contra alunos "deficientes". Durante minha ausência, acabei me tornando um rótulo. Longe de ser algo maravilhoso, Ollie.

Observei enquanto meus colegas batiam as bolas de basquete e as passavam uns aos outros. Observei enquanto os rostos deles riam ou faziam caretas com o eco das batidas das bolas no chão. Tive um momento bastante sombrio no banco de reservas. Um momento no qual me dei conta de que nunca saio do banco. Talvez nunca viesse a sair.

A porta dos fundos do ginásio se abriu com um rangido. O volume da atividade da sala revelou o rosto que espiava pela abertura.

Owen Abend, entrando no ginásio quase na ponta dos pés. Tentando parecer invisível. Ele era bastante silencioso; quase conseguiu. Havia algo ligeiramente diferente no formato do rosto dele.

Fiquei irracionalmente feliz por vê-lo, Ollie.

Levantei a mão. Ele me viu fazendo isso. Seus olhos se arregalaram, e, girando sobre os calcanhares, ele saiu por onde havia entrado.

O que eu devia esperar? Aquele momento não representou nada para ele. Talvez narizes sangrando não bastem para criar amizades. Sem dúvida, ele nem se lembrava de ter me devolvido os óculos. Nem se lembrava de que não ter se esquivado, como se o fato de não ter uma alma fosse contagioso.

Bolas de basquete batiam no chão da quadra ao meu redor, e minha respiração soava alto nas orelhas; de novo, eu enxergava mais do que gostaria, vendo as fibras da madeira e a tensão no meu próprio rosto.

Será que aquilo era tudo? Que era apenas isso?

Nós conversamos sobre eu me manter firme. Não havia voltado ali para ficar sem falar com ele.

Levantei-me e corri por toda a extensão do ginásio. Uma bola veio quicando na minha direção. Afastei-a sem parar de correr. Segui Owen pelo corredor. Vi que ele tentava abrir caminho para chegar ao pátio. Disparei atrás dele, usando a VCM para me esquivar dos obstáculos à minha frente. Portas se abriam; eu deslizava lateralmente. Um garoto estendeu a perna e eu saltei por cima. Não tive tempo para me sentir tolo.

– Owen! – abri a porta com força e saí, pisando firme nos degraus. – Humm, *hallo*!

Quase sempre por causa da mudança súbita dos ecos, fico desorientado quando saio de um ambiente interno para um externo. Desta vez, essa desorientação me custou caro. Choquei-me diretamente contra uma pessoa parada diante da porta. E aquele alguém me empurrou contra a parede.

Era a garota dos piercings. Arreganhando os dentes para mim.

(Ollie, essa garota adora palavrões. Para poupar as suas retinas dos danos causados pela repetição daquela notória palavra que começa com "F" e suas variações, eu a substituí por algo menos vulgar. Não precisa me agradecer.)

– Ei, você não leu o bilhete fofo que lhe dei esta manhã, monstrengo?

– Não sei ler – respondi, ofegante.

– Pare de fingir que é cego. Você esqueceu sua bengala fofa. E pegou o avião de papel.

– Mesmo assim, não sei ler.

– Olhe, fique longe do Owen. Ele já sofreu o bastante. Ou vai fingir que não viu os hematomas?

– Não vi – falei, e isso era verdade. Não consigo ver manchas ou hematomas, embora consiga ver inchaços, o que explicava o motivo pelo qual o rosto dele parecia deformado. – O que aconteceu?

Ela deu quatro passos para trás. Mirou um chute bem no meu rosto. Ela tentou me chutar *bem no rosto*.

Tudo aconteceu com muita rapidez. Absolutamente todas as fibras do meu corpo disseram que eu deveria evitar aqueles pés pesados. Não tive escolha. Não aguentaria o impacto daquela bota no meu rosto.

Agachei-me.

– Que merda! – gritei. – Você é psicopata?

– Eu sabia – disse ela, e parecia prestes a tentar outra vez. – Seu desgraçado. Você podia ter arrebentado a cara dele. E mesmo assim não o fez.

– Como é?

— Afofe-se — falou ela. — Não quero olhar para a sua cara. *Você podia ter impedido o que aconteceu*, mas não. Você não impediu! Isso é fofamente inacreditável. Covarde.

— Eu sei bem quem eu sou. Por que acha que estou aqui?

Ela saiu pisando duro. Fiquei ali naqueles degraus pela segunda vez naquele dia. Considerei a hipótese de desabar sobre eles.

E pensar que eu me sentia ansioso para voltar à escola...

Estou muito incomodado pela fúria da garota dos piercings. Será que ela vai ser outro Lenz na minha vida? Minhas mãos tremem enquanto digito estas palavras. Meu pai está esperando para me acompanhar até a escola de novo. Não quero ir.

A garota ficou me observando nos últimos dias. Eu me esquivo, escondendo-me em armários ou atrás de alguns cantos sempre que ouço o barulho daquelas botas. Ela fica sentada no alto da escada e me lança um olhar duro quando entro na escola. Não me aproximei de Owen, mas o vejo na cantina. Sentado sozinho, em silêncio e quase desaparecido; sempre evitando olhar para mim.

Há rumores de que Lenz vai retornar da sua longa suspensão no início do próximo semestre.

Espero que você e os seus estejam bem.

Saudações,

Moritz

P.S.: Sinto a necessidade e o dever de lhe dizer que *glock* não é a abreviatura de *glockenspiel*, mas, sim, o nome de uma pistola nefasta, a arma preferida de muitos bandidos que se escondem nas regiões mais pobres da cidade.

Capítulo 11
AS POÇAS

Você realmente digitou "Sinto a necessidade e o dever de lhe dizer", Mô? É *sério*? Essa bateu o recorde negativo da ostentação, cara. Sei que você gosta de usar uma *linguagem maravilhosa* para dar a impressão de que é ULTRASSOFISTICADO, mas precisamos estabelecer um limite em algum ponto, antes que seu nariz acabe ficando permanentemente empinado.

E caramba! Você, com essa franja diante dos olhos, tentando conquistar aquela garota gótica e assustadora? É como nas histórias de *Johnny, o Maníaco Homicida*! Bem, não exatamente (você não prega animais de pelúcia na parede, não é?). Mal posso esperar para saber mais a respeito. Você percebe que o amor está no ar quando uma garota joga um avião de papel na sua cara e diz que tem vontade de acabar com sua raça. *Tsc*.

Se ela não for a pessoa pela qual você tem um interesse romântico, então me diga quem é. Se também estiver sofrendo por amor, não vou achar que sou um fracasso total por lhe contar sobre minha paixão. Na maioria das histórias, o amor parece uma coisa muito importante. Até mesmo o esquisito do Charles Dickens escreveu um final romântico alternativo para *Grandes Esperanças*! Ele era ainda mais cínico do que você. E Pip era um completo palhaço. Se ele merecia o amor, então você também merece.

O que me faz lembrar: está vindo novamente com todo aquele papo de "não sou digno", Moritz? Por que você não merece ter uma boa escola? Você continua cantando a mesma ladainha, e isso me soa como uma besteirada enorme.

Você merece o mesmo que um "garoto normal". Já falamos sobre isso. Ainda tem aquele rolo de cartas por aí?

Não deixe as pessoas que desviam o olhar quando você passa o deprimirem. Elas que olhem para o outro lado. Como você mesmo disse, consegue bater nelas com sua bengala. Você é o Homem-Golfinho! Tudo é possível! Você salta sobre pernas nos corredores! Esquiva-se de pontapés góticos! Catapum!

Em relação às suas dúvidas sobre por que Liz me dispensou, por que não gosto de sanduíches de atum, por que minha mãe praticamente me arrasta até a banheira depois de enchê-la e por que ela em geral me deixa trancado *para fora* da casa para se certificar de que eu "tome sol"... bem, logo vamos chegar a essa parte. É meio que inevitável. Assim como é inevitável o fato de a viela de acesso até minha casa estar vazia.

Tive alguns anos maravilhosos com Liz antes de arruinar nossa amizade. Vamos deixar essa máscara no lugar por enquanto, está bem? Não estou querendo fingir otimismo, juro. É que... ainda não consigo pensar sobre aquele acampamento sem surtar. A minha mãe não é a única pessoa a arrancar as coisas das prateleiras por aqui.

Ela queria que eu escrevesse para elaborar melhor o que aconteceu, mas isso dá *muito* trabalho.

Deixe-me escrever um pouco mais sobre assuntos felizes, está bem?

No dia seguinte àquele em que conheci Liz perto da linha de transmissão, o céu cuspiu quantidades enormes de chuva sobre as árvores e o telhado. Minha mãe, pálida quando me trouxe torradas com marmelada, tinha uma espécie de sorriso falso no rosto. Ela entrou no quarto, colocou a bandeja ao lado da cama e começou a recolher o que havia jogado no chão.

Não consegui olhá-la nos olhos.

– Greg me disse que você saiu e conheceu uma namorada.

Meu estômago estava tão retorcido que comecei a me perguntar se ela não havia escondido uma pilha na minha torrada.

– Não é uma namorada. E o nome dele é Bigode-Ruivo. Não aja desse jeito esquisito.

– Era a sobrinha de Joe? Ouvi dizer que ela veio passar o feriado com ele. Ela tem mais ou menos sua idade, você sabe.

– Ahã.

– O que foi que aconteceu com meu moleque falante? – Minha mãe forçou uma risada. Segurava a asa quebrada de uma miniatura de um Boeing 747, apertando-a com força. – Não quer conversar comigo?

Enfiei a torrada garganta abaixo.

Ugh. Aquela manhã, Mô.

Depois de arrumarmos a casa novamente e tirarmos a poeira de todas as superfícies possíveis e imagináveis, passei um bom tempo pegando livros para ler e enfiando-os de volta nas estantes depois de olhar para alguns parágrafos sem conseguir digeri-los. Havia páginas soltas por todo o chão do quarto; eu tinha convencido minha mãe a comprar revistas de moda masculina alguns anos antes, quando ela me disse que camisas estampadas eram uma característica particular de Bigode-Ruivo, e não algo comum entre os homens. Ela me disse para não usar terno, mas decidi que faria isso mesmo assim.

– Dizem que um anfitrião deve se vestir para impressionar. E não há nada mais elegante do que terno e gravata – falei, ajeitando o chapéu na cabeça. – Não quero estragar tudo.

– Parece que você está vestido para um funeral da máfia – disse minha mãe. – Será que vou precisar procurar por blocos de concreto e esqueletos na lagoa?

Ela usava um belo vestido estampado com flores que geralmente guardava para ir à cidade. Talvez eu pudesse ter respondido que ela era uma hipócrita, não fosse o fato de que, toda vez que eu falava, tinha a sensação de estar engasgado com partes de uma rã desmembrada na goela.

Troquei de roupa mais três vezes e acabei escolhendo uma calça aveludada antes que Liz chegasse. Ficava imaginando se outros garotos faziam coisas como esta, ou se esse tipo de hábito era uma característica específica de eremitas eletrossensíveis que moram em chalés no meio do mato. Aproveitei até para arrepiar mais meu penteado de galo.

– Não sou um monstro – falei para o espelho. Meu nariz apresentava um pequeno hematoma arroxeado, perto dos olhos. – *Sinistro*.

Minha mãe não conseguia parar quieta. Levantava-se toda hora da mesa e ia até a janela da cozinha a fim de abrir as cortinas e olhar para o gramado encharcado pela chuva, apenas para fechá-las outra vez. Em seguida, voltava a se sentar e repetia todo o ciclo depois de sete minutos. Definitivamente, ela não tinha dormido bem. E fazia algo que sempre faz: arrancar os pelos das sobrancelhas sem perceber.

– Espero que ela goste de purê de batatas – falei. Havia uma torta salgada no forno. – E se ela tiver um ódio profundo e incurável por purê de batatas?

– Não seja bobo – disse minha mãe, mordendo o lábio. – Toda criança gosta de purê de batatas. Todas as crianças do mundo.

– Isso está escrito em algum lugar?

– Algumas leis do universo simplesmente não estão escritas. – De repente, ela abriu as cortinas e fechou-as de novo, inspirando o ar com força. Ficou de costas para a janela com as mãos para trás, apoiadas no balcão de madeira de pinheiro.

– O quê? O que foi? O céu está caindo?

Ela negou com a cabeça.

– Tem alguém ali fora, Ollie. Será que eu devia espantá-la? Tenho um rolo de macarrão. Uma coleção de rolos de macarrão.

– *Mãe*!

Não temos campainha no chalé. Nunca recebemos visitas, com exceção de Bigode-Ruivo, que está acostumado a entrar sem fazer cerimônia. Ainda assim, eu tinha a sensação de estar esperando uma campainha tocar. O eco fúnebre de um sino. Eu estava lendo John Donne, e antes dele, *Macbeth*. Não foi a melhor ideia do mundo.

– Vai dar tudo certo pra você. – Minha mãe apresentava um sorriso estranho no rosto. – Vai dar tudo certo pra nós.

– Desculpe-me por ontem – falei, de repente.

Minha mãe piscou os olhos com rapidez. Seu sorriso vacilou um pouco. Mas ela assentiu.

– Não se preocupe tanto. Estou feliz por você.

Tentei sorrir. Milissegundos depois, o sorriso se transformou em uma careta quando olhei para o pesadelo aveludado marrom ao qual havia me resignado.

Que diabos eu estava vestindo?

Tentei correr até meu quarto para me trocar outra vez, mas minha mãe me agarrou pelo braço e me segurou.

– Desta vez, eu serei o estribo, então.

Acho que meus cabelos simplesmente murcharam.

Não consegui evitar a ideia de que as coisas seriam melhores se um dia no ferro-velho fosse tudo que Liz e eu tivéssemos, sabe, Mô? Eu já havia quase estragado tudo; com certeza, se passasse mais tempo com ela, acabaria revelando que sou um ser humano totalmente sem graça.

– Ollie Ollie Paraoalto-Eavante? – Eu me afastei da porta com um salto. – Garoto que não é Amish? Oláááááá!

– Abra logo a porta!

Eu finalmente abri e olhei boquiaberto para o que apareceu diante de mim.

Um monstro cor de terra, cheio de dentes pontiagudos e olhos pretos brilhantes, encontrava-se nos degraus. Da cabeça aos pés, o que havia ali era ausência de cor. A lama lhe escorria dos cotovelos e das pontas das tranças, do queixo e do nariz.

– Oi – falou Liz. A camada reluzente de sujeira que a cobria escondia suas sardas. – Eu estava pulando nas poças. – Seus dentes rebrilhavam como estrelas no meio daquele éter lamacento. – Quer vir comigo?

Minha mãe, atrás de mim, soltou uma gargalhada enlouquecida. Como o que imagino ser o som de uma hiena, ou do Coringa das histórias do Batman.

– Mãe?!

– Vá lá – disse, empurrando-me para frente. – Vá pular nas poças! – Ela esfregou os olhos com as mãos. – Sinceramente, não sei por que eu estava tão preocupada. Vá logo!

Ela nem me deixou trocar as calças de veludo. Apenas me empurrou porta afora, sem guarda-chuva.

Está começando a perceber, Mô? Por que é Liz, por que mesmo naquela época era Liz?

Eu havia visto poças de água na viela de casa durante toda a minha vida, e nunca pensei em sair para pular nelas.

Quando voltamos para casa, minha mãe estava esperando com um banho para nós e chocolate quente. Depois de limpos, sentamo-nos à mesa da cozinha e sopramos a superfície das nossas xícaras, aquecidas pelo forno que guardava a torta salgada.

– Cara, sua mãe cuida mesmo de você.

Concordei com a cabeça, sentindo-me culpado. Minha mãe provavelmente esfregava a banheira enquanto estávamos sentados ali.

Liz estendeu os braços sobre a mesa e suspirou.

– Fazia anos que eu não tomava um banho como esse.

– Bem, isso explica seu cheiro horrível.

– Pois é, pois é – disse ela, cutucando-me com o cotovelo. – Mas na minha casa só temos um chuveiro.

– O que foi? Seus pais não tinham dinheiro para comprar a banheira? – perguntei, querendo fazer graça.

Liz afastou a cadeira para trás e olhou para mim com uma expressão cortante.

– Ah, sim, porque isso é hilário. Assistentes sociais não ganham tão bem, você sabe. Especialmente quando são demitidos, como aconteceu com meu pai.

Novamente, eu estava estragando tudo.

– Por que você está brava comigo?

– Você é terrível!

– Sou?

– Não devia fazer piadas como essa.

– Por que não? Eu não estava tentando ser grosseiro. Não sabia que você não tinha dinheiro.

– Está falando sério?! – Ela encontrava-se em pé agora. – Você não sabia. Aham. Acredito.

– É sério! Como eu saberia uma coisa dessas? Por acaso estou quebrando alguma outra regra estúpida do mundo real? Será que eu devo me preocupar com isso quando conheço alguém? Quanto dinheiro você tem?

– Sim, você deveria se importar com isso – respondeu ela. – A maioria das pessoas definitivamente se importa.

E ela abriu um sorriso enorme para mim.

Nunca me peça conselhos sobre garotas, Mô.

Ela permaneceu em silêncio por uns três segundos, talvez.

– Bem, chega de ficarmos sentados aqui. O que você faz dentro de casa o dia inteiro, sem um computador?

– Meus pais adoram gente aleijada. E gente esquisita também – Liz me informou.

Estávamos brincando com jogos de montar no meu quarto. Eu não conseguia parar de deixar as peças caírem. Colocávamos pequenas torres em navios e construíamos castelos voadores. Liz não conseguia se mover sem causar uma bagunça enorme. Quando entrou no meu quarto, esbarrou e derrubou três pilhas de livros e uma pilha de pergaminhos, e pisou em um avião em miniatura. Além disso, cutucou com o pé o modelo de esqueleto que eu havia construído e tamborilou no meu glockenspiel com as unhas.

– Por que você toca xilofone?

– É um glockenspiel. E por que não?

Ela deu de ombros.

– Acho que você devia tocar piano ou algo parecido. Um instrumento mais legal. Mais dramático.

– Se você acha que tocar "A Cavalgada das Valquírias" no glock não é dramático, não sabe o que está perdendo.

– Seu esdrúxulo.

Você imagina que eu fale alto? Sempre que ela me chamava de "esdrúxulo", a palavra parecia soar a 10 mil decibéis.

– Esdrúxulo? – Meu pirata enfiou a espada na torre de Liz. A torre caiu sobre as velas da fragata dela. – Essa palavra existe?

Liz enrolou a vela nos dedos.

– Ei, já fui chamada de coisas piores. Mas você é o cara mais esdrúxulo que já conheci. Diz exatamente tudo o que pensa. Não vai à escola. Nunca acessou a internet.

– Mas eu não posso.

– Quando penso na situação, acho que você é um caso perdido. Nunca mandou uma mensagem de texto para alguém. Nunca viu... sei lá. Secadores para as mãos nos banheiros, ou uma máquina de vender refrigerantes...

– Mas... eu lhe disse! *Não posso*! – E deixei meu pirata cair.

Estava estragando tudo, tudo.

– *Caso perdido*. Você nunca assistiu a um filme, nunca viu um trem, nunca ouviu *música* ou...

– Cale a boca! – falei, chutando a fragata dela. – Eu sei o que é música! Eu toco glockenspiel!

Liz me amedrontou com seu sorriso outra vez.

– Você não disse "não posso" desta vez. Isso significa que posso ajudá-lo.

Seus pais, os assistentes sociais, haviam mesmo causado uma forte influência nela.

– O que você quer dizer com isso?

– Você vai ver – respondeu ela. – Da próxima vez que eu vier aqui.

– Vai haver uma próxima vez? Você quer mesmo voltar aqui?

– Pronto, aconteceu de novo. Está dizendo tudo o que pensa, exatamente no momento em que pensa. Sim, se você quiser. Eu me diverti. Com certeza, mais do que me divertiria em casa.

– Ou na escola?

– As pessoas não são como você na escola. Ninguém me escuta.

– O que foi? Acho que não ouvi.

Liz não riu.

– Mas você *me* escutou.

Não importava o fato de o céu estar escuro lá fora, e de precisarmos de quatro lampiões para enxergar.

Ela iluminava a sala para mim.

É meio estranho falar sobre como as coisas costumavam ser, sabendo que são tão diferentes agora. No início, pensei que isso ocorria por causa do tempo. Há tanta neve lá fora, e também sobre a casa, nos galhos das árvores, que parece que o peso de toda aquela neve faz nosso chalé afundar lentamente no chão. A janela neste quarto... – quando a geada se forma no vidro, é quase como se ela não existisse, Moritz.

Há mais alguns momentos incríveis para lhe contar antes de chegar ao momento em que as coisas deram muito errado entre mim e a garota pela qual me apaixonei e por quem estou sofrendo.

Cara, você queria que eu parasse de fingir que sou feliz, e não é que escrever sobre épocas mais felizes começou a me causar um pouco de infelicidade? Talvez você devesse parar de querer me conhecer agora. Antes que tudo se transforme num festival de merda.

Por outro lado, nem sei mais que dia é. Por isso, acho que não devia me sentir incomodado quando a quarta-feira passa. Hoje em dia, não importa o motivo, passo bastante tempo deitado na cama e nunca me levanto durante a tarde para ir esperar na viela. Talvez eu esteja melhorando, Moritz.

Minha mãe continua a me observar fixamente. Não parece mais exasperada. Só realmente cansada.

Moritz, conte-me algo bom. Pode ser?

Sinceramente,

Oliver

Capítulo 12

OS LIVROS

Acho que esta é a primeira vez que você não me pressiona para falar sobre o laboratório. Mais do que qualquer coisa, isso me diz como você deve estar infeliz.

Fui eu que lhe disse para ser honesto consigo mesmo. Nunca imagine, portanto, que não desejo ouvir a respeito. Entre nós dois, talvez possamos compartilhar o sofrimento para ser mais fácil suportá-lo. Você não precisa usar máscaras comigo, Ollie.

Ouvi em alto e bom som sua súplica por boas notícias. Posso atendê-la. Não faz bem remoer o que nos incomoda. Remoer pode tornar o que é ruim ainda pior. É melhor enterrar esses pensamentos sombrios.

Permita-me contar uma história maravilhosa. Pelo menos desta vez, permita-me ser o mais otimista de nós dois. Agora é primavera. Os pássaros estão bem barulhentos neste momento. Quase consigo ver o formato do céu.

Bernholdt-Regen oferece cursos básicos em quase todas as principais áreas do conhecimento, mas a escola é bastante focada em economia doméstica. Finanças. Cursos de segurança. Matérias mais úteis para alunos destinados a ter empregos que não exigem diploma universitário.

Como amo literatura e minha escola a odeia, detesto as aulas de *Literatur* com Frau Melmann, uma mulher cujas narinas estão sempre bufando e cujos olhos encontram-se eternamente apertados, como se estivesse chupando o comprimido mais amargo de todos. E na verdade é isso mesmo que acontece: ela escolheu uma carreira que ao mesmo tempo detesta e para a qual não tem o menor talento. A amargura faz sentido. Quando ela lê as obras de grandes poetas, as palavras se transformam em fogo e enxofre no hálito ardente dela. Mesmo quando não estamos lendo Dante.

Eu me sento ao lado da janela, na penúltima carteira da sala de aula de Frau Melmann. Tão longe do seu hábito de sugar as próprias bochechas quanto possível. Eu disse a ela no meu primeiro dia de aula que ficar mais perto da lousa não facilitaria minhas "deficiências de aprendizado". Disse-lhe que meus frequentes "ataques de pânico de cegueira" acabariam por distrair meus colegas e eles não prestariam atenção à sua voz melodiosa. *Melodiosa* como catarro.

Passo a hora de leitura silenciosa com os fones enfiados nas orelhas, escutando os audiolivros que os outros alunos leem em livros de papel, movendo os lábios. Antes da minha suspensão, estávamos lendo *Sidarta*, de Hermann Hesse. Só Deus sabe por quê. Conceitos de autorrealização estão fora do alcance da maioria dos meus colegas de classe. Estão preocupados demais pensando em quem estaria cortejando a namorada deles. Ou em quando poderão ler um resumo de *Sidarta* na internet.

Fones de ouvido encolhem meu mundo. Quando as ondas sonoras estão pressionadas diretamente contra minha cabeça, meu campo de visão torna-se restrito. Só consigo ver o interior dos meus ouvidos. O contorno do meu esqueleto. Um zumbido indefinido de qualquer som que acabe vazando pelo isolamento acústico. Isso pode ser bastante terapêutico – fico sentado no meu *Literaturkurs* com o álbum

Paul's Boutique dos Beastie Boys preso à cabeça, sem ver nada além de um campo entorpecente de sonoridades finitas.

Depois de ter *oficialmente* declarado cegueira após minha suspensão, não vi motivos para mudar essa rotina. Entrei na sala de aula no segundo dia após meu retorno ao som do silêncio estático que se tornava familiar. Aquilo me seguia do pátio até o armário onde guardo os livros, do armário até a sala de aula no segundo andar. Seguia-me junto com os passos daquela garota gótica. Eu batia com a bengala no chão enquanto caminhava até a carteira. Raspava o sapato contra uma estante de livros a fim de causar um efeito maior.

Frau Melmann entrou na sala de aula depois que me sentei. Parecia estar com as roupas e os cabelos desalinhados, como se tivesse brigado com uma ventania. Aqueles olhos apontaram para mim como um dos raios laser que você mencionou.

– Por que está aqui?

– Está falando comigo, Frau Melmann?

– Sim. – Meus colegas não olharam na minha direção. – Por que você está aqui?

Pigarreei.

– A senhora precisa ser mais específica.

– Como é?

– Por que estou aqui, nesta sala de aula? Ou por que estou aqui, neste planeta miserável? Por que todos nós estamos aqui, já que tocamos no assunto? Qual é a *razão* da existência dessa nossa espécie venenosa?

– Você vai completar o seu *Literaturkurs* na *Bibliothek* de agora em diante.

– Meus fones de ouvido funcionam do mesmo jeito aqui. – Toquei neles para demonstrar.

Nos ecos da risadinha de alguém, eu a vi mostrando os dentes. Seria essa a razão de ela estar sempre tão infeliz? Por que não conseguia sorrir de modo adequado?

– Há mais recursos para deficientes visuais lá.

– Que bom. Mas eu *não sou* deficiente. – Meus impulsos foram rápidos demais, Oliver. Não tive a intenção de rejeitar o fato de ser cego. Quis apenas expressar o meu asco pelo termo *deficiente*. "Behindert", como escrevemos em alemão.

– Não faz sentido negar isso, querido – falou ela. Em seguida, fiquei realmente grato por sair, Oliver. Antes que sucumbisse à tentação de golpear alguém (e desta vez seria uma professora) com minha bengala.

Guardei os fones de ouvido na mochila. Fui até a frente da sala, arrastando aquele bastão inútil comigo.

Esta história se tornará feliz logo. Pelo menos, é assim que considero, de acordo com minhas expectativas pouco exigentes.

A *Bibliothek*, ou biblioteca, de Bernholdt-Regen é uma sala espaçosa. Várias estantes diante de janelas bem grandes. A *Bibliothek* se encontra num constante estado de abandono. Só Deus sabe quando foi a última vez que alguém retirou um livro que quisesse ler apenas por entretenimento. Mesmo assim, apesar do estado decrépito dos visitantes da biblioteca, o acervo é mantido com bastante cuidado.

– *Guten Morgen*, Frau Pruwitt – eu disse. Ela estava em pé atrás do balcão, com o corpo tão rígido quanto você possa imaginar, observando-me testar o chão com a bengala sem muito ânimo enquanto descia pelo carpete puído das escadas rumo à principal sala de leitura. – Estou aqui para ver o maravilhoso conjunto de materiais para alunos *behindert*.

Frau Pruwitt ergueu uma sobrancelha. Soltou o ar com ruído suficiente para iluminar-lhe as rugas.

– Não diga *"behindert"*. Essa palavra é horrível.

Ela e sua Liz podiam ser parentes, Ollie.

– Você sabe o que eu sou. – Inclinei a cabeça para longe. – Foi você quem me tirou da aula de educação física. Você viu o que há por baixo dos meus óculos. Ou melhor, o que não há.

Pruwitt, a Impenetrável, ergueu aquela sobrancelha mais uma vez ao olhar para a bengala com a qual eu batia no chão, bem diante do balcão.

– Você não precisa disso. – Ela a arrancou de meus dedos.

Lembra-se, Ollie, de como a VCM acelera meus reflexos? Mesmo assim, duvido que poderia ter impedido Frau Pruwitt de tirar aquela bengala de mim, mesmo que tivesse passado algumas horas me preparando. Realmente, a mulher é feita de titânio.

– Até onde sei, Sr. Farber, esta bengala não é mais do que um brinquedo. Isto não é o jardim de infância. Não trazemos brinquedos para a escola. Se quiser receber seu brinquedinho de volta no futuro, e não quiser que eu a quebre em dois pedaços batendo-a contra o joelho, por favor, sente-se.

– Sentar-me?

Ela apontou para uma cadeira giratória localizada atrás do balcão. Sentei-me cautelosamente. Aquela sobrancelha dela era impressionante. Como a mulher conseguia deixá-la erguida por tanto tempo?

– Não permitiremos o uso de fones de ouvido aqui – disse ela quando os tirei da minha mochila.

– Mas... eu realmente não sei ler...

– Você é analfabeto?

Aquilo me irritou.

– De jeito nenhum.

– Então aprenda a aprender mais, Sr. Farber.

Frau Pruwitt me entregou um livro da pilha que estava sobre sua escrivaninha. Claro, para mim as páginas pareciam em branco, com exceção da capa com um efeito em baixo-relevo. Tenho dificuldade até mesmo para ler esse tipo de coisa; letras sempre ficam embaralhadas na minha cabeça.

– Leia isso.

– Não sou analfabeto. Mas tenho uma espécie de problema com...

Aquela sobrancelha me desconcertou mais uma vez.

– Quero dizer... por mais que eu quisesse, não consigo. – Assumi uma expressão séria. – Pode zombar de mim, se quiser.

Ela fez um som de *tsc!*, Oliver!

– Zombe de si mesmo. Não tolero preguiça. Não sei como isso é possível, mas você enxerga perfeitamente. Portanto, pode estalar essa língua o quanto quiser até ler o livro.

Franzi os lábios.

– Posso *tentar* ler o título porque enxergo o contorno das letras. Estão em baixo-relevo. Mas imagens em uma superfície plana...

Era estranho demais conversar a respeito disso com uma bibliotecária idosa e severa, mas ainda mais estranho era o fato de aquilo não parecer estranho. Talvez fosse similar a levar uma bronca da avó.

– Ora, ora! O que há de errado com sua geração? Esforce-se mais! – Frau Pruwitt bateu com a palma da mão na mesa. – O que me diz do espaço entre a tinta e o papel? Tenho certeza de que a tipografia impressa é um pouco mais elevada ou mais funda nas páginas! As letras não vieram das árvores, não é? As letras impressas são mais grossas ou mais finas.

– Em um nível quase microscópico...

– Está me dizendo que isso não é o bastante para você? Eu o arrasto pelo corredor, sangrando e resmungando sobre o quanto cada *partícula de poeira* que obscurece sua visão é irritante...

Eu estava resmungando?

– ... mas agora, quando se encontra em um estado mental completamente razoável, você não quer nem mesmo *tentar* ler esse maldito livro porque isso exige um mínimo de esforço? Você devia ter vergonha, filho. Sua mãe devia se envergonhar!

– *Você não sabe nada sobre minha mãe!*

– Não. Grite. Na. Minha. Biblioteca. – A cada palavra, ela pressionava os dedos com unhas longas no meu braço. – Eu sei que sua mãe não está aqui. Quem está? Eu.

Engoli em seco.

– Indiscutivelmente.

— Comece com o título, Sr. Farber.

Inclinei-me para a frente. Tentei concentrar minha VCM nas letras. Elas dançavam nas minhas orelhas.

— Estale a língua se precisar. Não se acanhe! — E ela tamborilou com as unhas no livro, iluminando as letras para mim.

— Macacos me mordam — falei.

Era um exemplar encadernado de *Demolidor: Visionários, volume 1*, de autoria de Frank Miller.

A sobrancelha dela continuava erguida, perto do couro cabeludo.

— Sente-se aí e vá estalando a língua até ler quadrinhos como qualquer outro garoto.

Eu segurei o livro.

Oliver, e se outras pessoas (além de você) fossem capazes de me enxergar como alguma coisa, ou alguém, que merece a felicidade? Não como um herói, quero deixar bem claro. Apenas como "qualquer outro garoto".

Essa ideia me assusta porque sou um covarde. Eu, que nasci devido a um cruzamento malsucedido entre ciência e ambição. Sempre senti que tudo estava errado, todos os dias, até você me escrever. Até você me infectar com bobagens maravilhosas e cheias de esperança.

Frau Pruwitt me deu um livro sobre um certo super-herói cego. E agora me sinto como se não fosse mais desprezível.

O que você fez comigo, Oliver Paulot?

Inicialmente, nossos exercícios não tiveram resultados. Frau Pruwitt estava certa. Existe uma camada microscópica de espaço entre as páginas e a tinta impressa nelas. Como você, tive dificuldades para me concentrar. Tentei estreitar minha VCM. Tentei trabalhar com os estalos mais precisamente.

Esse era o único tipo de ruído que Frau Pruwitt me permitia fazer na biblioteca. Não que houvesse muitos alunos para nos perturbar naquele salão com as janelas altas.

Causei dores de cabeça em mim mesmo. Uma pessoa mais violenta poderia ter jogado o livro no chão. Frau Pruwitt não fez questão de me observar enquanto eu trabalhava; cuidou dos próprios afazeres entre as prateleiras, ralhando com quaisquer alunos que se atrevessem a soltar uma risadinha nos corredores. No final do dia, ela me perguntava o que eu havia conseguido ler.

No começo, eu apenas negava com a cabeça.

– Amanhã, Sr. Farber.

Depois de uma semana, consegui compreender como poderia enxergar os quadros. Como mirar o som de modo que as palavras e imagens aparecessem em minha cabeça. Foi quase impossível. Mas comecei a enxergar formas. *Letras*.

Ollie, se eu soubesse redigir como você, poderia descrever como me senti quando li minha primeira página. Quando consegui ver claramente aquelas primeiras imagens. Era somente uma página de introdução, mostrando pouco mais do que a silhueta do Demolidor com o bastão dele. Mas foi o bastante para eu sentir orgulho de mim mesmo.

Matt Murdock disfarça sua arma sob a forma de uma bengala. Você já deve saber disso. E ele é cego, mas não é cego, Ollie!

É claro que eu já havia visto letras. Tinha memorizado a grafia das palavras para ninguém me chamar de analfabeto. Nunca, porém, havia conseguido observar palavras em uma página e compor as formas em minha cabeça.

A bibliotecária me entregou outro livro quando li a primeira página para ela. Um livro com um peso bastante intimidador.

– É um começo. Depois, leia este aqui.

Concentrei-me. Estalei a língua. *"Der Herr der Ringe?"*, falei. *"O Senhor dos Anéis?"*

– Sou uma hippie velha. Pode me denunciar.

E eis aqui a minha grande notícia, Oliver.

Estou aprendendo a ler. Frau Pruwitt me ajuda. Não em "braille", mas em texto. Um dia, talvez dentro de pouco tempo, vou conseguir ler suas cartas sozinho. Sem o sotaque do meu pai. Enxergarei sua caligrafia horrenda e vou escrever de volta com minha própria letra.

E aqui está a última novidade. Finalmente, abri o avião de papel da garota dos piercings na biblioteca, enquanto o ar se tornava mais quente lá fora.

E aqui está o que o bilhete dizia:

Se você for um ser humano fofo e decente, fique longe de Owen.
– Fieke.

Será que realmente posso ser uma pessoa assim?

Mô

P.S.: Mande-me uma longa lista de livros, por favor. Quero ler todos os livros que fizeram parte da sua vida, Ollie Ollie Paraoalto-Eavante.

Capítulo 13

A LUMINÁRIA DE LEITURA

Aquela última carta foi como olhar diretamente para o sol, Moritz! Queimaduras gloriosas nas minhas córneas! Nunca pensei que fosse vê-lo tão feliz, e agora me sinto como se eu fosse o cego entre nós dois. Vou dizer aos meus responsáveis que recebi minha dose diária de luz do sol. Não se preocupe com o fato de eu estar infeliz!

Porém, com qual dama você vai ficar? Temos Fieke, a Gótica Maravilha (que tipo de nome é Fieke? Tipo, talvez seja um nome muito legal, mas creio que não saiba pronunciá-lo da maneira correta: "FIIIIIIK"), Frau Pruwitt, a "mulher de aço" ou a azeda Frau Melmann, a competidora para a qual ninguém está torcendo?

Falando sério, fico provocando você em relação a essas madames (esse é o modo formal de me referir a um grupo de mulheres, certo?), mas continuo esperando para ouvir sua história de amor. Se isso parece um pouco com a história das ondas-golfinho, então que seja! Mas, se somos tão bons amigos, não imagino por que você tem essa tendência de ser tão calado. Afinal, você não acha que eu agiria de um jeito esquisito em relação a isso, não é?

Não importa a sua resposta.

Ainda assim, gostaria de pedir que envie um pouco desse amor para cá, embora eu ache que enfim esteja conseguindo assimilar a ideia de que serei um eremita solteirão em caráter perpétuo. Eremitas solteirões são cavalheiros. Preciso superar Liz.

Embora seja primavera, faz muito frio aqui. Ainda temos gelo e neve sob os galhos mais baixos dos pinheiros. Passo quase todos os dias debaixo do meu edredom. Dorian Gray passa o dia todo dormindo também, e ninguém se pergunta se *ele* está deprimido. Afinal de contas, sou capaz de dobrar papel perfeitamente bem sem precisar me levantar. Consigo fazer meus exercícios de caligrafia na cama. Todos os meus hobbies chatos podem ser hobbies de cama, então por que deveria me importar?

Bigode-Ruivo não estava muito contente durante meu último exame. Foi bastante gentil quando mediu minha pressão arterial, como se achasse que fosse esmagar meu braço dentro da braçadeira constritora do aparelho.

– Você precisa tomar mais sol.

– Sou um vampiro agora. Não ficou sabendo?

– Precisa comer direito.

– Tens sangue para tua criatura da noite?

Ele segurou meu queixo e me obrigou a encarar os olhos dele.

– Por acaso estou sorrindo, Oliver?

– Nunca sei se você está sorrindo com esse seu bigode, Major Armstrong.

– Major...?

– Alex Louis Armstrong? Do *Fullmetal Alchemist?* Por que ninguém lê mangás? Ah, deixe para lá.

O Dr. Bigode-Ruivo afrouxou a mão no meu queixo e a braçadeira ao mesmo tempo.

– Talvez eu deva vir morar aqui por algum tempo. Você não está se recuperando bem. Na verdade, não está nem mesmo se recuperando. E onde acha que sua mãe está agora?

– Na lua?

– Não faça gracinhas. Ela está lá embaixo, descansando. Sabe por quê?

– Ela chupou três picolés, e agora está se recuperando do excesso de açúcar.

– Ela está *exausta*. E você aí, largado como se fosse um garoto morto.

Fiz uma careta.

– Ei, não mandei ela se preocupar.

– Tudo o que ela faz é pensando no seu bem.

– Mas não sou eu o cara que quer se casar com ela.

Os olhos dele se incendiaram por um instante. Pela primeira vez na vida, achei que Bigode-Ruivo poderia me bater. Pelo menos aquilo me fez calar a boca.

– Oliver, eu sei que você ainda está, bem... se *recuperando*...

– Estou ótimo, doutor.

– Eu *sei* que você ainda está sofrendo, mas sua mãe precisa de você. E você precisa dela. Vocês só têm um ao outro.

– Ela tem você, também.

Bigode-Ruivo suspirou e passou os dedos pelo cavanhaque.

– Ela não tem a mim da maneira que você está insinuando. Isso nunca vai acontecer.

Era uma droga ouvi-lo dizer aquilo. Sabe o que quero dizer, Moritz? Era uma droga saber que todos nós, as Pessoas Idiotas do Chalé que Sofrem por Amor, éramos romanticamente irrecuperáveis. Nem mesmo Bigode-Ruivo estava rindo agora.

– Vou me esforçar mais – falei. – Por favor, não deixe seus pacientes esperando, ou morrendo, ou dormindo, ou qualquer outra coisa do tipo.

Ele bagunçou meus cabelos com a mão.

– Ollie, você realmente acha que estou aqui porque você é um *paciente*? Você é família. Eu jamais conseguiria demonstrar toda a minha gratidão por ter conhecido os Paulot. Você e seus pais me tiraram de um lugar muito sombrio... e me mostraram algo melhor.

– Você vai me contar sobre o laboratório? Sobre meu pai? Prometo comer como um rei se me contar algo novo. Vou até pegar um bronzeado. De verdade.

Ele fez uma pausa.

– Que tentativa de suborno, hein, Oliver? Mas não sou eu quem deve lhe contar essas coisas.

– Espere. Você *quer* contar, não quer? – Eu não podia acreditar. Ele parecia ainda mais agitado do que de costume; sua perna tremia. – Você acha que minha mãe está errada por não me contar essas coisas?

– Não exatamente, Oliver. Eu entendo a perspectiva dela.

– Bem, pelo menos um de nós entende. – Eu tossi. – Ela realmente está tão doente assim?

– Ela vai melhorar se você sair do *seu* lugar sombrio. Já faz alguns meses que você está assim, Ollie.

– Está contando nos dedos?

Ele suspirou e se inclinou para a frente.

– Mas você *tem* que saber que aquilo não foi realmente culpa s...

– É melhor você ir ver como ela está. Este vampiro precisa repousar um pouco.

Ele abriu a boca e fechou-a novamente, os olhos brilhando por trás dos óculos. Fingi estar fascinado com os fios soltos do meu lençol, até que ele percebeu o que eu queria dizer.

Depois que ele se foi, fechei as persianas e chutei uma boa quantidade de livros e miniaturas até chegar à porta e fechá-la. Já era noite no interior do chalé outra vez.

Talvez eu pudesse sair de lugares sombrios, se alguém me puxasse para fora. Mas não vai acontecer, Moritz, porque você nunca virá me encontrar.

E talvez não seja Liz a fazer isso também, embora antigamente fosse.

Liz começou a tentar um tratamento para minha doença incurável – em segredo, é claro. Se minha mãe soubesse o que Liz e eu estávamos tramando, não deixaria a garota chegar a quinze metros de mim. Eu me lembrava de como tinha ficado brava com Bigode-Ruivo depois do incêndio porque achava que ele talvez estivesse fazendo "experiências" comigo. Se percebesse o que eu e Liz fazíamos, minha mãe a teria perseguido com mais do que uma coleção de rolos de macarrão. De repente, talvez alguns cadáveres acabassem mesmo surgindo dentro da lagoa.

Entretanto, como minha mãe não fazia a menor ideia, e como via que eu havia me tornado um garoto mais feliz e não tentava mais fugir de casa, nós nos divertimos um pouco antes de Liz começar a frequentar o ensino médio.

Liz explicou as minhas circunstâncias para os pais dela, pessoas bastante receptivas, exatamente como ela os descrevera para mim. Seu pai escreveu uma carta que deixou minha mãe com os olhos lacrimejando e a fez correr pela casa, abrindo as janelas e cantando. Apesar das portas trancadas, acho que minha mãe sempre quis que eu tivesse amigos, mas era muito difícil convencer pessoas a mandarem os filhos até um chalé no meio da floresta para passar algum tempo com alguém que presumiam ser um jovem delinquente com uma mãe pirada.

Começando no outono em que completei onze anos, toda quarta-feira à tarde o pai de Liz deixava a garota e sua bicicleta no final de nossa longa viela. Ela pedalava até a varanda, geralmente vestindo uma saia xadrez e *leggings* brancas cobertas de barro.

Liz sempre gritava "ESTOU AQUI!" a plenos pulmões, até mesmo antes de avistar nossa casa.

Eu já estava na viela.

– E eu estou AQUI!

Onde mais eu poderia estar?

Na segunda vez em que Liz veio me visitar, ela subiu até meu quarto trazendo, dentro da capa de chuva, uma pequena luminária de leitura que havia "pegado emprestado" do pai. A luminária tinha uma bateria elétrica minúscula que eu praticamente era capaz de farejar nela.

– Por que trouxe isso? – esbravejei.

– Calma aí, Paraoalto-Eavante. Está desligada. É *minúscula*.

– Claro, claro. As partículas de Hebenon também são. E podem fazer o seu sangue endurecer.

– O que são part... ah, esqueça. Escute aqui, Ollie. Não finja que você é uma menininha. Porque você não é.

– Oh! Então você percebeu que não sou uma garota?

– *Aff*, Ollie. Você teria dificuldades para fazer amizades, mesmo que pudesse ir à escola.

– Muito gentil da sua parte.

Ela deu um soco na minha colcha, irritada.

– Ah! É disso que estou falando! Você nunca consegue agir de maneira séria!

– É sério que tenho medo dessa luminária.

– Não é.

– O quê? – perguntei, piscando os olhos.

Ela não desviou o olhar.

– Você não tem medo. Não pode ter. Eu vi você correr na direção daquela linha de transmissão. Você deixou que ela o derrubasse sem hesitar por um segundo. Não finja que é uma menininha!

E ela colocou a luminária na minha mão.

– Eu *gosto* de você porque você não finge.

Era o objeto mais precioso que eu já havia segurado. Imagine poder ler à noite sem precisar usar um lampião!

Toda semana Liz me entregava a luminária. E eu a segurava, mesmo que ela fizesse um zumbido estranho contra minha mão e desencadeasse minha aura, causando a tontura que antecede a convulsão. Eu a segurava com força.

Porque Liz tinha me pedido.

Mas, antes de começar a me "ajudar", ela iniciava todas as tardes enumerando tudo o que eu nunca tinha feito, até que eu me sentisse bem irritado. Ninguém sabia me provocar como Liz. Mesmo que eu conhecesse todas as outras pessoas do mundo.

– Você nunca se sentou em uma cadeira de massagem. E nunca viu um programa de comédia na TV.

– Ouvi dizer que esses programas não têm graça nenhuma!

– Você nunca viu uma cabine de pedágio.

– E por que eu iria querer ver isso?

– Ou um umidificador de ambientes.

– Ei, isso foi golpe baixo. Eu adoraria ver um umidificador!

– Ou mesmo uma *lâmpada*.

– Já vi lâmpadas, droga!

Quando eu ficava irritado, ela jogava aquela pequena luminária para mim.

Eu estremecia no momento em que a agarrava. Minha cabeça latejava, mas eu não cairia diante dela outra vez.

Eu segurava o objeto por tanto tempo quanto possível. Minha palma fervia.

Ela sorriu.

– Viu? Não foi nada.

Nas quartas-feiras de vários meses, aprontamos muito na floresta, subindo em árvores, procurando rãs, construindo fortes e cavando "piscinas" nojentas e enlameadas que sempre acabavam ficando cheias de minhocas, folhas e xixi de cervo depois de um dia ou dois.

Passamos vários dias no ferro-velho também. Ficávamos procurando objetos específicos, uma brincadeira orquestrada pelo Tio Joe, que gostava de ficar sentado na varanda com uma cerveja e, estranhamente, livros de Noam Chomsky na mão, gritando instruções para nós de sua espreguiçadeira. Ele também gostava de tirar fotos de pássaros; a bateria de sua câmera era pequena e mantinha-se suficientemente distante a ponto de não me incomodar. Eu e ela ficávamos deitados no teto do Guetomóvel e contávamos as estrelas, o que, embora pareça meio cafona, na verdade era bem agradável. Ou montávamos uma barraca em um dos quintais, acendíamos uma fogueira, apanhávamos vaga-lumes e gritávamos "coelho!" sempre que a fumaça vinha contra nosso rosto.

Nunca desafiei o cabo de alta-tensão, embora passássemos perto dele quando percorríamos as trilhas. Sempre ficávamos em silêncio quando nos encontrávamos perto dele. Era como uma regra implícita.

Eu tentava ganhar tempo. O cabo de alta-tensão também. Mas eu não sentia mais tanta vontade de sair de casa. Meu lar era onde Liz vinha me encontrar, onde eu gritava "Estou aqui!".

Liz trazia a luminária todas as vezes, independente se aquilo fazia bem ou mal. Na única vez em que ela tentou acender o aparelho antes de jogá-lo para mim, eu comecei a tremer e, de algum modo, a luminária foi arremessada contra a parede oposta do meu quarto. Não fui eu que a lancei para lá; ela simplesmente zumbiu, saltou e se afastou de mim o máximo que pôde, como se agisse por vontade própria. Como se não fosse capaz de enfrentar minha carga bizarra.

Aquele efeito de repulsão eletromagnética havia acontecido de novo, e eu estava ofegante.

– Talvez na semana que vem – disse ela. – Não deixe que isso o desanime.

Aquilo me deixou enjoado. Não a eletricidade, mas a maneira como Liz disse aquela frase. Talvez ela começasse a acreditar no que eu lhe dissera desde o começo: eu não poderia melhorar.

Mas vamos deixar a escuridão de lado por mais algum tempo, ok?

Guardei o melhor dia para o final.

Moritz – não sei por que ainda não falei isso claramente. Estava ocupado com meus próprios problemas, eu acho, mas é ótimo que você esteja aprendendo a ler. Vou lhe enviar a melhor lista de leitura que puder montar e colocarei alguns livros ruins de propósito entre os bons. Só para você não achar que tudo é muito fácil.

Sou cruel. É engraçado imaginar você lendo, assim tão vagarosamente, estalando a língua tantas vezes, apenas para perceber que leu um romance de quinta categoria sobre um pirata sedutor e uma donzela recatada (não me pergunte por que tenho esses livros. Meu gosto é bem abrangente, sabe? Você se interessa por gatos espaciais?).

Mas não vou dizer que você poderia ser "qualquer outro garoto", Moritz. Porque ainda acho que você devia tentar ser um super-herói totalmente arrasador. Sim, conheço a droga da ecolocalização de Matt

Murdock. Eu estava sendo *esperto*, perceba. Estou agitando as sobrancelhas e cutucando você com meu cotovelo. A VCM é boa o suficiente para você ler quadrinhos.

Eu lhe disse tantas vezes que confiasse em si mesmo, e você finalmente aceitou o conselho dado por uma bibliotecária rabugenta? Está de brincadeira? Você é um *ser humano decente* (novamente, desprezo o fato de você desprezar a si mesmo!) e, se realmente quiser conversar com Owen Abend, deve ir lá e fazer exatamente isso. Fieke, a Feroz, não pode impedi-lo.

Talvez seja por isso que Liz tenha me deixado para trás. Nunca joguei um avião de papel no rosto dela.

Ha-ha.

~ Ollie

P.S.: Acho que não estou perturbando tanto você com meus interrogatórios ultimamente porque me sinto de saco cheio em ser interrogado. É sério: se as pessoas continuarem andando na ponta dos pés ao meu redor como se eu estivesse em meu leito de morte, vou deixar de ser o Dr. Jekyll entristecido e passar a ser o Sr. Hyde ensandecido. Posso jogar Dorian, pronto para entrar em combate, na cara dessa gente. Embora ele seja uma bola de pelos fofa e macia, tem os dentes de uma piranha. Esse é o meu gato persa letal!

Capítulo 14

O CIGARRO

Estou irritado por você tentar, digamos, "fazer com que eu fique" com três damas diferentes que conheço. Sei que você se acha um ótimo comediante. Não quero participar dessas especulações. Sei que você está rindo da situação toda.

Talvez você não esteja me interrogando sobre o laboratório. Mas permita-me silenciar suas perguntas mais recentes: não desejo discutir minhas inclinações românticas. Isso não tem nada a ver com você e tem tudo a ver comigo, Oliver. Confio em você. Mas essa é uma questão na qual não confio em mim mesmo para discutirmos.

Em relação a Fieke, a Terrível (cujo nome se pronuncia como FÍl-kâ), houve alguns novos episódios nessa área. Mas acalme-se: nada de natureza romântica.

Eu não sabia como conversar com Fieke. Não que eu fosse incapaz de encontrá-la. Eu a via todas as manhãs antes do início das aulas. Fieke é sempre fácil de encontrar. Ela tilinta. Pisa duro. Anuncia cada movimento com uma arrogância que provocaria medo em homens mais fracos do que você.

Sou um homem mais fraco. Mas precisava criar coragem para tentar. Agradecer a Owen acabou se tornando uma fixação para mim. Depois de ele passar vários dias ausente da escola, resolvi confrontá-la.

Em uma manhã gelada de abril, ouvi o barulho dos passos pesados dela do outro lado da escola. Estava perto das latas de lixo reciclável. Lá estava também aquele suave chiado dentro do peito. Os piercings barulhentos. Ela digitava algo no teclado de um telefone celular antiquado e surrado. Tinha desenvolvido o hábito de enfiar o cigarro em uma piteira longa e fina.

Eu havia considerado cuidadosamente o que falaria. Como descreveria a dívida que tinha com Owen. Queria dizer a ela, da melhor maneira possível, que...

– Fofa-se. Dê o fora.

Ela era uma víbora sibilante.

– E aí? – eis minha apresentação desconcertante.

– Mandei você dar o fora. Nunca mais diga "e aí", fofo.

– Entendido – tossi. – Um garoto americano às vezes me estimula a usar gírias antiquadas. E eu gosto do hip-hop dos anos 1980.

Ela jogou o cigarro no chão. Pisou nele.

– Meu Deus, que vontade de *bater* em você. Desembuche logo.

– É sobre... desculpe. Você estava mascando tabaco e fumando *simultaneamente*?

– Tenho que responder a isso? Você pode ver o que tenho na boca. – Ela enfiou as mãos nos bolsos. – Como deve saber, você ainda se esquece de usar sua bengala com frequência. E pessoas cegas de verdade não batem a bengala no chão desse jeito. Parece que você está tendo espasmos fofos.

– Tenho certeza de que sei mais sobre isso do que você. Já que o cego sou eu.

Desta vez ela tentou acertar um soco no meu nariz. Movi a cabeça para desviar do golpe.

– Já terminou?

– Certo, já entendi – falei, respirando fundo. – Eu li seu bilhete.

O sino da escola tocou, mas ela começou a se afastar do prédio principal, indo rumo à entrada dos fundos e à rua.

— Demorou bastante.

— Não precisa ser grosseira.

— Uau. Isso significa muito, vindo de você.

— Diga-me por que devo ficar longe de Owen Abend.

— Por quê? Você vai me bater se eu não disser? Oh, espere. Você é um frouxo.

— Não sou. E, sim; teoricamente, eu *poderia* bater em você. Sou capaz disso.

Ela ainda tinha uma careta no rosto.

— Sim, acho que pode. Mas não o fez, fofo. Deixou Lenz arrebentar sua cara. Em seguida, Lenz arrebentou a cara do Owen porque ele ajudou você, seu desgraçado chorão. Mas você não se importa nem um pouco com isso.

— Eu me importo, sim. Quero agradecer a ele. Mas você e essas botas perturbadoras não me deixam.

— "Botas perturbadoras"?

— Ou seja qual for o nome que você dá para elas.

Ela me olhou em silêncio.

— Owen está pensando em abandonar a escola, sabia? — disse em seguida.

— Deixe-me conversar com ele.

Estava tentando ser heroico, Ollie.

Ela tossiu na palma da mão.

— Fofa-se. Venha.

E saiu do pátio da escola, indo para a rua.

— O que está fazendo? O sinal da aula acabou de tocar!

Ela continuou andando. Ruidosa como um elefante enfurecido.

O que mais eu poderia fazer? Logo ela acabaria se perdendo no meio da multidão matinal. Desapareceria da minha visão, apesar de todo aquele volume.

Eu a segui em meio àquela manhã gelada.

Fieke me levou até um *Kneipe* que eu sequer sabia que existia, uma espécie de pub chamado Der Kränklicher Dichter ("O Poeta Doente"). Ficava escondido atrás de uma praça da cidade, não muito longe do Städtisches Kaufhaus, um shopping center com vários andares. No caminho até lá, enquanto passávamos por um mercado de flores com buquês que exalavam um cheiro tão forte que quase pensei ser capaz de ver cores naqueles aromas, ela arrancou a bengala das minhas mãos.

— Vou lhe mostrar como se faz.

Fieke moveu a bengala em arcos enormes. As pessoas se afastavam correndo para os lados a fim de evitar os golpes. Ela fechou os olhos e fingiu estar bastante concentrada. Algumas senhoras idosas cobriram a boca com a mão e cochicharam entre si, preocupadas.

— Pare com isso — falei.

Fieke abriu um sorriso torto.

— Mas eu sou *cega!*

— É uma brincadeira de mau gosto!

Ela forçou a bengala contra meu peito.

— E não é que você tem razão?

Fiquei aliviado quando escapamos dos olhares dos vendedores de flores, mas meu rosto ainda ardia. Entramos na escuridão fresca do *Kneipe*, que cheirava a fumaça e umidade.

O *barman*, usando uma boina, cumprimentou Fieke com um aceno de cabeça, como se já fossem velhos amigos. Nós nos sentamos em uma mesa de canto, afastada dos clientes habituais do período da manhã. Percebi um palco no centro do bar. Um espaço circular onde havia um homem agachado ao lado de um microfone.

Ela indicou o palco com um meneio de cabeça.

— Olhe.

— O que ele está fazendo?

Fieke franziu os lábios.

— Você nem se virou. Consegue ver o que há atrás de você?

— Bem... sim. — Quase sempre me esqueço de virar a cabeça quando as pessoas me dizem para "olhar".

— Como, exatamente, isso funciona?

— Não é a conversa ideal para um jantar. — E ali estávamos nós, discutindo casualmente a doença que em geral fazia jovens tropeçarem e caírem para trás, Oliver.

— Por que não? Não vou pedir nada para comer.

— Eu posso "ver" qualquer coisa que consiga ouvir. É uma maneira rudimentar de descrever a situação. Já ouviu falar de ecolocalização? Embora a comparação, ah...

Ela mordia o interior da bochecha. Sem piscar.

— Sei que isso pode ser meio perturbador. Permita-me atender ao seu pedido. — Intencionalmente, virei-me na cadeira. Fingi estar *olhando* para o palco, como se não fosse capaz de ouvir sua localização desde o momento em que pisei no bar. Como se eu fosse normal. — Oh, o que aquele homem está fazendo?

— Cara, você é um monstro.

— Não me chame assim.

— Posso chamar você do que eu quiser. Você me deve.

— Por que você acha que lhe devo alguma coisa?

Ela suspirou, engasgando com a fumaça.

— Owen é meu irmão mais novo. Precisei colocar curativos nos ferimentos fofos dele depois que Lenz segurou sua cabeça e a bateu com força na arquibancada. Tive que ficar sentada ao lado dele enquanto o médico dava pontos no corte, e, além disso, ele perdeu dois dentes. Depois de ajudar você.

Senti o sangue se esvair do meu rosto. Não havia me dado conta do estrago que Lenz causara.

— Quando foi isso?

— Logo depois que ele lhe devolveu os óculos. Gebor, aquele idiota, virou as costas para acalmar a massa e, enquanto ele não estava olhando, Lenz pulou em cima do Owen. Por que você acha que ele continua suspenso?

– Owen... ele está bem?

– Por que você quer saber? – Ela ficou me observando por alguns momentos. Deu de ombros. – Bem, o rosto dele não parece mais um bolo de sangue fofamente roxo agora.

Então, indicou o palco com um meneio de cabeça.

– Fique quieto. O cara vai começar a apresentação.

No palco, o homem se levantou, cumprimentou a minúscula plateia da manhã, pigarreou e começou a recitar no microfone. Foi uma torrente de sons melancólicos, Oliver, e eles se espalharam pelo lugar, iluminando cada fresta, até que eu me sentisse quase cego com cada arranhão no balcão do bar.

Wir sind für nichts mehr erreichbar, nicht für Gutes noch Schlechtes. Wir stehen hoch, hoch über dem Irdischen – jeder für sich allein. Wir verkehren nicht miteinander, weil uns das zu langweilig ist. Keiner von uns hegt noch etwas, das ihm abhanden kommen könnte. Über Jammer oder Jubel sind wir gleich unermesslich erhaben. Wir sind mit uns zufrieden, und das ist alles! – Die Lebenden verachten wir unsagbar, kaum dass wir sie bemitleiden. Sie erheitern uns mit ihrem Getue. Wir lächeln bei ihren Tragödien.

Traduzindo de modo simples:

"Não somos afetados por nada, não somos mais responsáveis pelo bem e pelo mal. Erguemo-nos altivos, muito acima dos problemas terrenos – cada um por si. Não conversamos uns com os outros, porque isso é entediante. Ninguém dentre nós estima nada, e, assim, não temos nada a perder. Contentamo-nos em ficar entristecidos, assim como em ficarmos felizes. Ficamos satisfeitos, e isso é tudo! Apiedamo-nos dos vivos, assim como também os desprezamos. O drama deles nos diverte. Sorrimos com suas tragédias."

– O que é isso? – sussurrei.

– Você é fã de declamações?

— Não.

— Bem, você é um idiota. Esse monólogo é de uma peça de Frank Wedekind. Declamado originalmente por um personagem chamado...

— Moritz. — Engoli em seco. — O fantasma de um garoto chamado Moritz, que tirou a própria vida no início da peça. Estava indo mal na escola porque não conseguia dormir.

Levantei-me.

— Vou dar o fora daqui.

— Moritz, espere.

— Oh, é claro. A minha *bengala*. Preciso fazer minhas piadas de mau gosto.

— Não. Sente-se. Olhe...

— Não me peça para olhar. Eu *sempre* estou olhando.

Ela mordeu o lábio. *Clink*.

— Estou falando sério. Venha aqui, sente-se. Você quer conversar com Owen? Tudo bem. Posso cuidar disso. Mas não na escola. Não onde Lenz será capaz de descobrir.

Voltei a me sentar.

— Onde, então?

Ela sorriu.

— Em primeiro lugar, por que você não vai até o palco e declama alguma coisa? Para mostrar que é um ratinho bem adestrado.

— Prefiro não fazer isso.

— Suba lá agora. Senão, não vou deixar você falar com ele. Nunca.

Se eu pudesse fazer uma cara de bravo!

— Não pode estar falando sério. Você me traz até aqui e... e depois exige que... você não pode mesmo estar falando sério.

Ela piscou os olhos. Fez os piercings tilintarem, deixando evidente até a covinha irônica mais sutil.

— Não posso, é?

— Maldita garota irritante. — Eu me levantei outra vez.

— Não esqueça sua bengala.

— Não. — Apontei o dedo para o rosto dela. — Vou silenciar você, garota barulhenta.

Ela piscou os olhos, chocada. Em seguida, abriu um enorme sorriso, o primeiro que vi em seu rosto. Era algo contido. Não exatamente agradável.

Fui até o palco. Curvei-me para a plateia. Peguei o microfone. E dominei o palco com minha interpretação pessoal da obra-prima imortal de Dr. Dre, "Nuthin' but a 'G' Thang".

Sentei-me cuidadosamente na cadeira. A plateia da manhã ainda aplaudia. Bebidas alcoólicas apareceram em nossa mesa. Alguns senhores suíços idosos me davam tapinhas nas costas.

— Deixe-me conversar com Owen, por favor.

— Depois daquilo, eu deixaria até você me engravidar! — gargalhou Fieke.

— Isso é desnecessário. E indesejável, também.

— Ha-ha! Fofamente incrível! Achei que não estivesse falando sério, mas que diabos? Como alguém como você pode gostar de *rap*, *Brille*?

(*Brille* é uma palavra em alemão que se traduz como "óculos".)

Cruzei as mãos sobre o colo.

— Suponho... que sempre tenha me sentido como um inimigo público.

Depois de um momento ela riu outra vez, segurando meu ombro e me sacudindo.

— Cara, você é surreal. Tudo bem. *Olhe*. Dez horas da noite na próxima sexta. Ele vai procurar por você na Partygänger Diskothek.

— Não gosto muito de *Diskothek*.

— Sério, *Brille*? Depois do que você acabou de apresentar?

— Foi só um rompante de ousadia.

— Novamente, você é um monstro. Se quiser vê-lo, terá que encontrar Owen no meio de uma multidão. Lenz não pode entrar naquela danceteria. É uma zona de segurança para nós. E aqui está a boa notícia: vou até lá com você, com a mesma aparência enjoativa de sempre.

– Talvez nossas definições sobre a expressão "boas notícias" sejam opostas.

– Cale a boca. Isso foi uma piada? Cale a boca.

– Às vezes eu até consigo fazer uma.

– Se você diz... Eu vou, sim. E não se incomode em levar sua bengala. Que diabos aconteceu, Ollie? Que diabos?

Conte-me sobre sua última memória feliz. Na semana que vem, posso lhe falar a respeito da minha conversa com Owen Abend, outro garoto que está me transformando num ser humano decente.

Moritz

Capítulo 15

A SALA DE ESTAR

Bem, quero lhe contar sobre o melhor dia da minha vida. De um jeito simples, sem agitação ou exageros. Só que isso não é possível – porque agitação e exageros estavam presentes no dia em questão.

E esse foi o dia em que me dei conta do que Liz significava para mim. Digo, o dia em que realmente tive noção disso (sei que já falei demais sobre sofrer por amor, mas nem sempre foi assim na minha cabeça). Liz e eu éramos amigos, amigos muito ligados, mas esse foi o dia em que a coisa ficou séria.

Agora parece que tudo por aqui é mais um monte daquelas ondas-golfinho, mas, por favor, tenha piedade de mim.

A festa comemoraria meu décimo terceiro aniversário, mas aconteceu alguns dias antes, porque garotas normais geralmente têm de ir à escola às terças-feiras.

Meus aniversários sempre foram legais antes. Minha mãe em geral me dava alguma nova miniatura de fóssil ou kits para criar sarcófagos em miniaturas e me fazia um bolo incrível com várias camadas (ela teve uma fase durante a qual se interessou por fazer bolos de casamento como hobby), e Bigode-Ruivo vinha até nossa casa para festejar também; era uma noite em que enchíamos a barriga de frango com amêndoas e nos divertíamos com jogos de tabuleiro (se quiser saber, sou mestre no jogo Detetive). Até que é bem sossegado, como você pode perceber.

O meu décimo terceiro aniversário, entretanto, tornou-se uma questão maior, talvez porque eu me transformaria em um adolescente. Não creio que minha mãe estivesse convencida de que eu chegaria à idade adulta, mas eu me aproximava disso e ela começava a ter esperanças. Nas semanas que antecederam o 11 de outubro, ela deu muitas deixas que indicavam estar prestes a explodir por dentro (e não por causa de convulsões). Tipo, às vezes ela relaxava o semblante e colocava as mãos ao redor do meu pescoço sem qualquer aviso.

– Você cresceu tanto! Quem é esse homem que mora na minha casa?

Era bem assustador. Como se uma sanguessuga bastante carinhosa a tivesse possuído. Acho que ela tinha boas intenções, mas era como se tentasse diminuir minha idade, com frases como:

– O que aconteceu com meu pequeno estribo?

E:

– Meu Deus, não consigo acreditar no quanto você se parece com seu pai!

Frases feitas, Moritz. Ela começou a usar *frases feitas*. E mencionava meu pai, algo que era ainda mais esquisito.

Passei a me esconder na floresta com mais frequência, escalando nossos velhos fortes nas árvores ou visitando a lagoa e enfiando os pés na água sem qualquer motivo aparente. Minha mãe estava muito mais receptiva a isso e começou a agir assim desde que Liz passou a nos visitar. Durante os últimos anos, acho que ela se trancou na garagem apenas umas sete vezes.

(E essa é mais uma razão para sentir a falta de Liz, agora que minha mãe se tranca na garagem dia sim, dia não.)

De qualquer modo, sem que eu soubesse, ela e Liz começaram a fazer planos para organizar uma festa para mim. Eu sabia que elas planejavam alguma coisa por causa de todos os sussurros e piscada de olhos bem óbvios, então fiquei mentalmente preparado para a possibilidade de que iriam saltar de trás das árvores e jogar confete nos meus olhos.

Naquele sábado, segui a trilha dos cervos até o ferro-velho, já sabendo que alguma coisa aconteceria. Afinal de contas, Liz não parava para examinar as coisas no solo da floresta. Mostrava-se ansiosa demais para chegar à casa de Joe. Não conseguia guardar um segredo sem que ele basicamente vazasse pelos seus ouvidos e me arrastou em meio às árvores como se alguém nos seguisse.

Eles haviam construído uma enorme tenda branca – quase como um pavilhão – perto do centro do gramado, em um espaço aberto de, mais ou menos, uns dez metros.

– Vocês fizeram um circo para mim! Espero que haja ursos malabaristas fazendo malabarismos com ursos de pelúcia mortos.

– Não é um circo.

Sorri.

– Claro que não. É uma tenda de aniversário!

– Você podia pelo menos fingir que está surpreso.

– Você gosta de mim porque eu não finjo.

– *Aff*. Entre logo, seu pateta.

– Não. Detesto decepcionar. Vou tentar de novo. – Pisquei os olhos e os esfreguei com os punhos. – Uau! O que pode ser isso? Com certeza não deve ser uma festa-surpresa.

– Cale a boca, seu pateta.

– Você não precisa terminar cada frase com "seu pateta", sabia? Um garoto tem sentimentos, sabia?

– Você não precisa terminar cada frase com "sabia", sabia?

– Sim.

Ela me puxou para dentro da tenda.

O lugar onde entrei era uma sala de estar. Não como a do nosso chalé, cheia de lampiões, estantes de livros, uma lareira, móveis feitos a mão pela minha mãe e suas pinturas.

Entrei em uma sala de estar moderna. Uma televisão, um aparelho de som com alto-falantes, telefones sobre a mesa de centro, tomadas, plugues, fios e cabos – fios por toda parte, enfiados atrás dos sofás. Havia tantos aparelhos eletrônicos lá dentro que saltei para trás e pisei no pé de Liz antes de perceber que nenhum deles emitia aquelas cores que levam às convulsões. Antes de perceber que todos os objetos ali eram imitações ou haviam sido eviscerados.

Nunca imaginei que veria tantas pessoas em um só lugar. Soube mais tarde que Liz, minha mãe e Joe haviam verificado os bolsos e feito uma revista manual em todas as pessoas que chegaram. Se alguém ficou ressentido por causa disso, não me disseram. A maioria dos convidados era da família de Liz: seus primos enlameados, tias perfumadas e tios que usavam bonés de beisebol. Vi o guarda-florestal das redondezas que fica de olho na vida selvagem e que às vezes joga pôquer com minha mãe também, e Lucy, a farmacêutica da minha mãe, cujos óculos reluziam com apliques de *strass*. Mas Liz também havia chamado dois amigos da escola para virem me conhecer, amigos sobre os quais eu tinha ouvido falar ocasionalmente com uma regularidade cada vez maior durante os últimos meses: um garoto loiro chamado Tommy e uma garota ruiva chamada Mikayla (lembro-me de ficar olhando para ela, quase me convencendo de que a garota usava uma peruca, até porque minha mãe começava a desenvolver esse mesmo hábito. Nunca tinha visto cabelos cacheados de perto antes).

– Surpresa! – gritou a multidão. Exatamente como em uma história. E era de fato uma multidão. Havia pelo menos trinta pessoas reunidas ali na minha imitação de sala de estar, ao lado de uma televisão, um aspirador de pó, um notebook e um... *oh, meu Deus, que fofo, um umidificador.*

– Bem-vindo ao lar – disse Liz.

Fiquei olhando para tudo aquilo, mas não disse nada.

– Oliver – falou minha mãe –, diga alguma coisa.

– Você se lembrou. Não consigo acreditar que você se lembrou do *umidificador*.

Quase explodi em lágrimas viris (é claro que seriam viris; eu estava com treze anos agora). Tenho certeza de que o rosto deformado que fiz para conter as lágrimas viris convenceu todas as pessoas na festa que ainda não me conheciam de que eu era um maluco, mas isso não era um problema. Eles não precisavam entender. Liz entendia, e ela colocou o braço ao redor dos meus ombros até eu parar de choramingar, soltando seu riso leve. Minha mãe parecia lacrimejar também. Por isso, eu sorri e disse:

– Quero ver todas essas coisas de perto!

– Antes, coma seu bolo.

Depois que massacramos o enorme bolo que havia na mesa (minha mãe havia preparado um bolo em forma de um amplificador com cobertura de *fondant*) e os outros convidados começaram a se espalhar, com cervejas na mão, Liz e seus amigos me levaram para um passeio pela sala de estar a fim de mostrar como todos aqueles truques tinham sido criados. Havia gelo seco no umidificador, soltando pequenas nuvens de vapor branco. Havia, também, uma caixa de música a corda dentro do aparelho de som sem os circuitos elétricos. Os alto-falantes, por serem feitos de papelão, eram realmente estranhos.

– Onde vocês arrumaram todas essas coisas falsas? Por que alguém faria uma televisão de papelão? Quero dizer, apenas para mim. – Pisquei os olhos. – Vocês não fizeram isso só por minha causa, fizeram?

– O pai de Tommy é dono de uma loja de móveis. Eles colocam eletrodomésticos de papelão nos ambientes para que as pessoas imaginem melhor como os móveis ficariam na casa delas.

– Isso é muito estranho. As pessoas são estranhas demais. Obrigado, Tommy…?

Tommy assentiu olhando para mim.

– *Humm-humm.*

– Bem, fico feliz por não ser o único que está sem palavras.

– Vá com calma, Ollie. Para onde foi a sua cautela? Ele é *tímido*.

– Oh. Nunca conversei com uma pessoa tímida. Como é ser tímido?

Mikayla explodiu em risadinhas estridentes enquanto Tommy olhava para os próprios pés.

– Meu Deus, Ollie. Você é engraçado demais! – Mikayla colocou a mão no meu braço, algo que achei estranho. Liz olhou feio para ela e me levou para longe deles, puxando-me até a estante de livros.

Havia alguns livros, presentes de Bigode-Ruivo e da minha mãe (ela sabia do meu novo interesse por folclore medieval, então me deu alguns livros sobre o Rei Arthur, e Bigode-Ruivo tinha senso de humor, por isso havia exemplares de *O diário secreto de um adolescente* e alguns livros de Terry Pratchett). Mas havia também alguns porta-retratos com fotografias espalhadas entre os livros...

Meu queixo caiu.

– Ei, espere. Essas são fotos nossas? Fotos minhas?

– Sim! Feliz aniversário, Ollie Paraoalto-Eavante.

Tinha uma foto em que estávamos deitados no teto do Guetomóvel, outra em que estávamos sentados nos galhos das árvores, e uma em que estávamos apenas em pé na floresta; Liz agachada diante de alguma coisa, e eu apenas observando-a com uma expressão divertida no rosto. Nunca tinha visto uma fotografia minha antes; não sabia que eu era tão magricela.

E Liz. Não importa como, estava sempre bonita. Mesmo nas fotos em que estava coberta de lama e com os cabelos despenteados. Era como se ela estivesse sempre iluminada por dentro.

– Mas... como?

Alguém riu atrás de mim. Joe Ferro-Velho abriu um sorriso.

– Você não acreditou que eu realmente estava sentado na minha varanda tirando fotos de pássaros, não é mesmo?

– Claro que acreditei. Você disse que era ornitólogo!

Joe gargalhou outra vez e tomou um gole de cerveja.

– De jeito nenhum. Não sei diferenciar um pato de um frango. Mas não sou um fotógrafo ruim. Embora estivesse bem longe, as lentes daquela câmera têm um *zoom* fenomenal.

Engoli em seco.

— Obrigado, Sr. Fay.

— Não tem de quê. É bom ter gente no gramado. Você deu a ela uma razão para vir me visitar, sabia? — Ele pareceu um pouco entristecido por um momento. — Você não é o único que fica entediado no meio da floresta.

Virei para o outro lado e Mikayla estava ali.

— Os seus cabelos são muito loucos. Por que são tão cacheados?

— Ah, pare com isso! — De novo, ela colocou a mão no meu braço. Aquilo me incomodou, embora eu não soubesse dizer por quê. — Os seus cabelos são muito loucos também. Adoraria ter um penteado moicano.

— Não foi ideia minha — falei a ela. — Onde está Liz?

— Oliver! Venha se sentar!

Deixei-a ali e fui até onde a minha mãe estava, no sofá, diante da enorme televisão *widescreen* de papelão.

— É melhor tomar cuidado — disse minha mãe, erguendo uma sobrancelha em direção a Mikayla.

— O quê? Por quê?

— Está gostando da sua festa?

— Está maravilhosa, mãe. Obrigada. Foi você que teve essa ideia?

Ela sorriu.

— Não. Tudo isso foi obra de Liz. Mas, sabe, eu gostaria realmente de lhe dar tudo isso.

— Você já me dá muita coisa, mãe. — Tentei rir. — Desculpe-me por tirar tudo isso de você.

— *Tsc.* Fique quieto.

— É verdade, mãe. Às vezes me sinto como se... bom, nenhum de nós pode ter um umidificador.

— Bá. Nunca tive um desses, de qualquer maneira. — Ela fez uma pausa. — Mas preciso admitir uma coisa.

— O quê? — Será que ela iria me contar algo a respeito do meu nascimento? Alguma história que ainda não havia sido revelada sobre meu pai e Bigode-Ruivo? Sobre o laboratório misterioso?

– Às vezes sinto falta daqueles programas de comédia sem graça.
Suspirei.

– Sei. Desculpe-me por isso.

– Vamos dar uma olhada no que está passando na TV?

Ela me entregou um controle remoto de plástico sem pilhas.

– Aperte o botão vermelho.

– Isso não vai destruir a ilusãããããão? – perguntei, agitando os dedos. – Quando a TV não ligar?

– Ande logo com isso! – veio a voz abafada de Bigode-Ruivo, de trás da TV. A lona da tenda tremulava lá.

– Ah... claro, senhor Aparelho de TV de Papelão Possuído. Por que não?

– Espere! Primeiro, pergunte o que vamos assistir! – era a voz de Liz.

– O que vamos assistir? – gritei.

– Um show ao vivo – respondeu minha mãe.

E eu pressionei o pequeno botão vermelho.

Alguém tirou a parte da frente da caixa de papelão, e quem estava sentado ali atrás? Bigode-Ruivo, com uma gaita de boca nas mãos. Apertando-se junto dele e inclinando-se para aparecer na tela da TV estava Liz, com um microfone de brinquedo.

– Bem-vindos à festa de aniversário inaugural de Oliver! – falou Liz. – Eu sou sua apresentadora, Pessoa Legal. Por favor, deem as boas-vindas à talentosa Lady Paulot, que está subindo ao palco.

Minha mãe se levantou e saiu da tenda, curvando-se para a multidão ligeiramente embriagada que aplaudia, formada pelas famílias Fay e Becker. Alguns momentos depois, eu a vi se aproximando da tela por trás, segurando um violão.

Eu ri.

– Você toca violão?

– Eu criei você. Posso fazer *qualquer coisa*!

Eu sabia que havia um violão na casa, guardado debaixo da cama da minha mãe. Mas nunca a tinha visto tocar o instrumento.

– Preste atenção, garoto – disse Bigode-Ruivo. – Tivemos todo esse trabalho e você está com a cabeça nas nuvens.

– Bigode-Ruivo, você é gaitista?

– Não. Nunca fui. Mas você não sabe de nada disso, não é?

Liz deu uma risada contida.

– Este é o seu primeiro show ao vivo, Paraoalto-Eavante. Aguente firme aí.

Ela contou as batidas, e eles começaram a tocar.

Eu aguentei, mais ou menos, embora meus olhos insistissem em ficar cheios de lágrimas por alguma razão estúpida, e meu nariz tivesse começado a escorrer. Não sei dizer exatamente o que eles tocaram ali na minha sala de estar improvisada. Tocaram músicas *folk*, algumas canções de rock – músicas que eu nunca poderia ouvir de outra forma, que não eram adequadas para tocar no glock. Liz não era uma cantora muito boa – meio desafinada, talvez. Mas não importava. Os convidados da festa se reuniram à minha volta, trazendo vasilhas de pipoca e cantando como se tivessem ouvido aquelas músicas durante toda a vida. Provavelmente tinham. E, naquele dia, eu também podia fingir o mesmo.

Após algum tempo, Liz parou de gritar por um momento para dizer:

– E agora interrompemos a nossa programação para uma mensagem dos nossos patrocinadores!

Nesse momento, Mikayla entrou na tela e fez o anúncio de um refrigerante vermelho, engolindo uma lata inteira dele.

Liz empurrou Mikayla, retirando-a do visor, e colocou o corpo para fora da TV, estendendo a mão para mim.

Estiquei o braço para segurar a mão dela, mas, em vez disso, ela me passou algo.

Não era um avião de papel, Moritz.

Era aquela luminária para livros outra vez, e eu não senti nada além do calor daquela palma, embora o aparelho brilhasse com uma luz branca. Guardei-a no meu bolso. O zumbido da luminária não me causava mais enjoo; na verdade, parecia me recarregar, fazendo-me despertar, enchendo meus ossos com o mesmo brilho que Liz tinha.

Quando a noite caiu, Joe Ferro-Velho mandou todo mundo se sentar em alguns dos velhos carros destruídos e esperar uma espécie de *grand finale*. Liz foi ajudá-lo a preparar alguma coisa, e assim eu me apoiei em uma velha caminhonete Dodge ao lado de Bigode-Ruivo. Você adoraria essa noite, Moritz. Todas as pessoas agiam de maneira bem barulhenta e estrepitosa.

– O que está achando da sua "vida de sonhos", Oliver? – por alguma razão, ele falou de maneira bem cautelosa.

– Acho que é a coisa mais legal que alguém já fez por mim.

– Você parece mesmo estar se divertindo. Fico feliz em ver você tão bem.

– Ei, eu sempre tenho bons resultados nos exames de saúde.

– Existem tipos diferentes de bem-estar, garoto.

Percebi que o cavanhaque dele tinha alguns fios brancos, e algumas das rugas ao redor de seus olhos não estavam ali por causa dos sorrisos dele.

– E você?

– O que quer saber sobre mim?

– Bem, o que me diz do seu bem-estar?

– Por que se preocupa comigo quando aquela moça está esperando que você se junte a ela?

– Tem razão, Ruivo. E você pode se juntar à minha mãe. – Indiquei, com a cabeça, o lugar onde ela estava. – Ela realmente se importa com você, sabia? Mesmo quando grita. Não fique aí afogado na sua própria solidão.

– Você é realmente filho do seu pai.

– Sou?

Será que meus interrogatórios finalmente dariam resultado? Bem naquele momento, porém, Liz chegou correndo e segurou minha mão.

– Vamos lá, vamos lá. – Achei que ela iria me puxar até o Guetomóvel, mas, em vez disso, ela me arrastou à pseudossala de estar vazia e nos sentamos no sofá. Uma fenda na tenda acima de nós permitia que víssemos o céu. Iniciamos uma contagem regressiva. Não demorou muito e os fogos de artifício começaram. Eu nunca tinha visto fogos de artifício antes, também. Joe Ferro-Velho havia conseguido aquilo ilegalmente em algum lugar; quando perguntei a ele sobre isso, ele apenas tamborilou no nariz com os dedos, com um olhar malandro no rosto.

Ei, o que você vê quando olha para fogos de artifício, Moritz? Aposto que consegue vê-los um pouco, já que fazem tanto barulho. Você vê a fumaça? As cinzas? Os restos esbranquiçados?

Por mais maravilhosos que fossem, parei de olhar bem rápido. Não conseguia assimilar o fato de me encontrar sentado naquela sala de estar que tinham montado para mim.

– O que foi, Ollie?

– Isso é simplesmente... Nunca pensei que pudesse ter todas essas coisas, nem de brincadeira. Nem me preocupei em sonhar que isso seria possível, sabia?

No céu, mais acima, os fogos de artifício crepitavam e explodiam. O rosto de Liz se tornou iluminado em lampejos roxos e rosados. Como se estivesse se banhando em eletricidade, mas não havia pressão alguma nas minhas têmporas. Apenas ela, olhando para mim.

– Está sendo honesto demais outra vez.

– Não, porque estou mentindo. Já cheguei a sonhar com isso. Eu sonho com isso. O tempo inteiro.

Liz *nunca* ficava tão quieta quanto ficou naquela sala falsa. Em seguida falou:

– Eu também sonho com isso, Ollie. O tempo todo. – E apoiou a cabeça no meu ombro.

Então, acho que aquele foi o momento, o momento final, que fechou a questão para mim.

Ainda faz muito frio no meu quarto, e meus dedos estão entorpecidos. Ainda não me sinto pronto para escrever sobre as coisas terríveis que aconteceram depois. Talvez na próxima vez. Não posso adiar isso para sempre. Está me devorando por dentro. Talvez seja por esse motivo que venho perdendo peso, e não tem relação alguma com não comer sanduíches de atum.

Espero pela sua resposta, Mô. Quero adiar um pouco a minha próxima carta.

~ Ollie

P.S.: Ainda não consigo afastar aquela ideia esquisita. Talvez meu pai não tenha morrido. E sua mãe também não. Talvez os nossos pais, na verdade, sejam... bem, nossos pais. E talvez seja por isso que eu o entenda, e que você me entenda também. Não seria maravilhoso?
Irmão?

Capítulo 16

A ROUPA

Como posso expressar minha preocupação crescente?

Você queria compartilhar sua história comigo. Entretanto, se isso for prejudicial à sua saúde, pare agora, Ollie.

Lembra-se de quando você começou a escrever para mim? Você costumava tagarelar. Costumava ser curioso. Costumava divagar. Fazia uma quantidade imensa de perguntas frívolas sobre televisão e internet. Queria saber minha opinião sobre desenhos animados. Perguntava sobre minha vida pessoal. Cutucava, infernizava e interrogava. Pensei que, se algum dia viesse a encontrá-lo, sentiria vontade de bater na sua cara com algum aparelho eletrônico. Talvez um videogame. Para silenciar você e seu jeito elétrico de ser.

Esse era você. Esse era o Ollie impossível de ignorar. Que, uma vez, conseguiu me tirar de dentro de mim mesmo. A primeira pessoa que me fez sorrir em… bem, estremeço só de pensar em quanto tempo. Arrepio-me ao me lembrar das tardes antes de esperar suas cartas. As tardes passadas neste apartamento mofado que lutamos para pagar. Nesta cidade cheia de pessoas que não se importavam se eu podia escutá-las antes de você começar a me escrever.

Antes de você.

Não é mais possível ignorar o fato de que você não tem saído para ver o sol. Você? O garoto que costumava subir em árvores e fugir de casa? *Você* não consegue sair da cama?

E agora escreve sua história como se tentasse preencher um vazio?

Estou aqui. Não sou um vácuo, Ollie. Estou lendo. Não consigo tirar você dos lugares sombrios, mas estou escutando.

Se escrever sua biografia é algo que o deprime, pare de escrever. Eu realmente *prefiro* que você me escreva descrevendo os efeitos da umidade em seu glockenspiel. Ou os pássaros que passam pela sua janela. As fibras da sua camiseta. As rugas no seu rosto. Prefiro que escreva sobre isso a escrever uma história que o deixa moído pela culpa e pela dor.

Você fala sobre o melhor dia da sua vida como se não esperasse ter outro dia agradável. Sua lembrança mais feliz é a de ser empurrado para dentro de uma imitação barata de uma casa que você nunca vai ter? Por que não se sentiu insultado pela ideia de Liz? Foi uma zombaria. A "sala de estar" onde você nunca vai poder estar? Por que alguém iria querer lhe mostrar o que os outros acham necessário para viver? Por que alguém desejaria mudar você? Ou "corrigi-lo" dessa maneira?

Por que não celebrar aquilo que você *realmente* ama? Quais foram suas conquistas? Seu talento para tocar o glockenspiel. Sua caligrafia. Sua perícia em fazer origami. Seu pendor para contar histórias!

Por que não celebrar o fato de você ser um jovem maravilhoso, engraçado, irritante e talentoso que qualquer pessoa se sentiria incrivelmente grata em conhecer? Alguém que eu morreria para conhecer?

Não estou o chutando logo agora que está caído, Ollie. Estou lhe dizendo que celebre o que há de real na sua vida. Celebre quem você é. Não quem Liz quer que você seja. Arraste-se para fora desse buraco nostálgico que está cavando.

Saia da cama.

Pela última vez, esqueça essa ideia de que podemos ser parentes. Bobagem. Passei muito tempo com minha mãe, mesmo que nunca a tenha entendido. Meu pai legítimo não era ninguém. Nada além da pessoa que engravidou minha mãe. Ele fez um bastardo e desapareceu. Herr Farber é meu pai agora. Não faz sentido desenterrar o passado.

O passado nunca é melhor do que o presente, e não é algo pelo qual você deva ansiar.

Não precisamos ser parentes para sermos próximos. Às vezes, você não é tão engraçado quanto acha que é. Às vezes, tenho a impressão de que é uma criança, Oliver.

Talvez eu deva ser mais gentil com você durante essa sua tristeza. Mas nada me irrita mais do que saber que você está se deixando definhar por causa de uma garota que não o valoriza.

Vou imaginar que você perguntou algo sobre mim em sua última carta. Que escreveu uma passagem como esta:

Espero que curta seu passeio totalmente irado à Diskothek *com Fieke! Acho que você arrancou o fôlego dela com sua apresentação ensandecida de rap. Ela parece o tipo certo de garota para chutar sua cabeça empinada e pomposa até deixá-la do jeito certo! Você tem noção de que esse passeio provavelmente será um encontro romântico, não tem?*

Muita gentileza sua perguntar.

No geral, não sei como me vestir para uma *Diskothek*, e menos ainda quando vou conversar com um garoto sob circunstâncias estranhas em uma *Diskothek*. Sob os olhos vigilantes da sua irmã impávida. E as botas igualmente impávidas dela.

– Quem vai se importar com seu jeito de se vestir? – perguntou Fieke. – Você ainda está fingindo ser cego, não é? Use uma saia de bailarina fofa. De qualquer maneira, você já não leva jeito para se vestir mesmo.

– Como é?

— Bem, você não sabe o que são cores. Dá para perceber isso. Calças roxas e uma camiseta amarelo-mostarda? Faça-me o favor, Moritz. Já chegou a considerar a hipótese de que as pessoas não evitam você apenas por causa desses óculos gigantes?

Era o final de semana. Estávamos no *Kneipe* novamente. Estou quase convencido de que Fieke mora lá. Os únicos momentos nos quais ela não parece irritada são aqueles em que está ouvindo os artistas locais lendo suas poesias. Cantando suas músicas. Cantando músicas nas quais apenas balbuciam sílabas desconexas. Esses são os únicos momentos em que ela não tilinta e não cospe. Mantém-se em silêncio, exceto pelo leve chiado no peito.

Entretanto, Fieke me acompanha no caminho de volta para casa; por isso, não deve realmente morar no bar. Nós dois vivemos em Ostzig. O olho vigilante com que me observa é peculiar. Acho que ela não detesta totalmente minha companhia. Diria que somos amigos. Mas ela bufaria com desprezo e se afastaria de mim pisando duro se eu dissesse algo assim.

— Bem, por que não me ajuda a escolher alguma coisa? Algo que não seja uma saia de bailarina?

— *Fff*. Não. Eu não vestia nem minhas Barbies quando era criança.

— Suas Barbies ficavam nuas?

— Eu as tatuava com canetas de retroprojetor. Não ficavam nuas. Eram obras de *arte*.

Aquilo não ajudou muito. Resignei-me a pedir conselhos a Frau Pruwitt, que parecia realmente querer me dar trabalho para fazer na biblioteca, agora que eu era capaz de ler todos os títulos dos livros.

— O que poderia me dizer sobre as roupas habituais para frequentar a *Diskothek*? — arrisquei-me a perguntar.

— Poderia lhe dizer que isso é irrelevante para organizar guias de autoajuda em ordem alfabética, Moritz.

— Ah.

Ela começou a me farejar do alto da escada onde estava.

— Alguém o convidou para ir?

– Não exatamente. Mas...

– Bem, não deixe que sua vida amorosa recém-descoberta interfira em seus estudos.

Ela desceu da escada. Empurrou-a um metro para a frente.

– Por que meus estudos deveriam importar aqui? Isso é a Bernholdt-Regen.

– Eles têm importância, se algum dia você quiser sair daqui.

Eu não tinha a menor intenção de perguntar aquilo para Frau Melmann.

Lembrei-me de sua história, da ocasião em que se vestiu para receber Liz. Não tenho chapéus de mafioso em minha casa. Meu pai tem apenas duas gravatas; geralmente ele usa o uniforme de operário, que é adequado para soldar coisas. Embora eu tenha ouvido dizer que algumas *Diskotheken* toquem música industrial, duvido que conseguiria vestir um macacão de mangas longas. Mesmo que as cores combinassem.

Decidi me adequar ao estilo de Fieke. Ontem comprei um traje num brechó, que o vendedor me garantiu ser inteiramente preto. Calças pretas. Camiseta preta. Botas pretas de chuva.

Espero que seja o suficiente.

Gott in Himmel, estou tenso. E não apenas por causa da *Diskothek*.

Lenz Monk voltou à escola nesta semana. Em algum lugar do meu coração, talvez no fraco ventrículo esquerdo, eu havia rezado para ele jamais retornar a Bernholdt-Regen. Mas nesta manhã, no pátio, senti a presença dele, claramente visível nas ondas ressonantes da chuva que caía. Lenz estalou os nós dos dedos. Podia ouvir aquilo mesmo a vários metros de distância.

Ele ficou quieto quando passei. Seus olhos me seguiram durante todo o trajeto até a escola. O olhar de alguém que não hesitaria em me empurrar de uma ponte. Que não hesitaria em socar um garoto pequeno como Owen até não restar nada. Será que a ameaça de ser expulso me pouparia das atenções dele?

Fieke havia me dito que o pai de Lenz tem algum tipo de influência. O pai dele e o diretor Haydn eram velhos amigos, ou pelo menos foi o que ela ouviu. Por essa razão Lenz não estava trancafiado em algum centro de detenção para jovens.

Senti o mais frio dos suores escorrer pela minha pele quando estava lá dentro. Meu marca-passo começou a trabalhar dobrado. Um aperto surgiu em meu peito. Quase soltei um grito quando Fieke saltou de cima do corrimão e aterrissou diante de mim.

– Você está mais feio do que de costume.

– Lenz está de volta.

– Não vai acontecer nada, gatinho.

– Por causa da assembleia da escola.

Ela suspirou. O hálito de tabaco invadiu minhas narinas.

– Porque não vou deixar o fofo do Lenz encostar a mão em ninguém aqui. Ele nunca mais vai machucar ninguém.

– Ele machucou você também, Fieke?

Ela só precisou de meio olhar duro para me silenciar.

Na sexta-feira passada, enquanto eu cumpria com minhas tarefas na *Bibliothek,* Frau Pruwitt me entregou um documento grampeado, com várias páginas.

– Vou ter que ler isto? – perguntei, estalando a língua com apreensão.

– Não é obrigatório. Mas seria tolice não ler.

Agucei os ouvidos.

– "Requisição... Requisição para Transferência ao *Gymnasium*". Espere aí.

Ela assentiu.

– Mas isso *não* é permitido.

– E por que não? Você não aceitou benefícios para sua deficiência visual durante o teste de nivelamento?

– Essa não foi a razão pela qual fui reprovado. Eu nem fiz esse teste.

– E por que não, Moritz?

Respirei fundo. Só para poder morder a língua.

— A época do teste era muito ruim. Houve outras, ah... distrações. E...

Boas escolas são para pessoas boas, Oliver.

— Mas você estaria disposto a se transferir, agora que sua cabeça está no lugar, não é? – É claro que as sobrancelhas dela se ergueram.

Olhei para os livros que enchiam as prateleiras dos dois lados. Livros que, até pouco tempo, pensei que jamais seria capaz de ler. Até começar a passar uma parte do meu tempo na *Bibliothek*, livros eram algo que nunca pensei ter condições de apreciar. Sendo quem sou e sendo o que sou. Vindo do lugar de onde vim.

Há muitas coisas que nunca me permiti fazer, Ollie.

Mas você me instruiu a ter coragem.

— Sim – respondi. – Sim, estou disposto.

— Ótimo. Porque falei a eles que você estava revoltado devido à falta de benefícios.

— Mas...

Ela ergueu a mão. Soltei um gemido, e ela tocou meu ombro.

— Você pertence a um inferno um pouco mais elegante do que este. Preencha os formulários e apareça para fazer o teste.

— Vou precisar de referências.

— Você vai consegui-las. Não tenha medo. Herr Haydn ainda me deve uma por causa do fiasco do jantar de 2011. E sei algumas informações bem nefastas sobre Frau Melmann e o vício dela em websites de apostas.

Precisei pigarrear para limpar a garganta.

— Obrigado.

— Não quero ouvir você me agradecendo. Quero que leia *Guerra e paz*. Cada palavra.

— Certo.

Por um breve instante, aquele formulário foi a melhor coisa que eu já tinha lido, Oliver. Bem melhor do que *O apanhador nos campos de centeio*. Bem melhor do que *Fahrenheit 451*.

Não sei falar muito sobre fogos de artifício. A chuva melhora minha visão mais do que você pode imaginar, em anéis concêntricos de som. A neve, entretanto, é silenciosa. Difícil de enxergar, na verdade. Mesmo assim, sempre posso senti-la no meu nariz e no rosto. Embora fria, é suave. Para mim, ela tem cheiro de sal. Entenda que, mesmo quando sou frio, estou tentando ser suave também.

Deveria escrever mais. Entretanto, felizmente, já é sexta-feira. Fieke está socando a porta do meu apartamento, assustando meu pai até os ossos. Faço uma ideia do que você sentiu quando Liz foi até sua porta. Provavelmente, Fieke estará coberta por fumaça de cigarro, em vez de lama. Mas ela é outra pessoa que me torna mais humano.

Você foi o primeiro, Ollie.

Eu gostaria de telefonar para você. Não estou tentando provocá-lo com o que você não pode ter. Apenas tento expressar minha preocupação crescente.

Ansiosamente,

Moritz

Capítulo 17

A CERCA

Nem sei mais o que você quer de mim.

Em primeiro lugar, concordamos em ser honestos um com o outro e com nós mesmos, ou seja lá o que for. E, em seguida, você me diz para não contar coisas incômodas! Bem, que tal isto? Às vezes, as coisas são bastante incômodas. Decida-se. Você me falou para não fingir que estou feliz.

Não é que eu tenha parado de imaginar fatos a seu respeito, como deve saber. Você pediu que eu *parasse* de perguntar essas coisas. Não consigo acreditar que nunca tenha me contado sobre seus pais. Tudo o que sei sobre meu pai é que, além de um cara legal, ele era um cientista, e que minha mãe fica rindo ou chorando sempre que pensa nele, mas ainda falo sobre meu pai de vez em quando. Mas nem imaginava que você era adotado! Dá para me culpar por preencher os vazios na sua história por conta própria?

Ser meu irmão seria assim tão terrível?

Não é por isso, porém, que estou irritado. Por que você decidiu cuspir sobre a melhor lembrança que tenho? Você parece determinado a pensar o pior sobre Liz! Não disse a você que ela não fez nada de errado?

Talvez eu devesse esperar para escrever isto. Talvez devesse esperar até que Bigode-Ruivo tire minha mãe da garagem pela primeira vez em uma semana. Mas agora tenho uma caneta e tenho tempo (aliás, sempre tenho tempo, não é mesmo? Não saio para ter aventuras em *Diskotheks*). Por isso, resolvi escrever mesmo assim.

Porque você está errado. Preciso falar sobre esse assunto, mesmo que doa.

Acho que não consigo lidar com tudo isso sozinho. Às vezes, olho pela janela, soco a parede e belisco a pele dos meus punhos, e não sinto nada.

Mesmo que você seja um abismo de indecisão, mesmo que ache que não me importo mais com você (bata em si mesmo, ora!), vou lhe dizer, finalmente, por que Liz não vem mais me visitar.

Tudo começou com uma viagem para acampar.

Aconteceu por volta de um ano depois da festa do meu décimo terceiro aniversário, alguns meses antes de eu começar a conversar com você, mas o tempo não importa muito. Joe Ferro-Velho tinha uma cabana de caça – uma espécie de casa na árvore para caçadores – alguns quilômetros floresta adentro, perto do Lago Marl. O final de semana do meu décimo quarto aniversário era uma boa ocasião para montar o equipamento dele para a temporada de caça que logo começaria, em novembro. Além disso, ele praticamente cuspiu a cerveja que tinha na boca quando eu lhe disse que nunca tinha visto o lago em nossa floresta – o que margeia a floresta e faz parte do parque estadual.

– Você nunca viu o Marl?
– Bem, é apenas um monte de água, não é? Já vi água antes...
– Meu Deus, garoto!

Quando Liz me chamou para ir junto, estávamos no meu quarto passando a luminária de leitura um para o outro.

– Não sei se minha mãe gostaria disso. Alguns dias não são o mesmo de algumas horas.

Joguei a luminária de volta para ela antes que minhas mãos ficassem entorpecidas. Liz a agarrou; havia feito um corte mais curto nos cabelos, que balançavam quando ela abria os braços.

– Basta dizer a ela que você vai ficar no ferro-velho outra vez. Acampando no Guetomóvel, como nos velhos tempos.

– Por que não fazemos mais isso? – Não estava brincando quando fiz essa pergunta.

– Acho que já somos velhos demais para o Guetomóvel.

– Blasfêmia! – falei com uma risadinha, pegando a luminária de novo, mas não eram minhas mãos que doíam desta vez.

As coisas estavam se tornando estranhas entre nós. Liz ainda vinha à minha casa o tempo todo, mas parecíamos não rir tanto quanto antes. Às vezes, nós dois ficávamos quietos, e era bem difícil olhá-la nos olhos sem tossir naqueles pedaços de rãs imaginários que apareciam outra vez.

– Por que você não convida Tommy e Mikayla para irem também? Ela olhou para os pés.

– Tenho certeza de que eles estão ocupados com outras coisas.

Quase deixei a luminária cair.

– Então eu fui o único que você convidou?

Ela concordou com a cabeça. Não disse nada irônico ou sarcástico. Apenas assentiu e estendeu as mãos para pegar a luminária.

Eu a joguei de volta e subitamente tive a sensação de que ela pesava mais.

– Tudo bem, eu vou – falei a ela. – Parece que vamos aprontar bastante.

Ela abriu um sorriso torto; um pouco daquele desconforto se desfez. Talvez o que eu estivesse sentindo era algo novo começando. Talvez Liz me convidara, não por não ter mais ninguém para convidar, mas por algum outro motivo.

Talvez fosse bom as coisas estarem mudando.

– É isso aí.

Saímos cedo em uma manhã de quinta-feira. Havíamos preparado alguns equipamentos básicos para acampar – duas barracas e mochilas para fazer trilha cheias de carne de cervo curada e utensílios para assar marshmallows na fogueira –, assim como uma caixa térmica cheia de salsichas para comermos naquela noite. A mochila de Joe Ferro-Velho era um monte verde e gigantesco de... bem... sucata. Utensílios de cozinha como pegadores e espetos estavam dependurados nas costas dele; e Joe levava uma corda que se encontrava praticamente enrolada no pescoço.

– Uma pena não poder levar uma geladeira conosco – disse ele enquanto amarrávamos o cadarço das botas.

– Foi mal – murmurei.

Liz revirou os olhos.

– Olhem, não sei quanto a vocês, rapazes, mas, de qualquer jeito, eu não ia querer levar uma geladeira nas costas.

Joe sorriu, revelando mais dentes ausentes do que presentes na boca.

– Você não está errada, Beth. Com certeza não está errada.

Levamos um tempo muito grande terminando os preparativos para partir. Depois de passar algumas horas revirando o lugar em busca de meias perdidas e assadeiras, finalmente saímos para a trilha numa tarde morna de outubro. As folhas sob nossos pés praticamente não estavam molhadas e emitiam um barulho agradável quando pisávamos nelas. O ar trazia aquele aroma fantástico de decomposição. Seria ótimo se todas as coisas mortas tivessem o cheiro de mofo do outono.

– Trouxe um lampião a óleo, né? – perguntou Liz.

– Sim, sim. Está guardado com meu monóculo e meu velocípede dobrável, Dra. Jekyll.

– Oh, ha-ha, Sr. Hyde. Não me importo se estivermos vivendo no passado, desde que não espere que eu consiga tolerar a vida sem papel higiênico. Sou uma garota moderna.

Por algum motivo, eu não ri. Senti o rosto enrubescer e comecei a arrastar os pés.

– Ei, garotos – disse Joe atrás de nós –, esperem pela mula de carga.

– Posso carregar mais...

– Feche essa matraca, aniversariante, e continue marchando. Quem quer cantar a primeira música de acampamento?

– Poxa, temos que voltar. Você precisa cantar acompanhado pelo glock!

Liz cutucou minhas costas.

– Não dê ideias a ele, Ollie.

E o equilíbrio foi restaurado. Por que subitamente era tão difícil sermos nós mesmos?

Depois de uma hora de trilha, chegamos à cerca que contorna o terreno da minha mãe. Nunca tinha visto aquela cerca antes, embora soubesse de sua existência.

Parei de caminhar no momento em que a sensação tomou conta de mim: um zunido nas têmporas e uma lâmina em minhas narinas.

– Aperte o passo, seu molenga... Ollie?!

Eu piscava os olhos, confuso.

– Isso...

– Seu nariz está sangrando!

– O que é isso?

Mais adiante, pude ver uma faixa de luz cor de tangerina, inchando e encolhendo em calombos alaranjados, não tão diferentes dos filamentos da linha de transmissão. Esses fios de eletricidade, entretanto, eram um pouco mais finos, subindo e descendo em pulsos, como trepadeiras em espirais saltando do capinzal na altura da cintura, quase como fibras soltas em um pedaço de tecido. Quando estavam presentes, intimidavam bastante: os fios alaranjados contornavam toda a extensão do horizonte, sendo visíveis até onde a vista alcançasse, para a direita e para a esquerda, cuspindo e recolhendo-se entre os galhos e as árvores. Não havia como passar. Sentia que ficava vermelho, como se tivesse sido queimado pelo sol da cabeça aos pés em um único instante.

Minha cabeça parecia ter se transformado em duas, três, dividindo-se em todas as direções.

— Tem alguma coisa... preciso sentar. Importam-se se eu... parar um pouco?

E minhas pernas se dobraram sob meu corpo. O lado bom é que tenho experiência em desabar no chão; caso contrário, podia ter batido a cabeça.

— Ollie!

Meu Deus, eu detestava vê-la daquele jeito, parecendo não saber o que fazer comigo. Como se eu não fosse sequer uma salamandra que ela pudesse estudar.

— Ei, cuidado aí. O que houve com o seu rapaz?

— Você trouxe aqueles malditos *walkie-talkies*, tio Joe?

— He-he. *Walkies*. — Minha fala estava arrastada, a língua pesada. — *Walkie. Talkies.*

Eu podia sentir o início de uma aura que antecede as convulsões desfocando minha visão. Tive a impressão de sentir cheiro de canela, algo que às vezes acontece antes de um episódio desses. Pelo menos não é enxofre.

— Que diabos... ele está tendo uma reação?

Decidi, naquele momento, enfiar todos os dedos na boca.

— Não, ele sempre tenta se canibalizar. Claro que está tendo uma reação! O que está causando isso?

— Bem, obviamente é o limite da propriedade.

Liz tentava me levantar, puxando-me de volta pelo caminho que havíamos trilhado até ali, tentando me livrar do ataque convulsivo que começava a tomar conta de mim enquanto me arrastava para longe dali.

— É o limite do terreno da família dele. Uma cerca elétrica, como a maioria das pessoas instala para manter os cervos longe dos jardins. Você não sabia?

O calafrio súbito no meu peito ajudou a desanuviar minha cabeça.

— Ela instalou uma cerca elétrica – falei. – Mas ela havia *prometido* a ele.

— O quê?

Eu me sentia um bicho de zoológico, Mô.

– Ela prometeu ao meu pai. Ela tenta me manter dentro de casa, mas um dia... me deixar sair... então por quê...?

– Ollie... talvez devêssemos ir acampar no Guetomóvel mesmo. – Aquela expressão continuava no rosto dela. Podia vê-la com clareza, agora que tinha só uma cabeça outra vez. – Ou um pouco mais para trás, mesmo. Afinal de contas, o lago é só um monte de água, como você disse.

– Sim. Acho que os marshmallows assados vão ter o mesmo gosto se os prepararmos lá. Posso dar uma olhada na cabana na semana que vem – acrescentou Joe.

– Não. Não, eu quero ver a água. O lago de água. – Desvencilhei-me das mãos de Liz. – Posso perguntar à minha mãe sobre a cerca mais tarde. Posso interrogá-la mais tarde.

– Mas você não vai conseguir atravessá-la...

– Ela está pulsando. Posso tentar! – Porém, mesmo enquanto falava, mesmo enquanto marchava para a frente, Moritz, minha visão já ficava desfocada. Eu sei que lhe disse que devemos buscar fazer algo heroico, mas talvez você tenha razão. Talvez devamos tentar alcançar a normalidade antes. É uma pena a normalidade ser algo impossível.

– Ei, vocês são muito dramáticos, garotos. – Joe arrancava as botas de fazer trilha e as meias dos pés. Largou a enorme mochila nos meus braços e quase caí outra vez. – Deixem-me cuidar disso. Segure minha bolsa, Barbra Streisand.

– Quem?

– É uma atriz. Estou dizendo que você age feito uma mulher dramática.

Eis aqui o que Joe Ferro-Velho fez: ele marchou rumo ao fio eletrificado enterrado naquela luz, bem na direção do que eu só conseguia ver como arcos rodopiantes em tons de laranja, que podia sentir como um calor crepitante, especialmente em meu pescoço e orelhas, – e bateu com uma bota no alto do cabo, empurrando-o até o chão coberto de folhas. Ele forçou a outra bota ao lado dela, no sentido do comprimento, de modo que a corrente elétrica ficasse completamente bloqueada.

A pressão nas minhas têmporas diminuiu.

Metade da cerca se desligou. No lado esquerdo, os pulsos elétricos continuavam estalando, mas, depois do ponto onde a bota estava, a cerca não era nada além de um fio prateado, suspenso de maneira quase invisível no ar, na altura da cintura. Imaginei se o fio se estenderia por toda a propriedade. Perguntei-me se minha mãe colocaria uma cerca dessas ao redor de casa se pensasse que aquilo funcionaria melhor do que os cadeados para me manter ali dentro.

Colocando uma mão na ponta de uma das botas, Joe apertava os fios contra o chão no lado em que não havia corrente.

– Que tal isso, Oliver? São botas de borracha. Não conduzem eletricidade.

– Coisa de gênio, Joe. Você fez um portão para mim.

– Por que as pessoas pensam que todos os caipiras são idiotas?

– Talvez seja porque eles se casam com membros da própria família. – Tentei sorrir.

– Ei, só eu posso fazer piadas sobre casamentos consanguíneos, seu *amish* – disse Liz. Mas eu não queria olhar para ela.

– Não me agradeça, Streisand. – Joe voltou a colocar a mochila nas costas. – Ande logo e salte esta cerca.

Virei-me e olhei os filamentos que ainda dançavam no lado esquerdo das botas.

– Prontos ou não, aí vou eu! – E fui correndo para a frente.

Saltei sobre o fio perto da área mais inferior que Joe pressionava para baixo. Por um momento muito breve, enquanto estava no ar, pensei ter sentido aqueles filamentos se curvando no ar para me agarrar, mas eu já havia passado por eles.

Caí sobre as folhas do outro lado da cerca elétrica e, ao fazer isso, deixei a propriedade da minha família pela primeira vez em uma década ou mais.

O ar estava fresco, mas me perguntei se o ar que havia na minha casa não era tão fresco quanto aquele. Olhei para trás. Joe me olhava com um sorriso bobo e fazia um sinal de positivo com o polegar, mas Liz...

Liz apenas me olhava de longe.

Não muito depois da cerca, a floresta mudou. A vegetação mais nova deu lugar a outra, mais antiga. Subitamente, as árvores agora eram monstros imensos, pinheiros e abetos seculares que se erguiam como dinossauros. As trilhas da floresta estavam mais limpas, mas eram também mais escuras; a folhagem acima de nós era tão grossa que bloqueava a passagem da luz e impedia até mesmo samambaias de crescerem aos pés das árvores.

– Não acredito que nunca vi este lugar antes. – Tinha de me inclinar para trás de tal maneira que achava que minha cabeça bateria no chão. Joe se encontrava na dianteira, mostrando o caminho. Liz estava para trás. Podia sentir os olhos dela fixos nas minhas costas.

– Bem, agora você viu. E espere só até chegarmos ao lago. Você quase sempre consegue ver cervos bebendo água na parte leste, se os almofadinhas não os espantarem.

– Almofadinhas?

– Turistas. Gente da cidade. Eles vêm para o norte em busca das árvores e do *fudge* de chocolate.

Saltei por sobre uma poça, logo atrás dele. O chão era mais úmido ali, e um pouco mais frio.

– Nunca comi *fudge* de chocolate.

– Como consegue sobreviver?

– Às vezes me pergunto isso também – disse Liz discretamente.

Não estava sendo nem um pouco divertido como tinha sido meu aniversário, Mô.

Joe coçou o queixo.

– Bem, estamos em outubro, por isso não deve haver muitos turistas, exceto alguns caçadores mais previdentes como eu. Mas eles geralmente procuram ficar mais perto da esplanada próximo da margem leste. Até que ponto você é sensível, Ollie? Vai começar a estremecer e morder os dedos dos pés se eles deixarem seus *motorhomes* estacionados do outro lado do lago?

— Humm, não. Acho que não. Vou ver a eletricidade de longe e acho que consigo perceber a intensidade. Mesmo que for só um telefone, ou um frigobar, um carro ou coisa do tipo. Não se preocupe comigo.

— Quer dizer que você tem poderes psíquicos? Consegue perceber um objeto elétrico, mesmo a distância? Garoto, é melhor sair da cidade!

— Nunca fui até a cidade. E eu nunca... digo, não. Não vejo as coisas desse jeito. Na realidade, é algo quase inútil.

— Pare de gaguejar, seu idiota. Ninguém mais acha você esquisito. Você já virou notícia antiga.

Não sabia se Liz falava sério com essa pequena explosão, mas pelo menos ela estava conversando, andando lado a lado conosco.

— Sou igual a um chapéu velho, então?

— O chapéu mais velho que existe.

— Como um chapéu-coco, Dickens.

— Como diademas gregos, Homero.

— Como uma coroa egípcia, hein... Rá?

— *Aff*, deixe quieto, seu paspalho. — Mas os lábios de Liz se recurvaram para cima, e não levou muito tempo até que ela estivesse bem adiante em relação a nós, saltando sobre poças com as faces tingidas de vermelho.

Quando ela já estava quase fora do nosso campo de visão, Joe se aproximou.

— Ei, acho que este é seu fim de semana de sorte, companheiro. Vá em frente! Eu lhe dou permissão. He-he.

Senti o sangue subir às minhas faces.

— Não sei do que você...

— Ah, o que é isso? Você é um eremita, sim, mas também é um adolescente, e minha sobrinha é uma menina bonita. Algumas pessoas talvez não percebam isso. Mas não me diga que você não tem esperança.

— Mas eu não... eu nem sei como...

— Você vai ter sua chance, Ollie. Vou me afastar na hora certa. Talvez em algum momento esta noite, depois que montarmos o acampamento. Eu lhe dou um sinal, certo? Você vai entender quando vir.

Eu agitei as mãos.

– Não. Por favor, não...

– Do que tem tanto medo, Oliver?

Parei de caminhar. O vento soprava o aroma dos pinheiros para meu nariz e os gravetos contra meus tornozelos. Olhei para o lampião pendurado na lateral da minha mochila.

– Por que alguém como Liz iria querer algo assim com uma pessoa como eu?

– Porque *você* tem a decência de pensar desse jeito, seu idiota. Agora, vamos apertar o passo. A essa altura, ela já deve estar a meio caminho da China.

Ela, porém, estava apenas alguns metros adiante, escondida por trás de algumas moitas.

– Buuu! – gritou Liz, saltando diante de nós, chutando as folhas caídas.

– Pelo amor de Deus, garota! – falou Joe, levando as mãos ao peito. – Quantos anos você tem?

Eu me preocupava com a possibilidade de Liz ter ouvido nossa conversa. Vi que ela estava com o rosto corado, mas isso podia ser efeito do ar de outubro. Ela ria às gargalhadas.

E em seguida eu também, assim como Joe.

– Quero chegar lá antes do pôr do sol. Vamos.

Avistamos o Lago Marl no fim da tarde. Conseguíamos vê-lo cintilando à frente, por entre as árvores. Mais do que isso, éramos capazes de sentir seu cheiro, seu gosto, conforme o ar se tornava mais úmido. Fiquei feliz por ser outono, caso contrário os mosquitos já estariam arrancando nosso sangue.

Finalmente, saímos da floresta e quase caímos na água escura. Eu podia ver pinheiros que contornavam a margem oposta, a algumas centenas de metros de distância. O sol refletia sobre as ondas negras e tranquilas, e algumas borboletas pequenas de asas escuras voavam sobre a superfície da água perto da margem. Rãs agitavam o gramado alto. Pisamos em uma terra úmida que cedia sob nossos pés.

– Uau – falei. – É um pouco melhor do que uma poça d'água comum.

– Um pouco maior – disse Liz. – É legal saber que há coisas maiores no mundo.

– Acha que é bonito agora? Espere só até o pôr do sol.

E naquele momento Joe Ferro-Velho fez algo terrível:

– Isso mesmo, o pôr do sol! – gritou ele, fechando os punhos e erguendo os dois polegares, dando uma piscada de olho nada discreta. – É quando estarei na cabana de caça, sabe? Ao *pôr do sol*.

– Esse meu tio é pirado – declarou Liz.

Antes de montarmos acampamento, Joe nos levou para o norte ao longo de uma trilha estreita que passava pelos juncos, perto da margem do lago, e depois floresta adentro, para mostrar onde se localizava sua cabana de caça. Era basicamente uma grande casa na árvore verde forrada com tecido camuflado e coberta por lonas plásticas durante a temporada em que a caça era proibida. Subimos pela escada de madeira atrás dele; Joe havia montado uma área bem aconchegante ali, com algumas cadeiras e espaço para um saco de dormir, embora ele tivesse razão sobre a necessidade de fazer alguns reparos. A água havia se infiltrado e começava a apodrecer as tábuas de compensado perto da escada, o piso encontrava-se coberto por folhas de pinheiro, e um pássaro deixara os restos de um ninho na parte mais alta da parede. Tivemos uma boa noção da razão pela qual ele sentia tanto orgulho da cabana: aquele lugar lhe proporcionava uma visão privilegiada de toda a área. Dali conseguíamos enxergar a margem do lago, onde os cervos tinham mais chances de vir beber água, e o capinzal alto, onde viriam pastar.

Montamos as barracas a alguma distância da água e da cabana, no terreno mais plano que conseguimos encontrar, e não tão perto do lago; não queríamos que nossas barracas inundassem caso chovesse. Joe tinha razão sobre outros campistas; eu conseguia ver uma névoa suave de eletricidade – a nuvem dava a impressão de que havia pelo menos três carros – do outro lado do lago, mas os veículos estavam suficientemente distantes para eu não ficar preocupado.

Levou algum tempo para organizar as estacas de armação das barracas, cavar um buraco para a fogueira e buscar gravetos. Fiquei encarregado de cavar dois buracos bem longe do acampamento: um para usarmos como banheiro e outro para enterrarmos restos de comida. Como trabalhamos o tempo todo juntos, tudo isso foi bem divertido.

Não demorou muito até assarmos nossas salsichas e comê-las, também. Logo depois, como o pôr do sol se aproximava, Joe agitou as sobrancelhas para mim e anunciou que iria PASSAR UM BOM TEMPO NA CABANA, E QUE NÃO DEVÍAMOS NOS PREOCUPAR PORQUE NÃO IA VOLTAR LOGO; QUE APROVEITÁSSEMOS PARA NOS DIVERTIR.

Existe alguma palavra para descrever o ato de apoiar a cabeça nas mãos? Deveria haver, Moritz.

Porque, quando Liz e eu ficamos sozinhos, parecia que nenhum de nós sabia exatamente o que dizer.

– Bela fogueira, hein? – falei assim mesmo. – Bastante fogosa, não é?

– Na verdade, está ficando quente demais. – Liz se levantou. – Quer ir até o lago?

– Por que não?

Vou lhe dizer por que não. Porque eu estava pensando, enquanto comíamos os cachorros-quentes, e eu cavava buracos para fazer cocô e subia a escada até a cabana para observar um lago pela primeira vez na minha vida, que não havia acontecido muita coisa além do fato de Liz não olhar para mim e eu não olhar para ela, também.

Durante todo aquele tempo, fiquei pensando no que Joe Ferro-Velho tinha me dito sobre essa ser a minha chance.

E estava pensando que ele tinha razão, e que eu a aproveitaria.

Assim, nós dois estávamos em pé, de um modo desajeitado, diante da água, observando as libélulas esvoaçando de um lado para outro e brilhando sob os últimos minutos dourados de luz do dia, enquanto o sol afundava daquela maneira muito-mais-que-perfeita no horizonte, quando eu disse:

— As pessoas nos livros gostam de confessar seu amor ao pôr do sol, sabia?

Liz olhou fixamente para mim.

— Pois é, nos filmes também é assim. Como se ver o sol se esconder fizesse as pessoas sentirem vontade de se beijar porque têm medo de ficar sozinhas quando estiver escuro.

— Bem, a escuridão pode ser assustadora, Liz.

— *Humpf.* — Ela afastou a franja para trás da orelha, mas os cabelos logo caíram sobre seu rosto outra vez. — Não sei. Talvez seja melhor quando você não consegue ver o que está fazendo. E quando as outras pessoas não podem ver você ou... ah, quer saber? Confissões ao pôr do sol são um saco, Ollie.

— Sim, com certeza. A pior coisa do mundo.

— *Mmmm.*

A luz estava esmaecendo, e a oportunidade prometida também. Ou pelo menos era essa a minha sensação. Talvez as pessoas confessassem coisas ao pôr do sol porque tinham a impressão de que o tempo estava acabando.

— Exceto por... bem... Ok, posso dizer uma coisa?

Ela riu.

— Desde quando você faz esse tipo de pergunta?

— Bem, não importa se estamos no pôr do sol. Afinal, acho que é só uma coincidência. Tipo... acho que talvez eu ame você. Só para você saber. Não quero ser esquisito nem nada do tipo. Só queria dizer.

Esperei. A água molhava as pontas de nossas botas.

— Bem, não que você tenha outras opções, não é?

— Bem, não tenho. Isso é verdade.

Ela deu um tapa no meu braço.

— Ai!

— Bem, muito obrigada, Capitão Sensibilidade! — Ela girou sobre os calcanhares e começou a subir a margem pedregosa rumo às árvores.

— Espere. Por que isso tem importância? Por que está fazendo esse escândalo?

Eu não a segui, mas ela parou.

– O quê?

– Por que tem importância o fato de você ser a única garota que conheço, se eu meio que acho que amo você, ou algo do tipo?

– Ugh. Meu Deus, como eu queria que você tivesse assistido a alguma comédia romântica em algum momento da sua vida, Ollie.

– Não, estou falando sério. Explique por que você me bateu.

Ela desceu até a margem outra vez.

– O que está dizendo é que poderia "talvez ter se apaixonado" por qualquer garota que você acabasse conhecendo perto da linha de alta-tensão e que lhe oferecesse amoras. Que não precisava ser eu.

– Bem, sim. Talvez. E daí?

– *Ah!* – Desta vez ela me empurrou, e dei alguns passos para trás, o bastante para enfiar um pé na água gelada.

Soltei um grito estridente como o de um rato nada viril, e Liz não conseguiu evitar uma risada. Você também teria rido.

– Desculpe!

Ela pegou minha mão e me puxou para a margem de novo. Tentei agitar o pé para tirar a maior parte da água da minha bota, mas ela já começava a penetrar, congelante, entre meus dedos.

– Está gelada demais!

– Desculpe, desculpe. Vamos voltar para a fogueira. Desculpe!

Finalmente estava escuro quando começamos a andar pela floresta de mãos dadas.

– Mas ainda não entendo o que eu disse de errado.

– Ah, pare de falar sobre isso, Ollie! – Liz afastou um galho do caminho, e ele bateu com força no meu ombro depois que ela passou. Chegamos a um espaço rebaixado no piso da floresta, uma área pequena e circular no solo onde as folhas estavam amassadas. Subitamente nos vimos em um recanto de cervos, e o lugar parecia bem mais apropriado para fazer aquilo do que qualquer lago ao pôr do sol.

– O que quero dizer é que foi *você* que me perguntou sobre mergulhos em águas profundas, e não outra pessoa. Foi você. E agora nunca poderá ser outra pessoa, porque já aconteceu e pronto. Digo, você *já é* essa pessoa para mim. Todas as outras garotas hipotéticas já perderam a chance com o eremita local.

– Você é um idiota completo. – Ela me soltou. – Você não sabe nada sobre outras garotas! Eu vou para a escola com pessoas. Pessoas que são muito melhores do que eu, entende? Conheço muitas pessoas, Ollie, e não consigo competir com elas. Conheço pessoas bonitas. Pessoas com talento, charme e dinheiro – disse ela com um sorriso triste. – Pessoas que têm banheiras em casa, entende? Dizendo isso que você diz, é como se... não é justo para você. Há muitas outras pessoas que você não conheceu. Eu não sou ninguém.

– Sim, mas eu não conheci essas pessoas. Conheci você. Basicamente, para mim, você é tudo, sabia?

Sem qualquer aviso, ela se inclinou para a frente e forçou a boca contra a minha.

E ali, aos catorze anos de idade, tive meu primeiro beijo com a garota que me faz sofrer por amor. Foi uma coisa bem babada e com dentes batendo uns contra os outros, e não teve muita serventia para nós dois.

E eu não trocaria aquilo por toda a internet e todos os umidificadores do mundo.

Moritz, eu queria parar a minha história por aqui. Queria dizer que essa era a última parte. Queria dizer que tivemos muitos outros beijos, e que eles não foram tão terríveis quanto o primeiro.

Mas não tivemos.

Não consigo continuar escrevendo isso agora. Estou exausto de novo.

Então, por que não vai em frente e me conta sobre Owen Abend? Ou ralhe um pouco mais comigo. Não faz diferença. Venha com tudo.

~ O.

Capítulo 18

O RATO MORTO

Oliver.

Não quero repreender você. Você é meu amigo mais verdadeiro. Entende isso?

Peço desculpas por fazê-lo pensar o contrário. Assim como você, estou tentando.

Diga-me o que precisar dizer. Não vou desestimulá-lo. Não sei o que deu na minha cabeça. Por favor, fale o que tiver que falar.

Eu sei o quanto a fala é valiosa. Especialmente depois da noite na *Diskothek.* Foi a noite mais estranha de todas. A ocasião me fez lembrar que talvez o silêncio de fato não ajude nem você nem eu. Vou encontrar forças para confiar em você quando puder. Verdadeiramente.

Por enquanto, permita-me contar sobre meu encontro com Owen Abend.

Apareci na entrada do nosso apartamento pouco espaçoso com meu traje cuidadosamente selecionado. Fieke ergueu as sobrancelhas. Não fez comentário algum.

Meu pai coçou a nuca. Eu nunca havia recebido um convidado antes. Talvez ele tenha se perguntado se Fieke era alguém surgindo de algum pesadelo.

Ela ainda calçava coturnos, mas eles tinham saltos que se pareciam com facas. Salto agulha, não é esse o nome? Preocupei-me com a possibilidade de ela não me ser tão visível, já que havia trocado de calçado. Fieke deu um passo adiante. Aqueles saltos estalaram como visões perfurantes na minha cabeça.

– Humm. Vamos, então?

Ela soltou uma risadinha irônica.

– Vamos.

Meu pai parou de coçar a cabeça. Colocou a mão no meu ombro enquanto eu a seguia para fora do apartamento.

Esperei até ele dizer: "Fuja! Fuja, seu tolo!".

Mas ele disse apenas:

– Seja gentil.

Perguntei a Fieke se poderíamos andar até lá. Ela apontou para os pés, sem dizer nada. Andar sobre pontas de faca faz a sola do pé doer. Então fomos até a estação de trem. Engoli em seco, enquanto desci as escadas atrás dela.

Ficamos esperando na plataforma ressonante.

– O que há com você?

– As pessoas estão olhando. É grosseiro, não é?

– Isso está acontecendo porque você fica estalando a língua feito um maluco que se entupiu de esteroides.

– Eles que apodreçam. Mas, sim, estou ansioso.

Ela me deu uma cotovelada.

– Por causa do seu encontro picante com Owen.

Neguei com a cabeça.

– Não me dou bem com o transporte público.

– É por causa do barulho estridente? – berrou ela, a voz estridente. E o trem chegou, freando com um guincho também estridente.

– Estou acostumado com barulhos estridentes. Infelizmente.

As portas se abriram com um chiado. Exalaram um ar quente e vaporoso. Quantos corpos havia naquele vagão?

– Mas não consigo me equilibrar direito.
– Você está de brincadeira.
– Digo... eu...
– Então se segure em mim, *baby*.

Ela pegou minha mão e me levou para dentro do ambiente sufocante do vagão do trem.

Eram apenas três estações até o distrito das danceterias. O trem serpenteava e sacolejava enquanto avançávamos pela cidade. Eu me sentia desorientado. Não conseguia saber para onde estávamos indo. Não conseguia ficar sozinho sem cair. Não era divertido.

Transportes de qualquer tipo me tornam praticamente um inválido. Não consigo ouvir de modo adequado com o ruído de fundo do deslocamento. O movimento constante transforma quaisquer ecos em potencial em nebulosidade. Tudo fora das janelas se torna invisível para mim. Em carros, pelo menos, posso me sentar. Mas os trens em Kreiszig estão sempre superlotados. Nunca há a garantia de haver um lugar para se sentar. Assim, fiquei ali, enjoado e desequilibrado. Muitos dos outros passageiros esperavam ter uma noite divertida. Riam e conversavam enquanto o trem avançava ruidosamente.

Segurei a mão de Fieke. Podia sentir o cheiro de fumaça nela, e aquilo não servia para aumentar meu equilíbrio.

Ela precisava aparar as unhas. Será que estavam pintadas de preto também?

Preto é a única cor que tenho certeza de que já vi. Mas essa é uma história para algum outro nunca.

Pegamos o metrô até a estação central de Kreiszig. Quando subimos as escadas e sentimos o alívio do ar fresco, desejei ter estado ali antes. Ainda não detestava o lugar. A Partygänger não era, nem de longe, a única *Diskothek* da cidade. Havia um quarteirão inteiro cheio delas.

Saímos da rua Grühl e fomos para o sul, na direção da *Disko*. Passamos por um *Marktplatz* que cheirava a frango assado, *teriyaki* e incenso. O ar estava repleto de ruídos. Pessoas comendo. Movimentos tumultuosos, gritos e música que vinham de todas as direções. Uma quantidade imensa de pessoas havia se vestido de maneira exuberante para sair naquela noite. Vestidos com couro, acessórios com cravos de metal e toda espécie de roupas estranhas. Meus óculos mal eram perceptíveis em meio a todas aquelas correntes e penteados ao estilo moicano. Ollie, você disse que andar pela floresta com Liz lhe proporcionava uma sensação maravilhosa, como se estivesse num sonho, não foi? Talvez eu estivesse fazendo o mesmo. Sentia-me um pouco zonzo após a jornada de trem, mas isso deixou tudo ainda mais vibrante: o crepitar da carne gordurosa nos espetos iluminava o rosto dos vendedores de rua, o zunido das lâmpadas expunha as mariposas à noite, o *clip-clop* dos passos das pessoas me mostrava as pedras da calçada com detalhes impressionantes. Em algum lugar próximo, ruídos graves faziam a terra tremer, exibindo e escondendo todas as pessoas ao redor com um efeito estonteante.

Parei um pouco ali na rua, Ollie. Só para escutar tudo aquilo.

Fieke, na minha frente, como sempre, parou também. Não perguntou o que eu fazia. Olhou para meu rosto, abriu aquele sorriso torto e segurou outra vez a minha mão.

– Vamos lá. Ele está esperando por você.

Por mais que eu adore shows de hip-hop, nunca me considerei um dançarino bom o suficiente para visitar uma *Diskothek*. O mundo devia me agradecer por isso. Entretanto, mesmo enquanto esperávamos na fila, ficou claro que eu havia deixado de aproveitar uma grande experiência. Todo aquele barulho! Eu via o mundo em tremores de tons graves.

– Talvez, se você se mostrasse animado deste jeito na escola, as pessoas iriam querer conversar com você em vez de afundar sua cara com um soco.

Ela estaria sorrindo? Ondas-golfinho de felicidade, Oliver.

– Gosto de música alta.

– Já tinha percebido, *Brille*.

Antes de chegarmos à porta, dois rapazes um pouco mais à nossa frente na fila foram expulsos por um segurança. Ele os ergueu pelas alças que seguram o cinto das calças. Largou-os na calçada. Guardou os documentos de identidade falsificados no bolso.

– Fieke, eu sou menor de idade.

Ela ergueu uma sobrancelha trespassada por um piercing.

– Ah, vá.

Dei de ombros. Tentei escapulir da fila, mas Fieke me agarrou.

– Isso é bem a sua cara.

– Mas...

– Cale a boca.

Chegamos até a porta. O segurança, grande e com o cabelo mal cortado, como se podia esperar, deu um tapa amistoso nas costas de Fieke.

– Fee! Onde você se meteu ultimamente? Quem é esse seu namorado?

– Mel, Mel. Ele pertence a Owen, não a mim.

– É mesmo? – Ele me analisou da cabeça aos pés. Não me encolhi. Não muito. – Belos óculos, garoto.

Ele estendeu a mão aberta.

– Obrigado. – Estendi a minha para cumprimentá-lo, mas ele apontou para meus óculos.

– Regras da *Thek* e leis municipais. Não posso permitir que os clientes ocultem o rosto.

– Ah, vamos lá. Ele é baixo demais para ser um criminoso.

Mel estalou os nós dos dedos da mesma forma que Lenz. Seus punhos apareceram diante de mim com uma clareza impressionante. Eram punhos bem grandes.

– Tudo bem. Owen vai ter que vir nos encontrar aqui fora.

Tentei recuar. Fieke apertou meu braço com mais força.

– Ah, que é isso, Mel? Não pode fazer esse favor para mim?

Ele balançou negativamente a cabeça enorme.

– Deixar você entrar já me causaria problemas. Não quero ser demitido por causa do visor do Ciclope.

– Então você conhece os X-Men? – Era minha segunda série em quadrinhos, Oliver. – Temos isso em comum. Mas não tenho laser nos olhos. Isto aqui não é ficção científica.

– Tudo bem. Desculpe, *Brille*.

– Por que você...?

Ela puxou meu braço para baixo com uma mão. Arrancou os óculos com a outra.

Mel soltou um palavrão.

– Você não disse que ele era cego!

– Trágico, não é?

– Não sou cego.

Mel se recuperou com uma velocidade impressionante.

– Oh. Bem, acho que acabei de conhecer um dos rejeitados do professor Xavier agora. Entrem. Owen está nas mesas.

Eu devir estar com o rosto tingido de um vermelho furioso. Ou seja lá qual fosse o tipo de vermelho. Ergui o queixo para recuperar minha dignidade. Recoloquei os óculos. Mel estalou os dedos quando passei. Inclinei a cabeça na direção do som.

– *Wahnsinnig* – disse ele. Que loucura.

Uma muralha de som. Uma muralha de imagens. Sons graves pulsando nas solas dos meus pés. Até mesmo nas reverberações o mundo ruidoso ficava claro ali. Quando os graves ressoavam, eu via folículos.

A música eletrônica, Oliver, é mais uma coisa que eu gostaria que você experimentasse. Digo isso sem intenção de zombar de você. Ela imita a vida. Com seus picos e quedas. As subidas e descidas repletas de tensão! Acho que posso dizer que é maravilhoso.

Tanto movimento. Tanto suor. Tantos detalhes. Era embasbacante. Eu me sentia capaz de enxergar as veias das pessoas, os tecidos que as formam. Quase até a medula dos ossos. Elas se banhavam no que o DJ tocava. Era quase como se eu as compreendesse.

— Não fique parado aí na porta. — Fieke me puxou pela pista de dança, espremendo-nos por entre corpos que se contorciam e pés que pulavam. Não pela primeira vez, desejei ver luzes.

— ONDE FICAM AS MESAS?

— DAQUELE LADO! — Ela apontou para cima, perto de um palco.

— POR QUE ESTAMOS GRITANDO?

— PORQUE ESTAMOS NUMA DANCETERIA!

Concentrei-me no palco. Ela se referia às mesas onde os DJs montavam suas *pick-ups*.

Ali estava Owen Abend. Apresentando-se com um colete e uma boina. "Agitando" com um notebook diante de si. Talvez a tela o refletisse da mesma forma que ele refletia o aparelho. O estudante mais silencioso em Bernholdt-Regen, fazendo mais barulho do que qualquer pessoa naquele salão; transferindo todo o som e volume que bem desejasse pelos alto-falantes.

Owen Abend ergueu os olhos. De algum modo, percebeu nossa presença. Talvez porque estivéssemos parados. Talvez porque o *Schicksal* (destino) seja estranho.

Desta vez, ele não recuou. Acenou e formou a palavra "*Hallo!*" com os lábios.

Atrás de mim, o rosto de Fieke se abriu, sorridente. Um sorriso de verdade.

Owen Abend abriu bastante a boca. O ruído me mostrou os dentes dele quando ecoou no interior de suas bochechas. Mostrou-me suas gengivas e duas cavidades vazias, de onde Lenz havia arrancado os dentes. E me mostrou mais uma coisa:

Owen Abend não tinha língua.

No bar, depois da apresentação, Owen Abend piscou os olhos para mim. Moveu a boca. Nenhum som saiu dali. Moveu os dedos, fazendo sinais. Sua irmã os traduziu.

— ELE QUER SABER SE VOCÊ GOSTARIA DE IR A ALGUM LUGAR MAIS SILENCIOSO.

— Na verdade, não.

Owen riu para mim, uma risada bem mais forte do que um garoto sem língua poderia entoar. E eu que achava que ele era tímido.

Não sentia vontade de rir agora. Não queria pensar na razão pela qual ele não tinha língua. Não queria pensar na minha mãe. Em nós, tolos de coração fraco. As pessoas nascem sem coisas o tempo todo. De verdade. Provavelmente não tinha relação alguma com ela. Nem com o lugar que me criou. Com aquele maldito laboratório, Ollie.

Fieke soltou um palavrão. Segurou a minha mão e a de Owen. Para nossa humilhação mútua, levou-nos até o banheiro feminino. A fila na porta era uma das mais longas que eu já tinha visto. Fieke passou por ela. Algumas garotas assobiaram e vaiaram enquanto ela colocou nós três em uma das cabines.

— Sim, sim. E um deles é meu irmão! — disse Fieke, com uma risada malévola.

— Ecaaaa!

— Bem, ande logo com isso, *Brille*. — Ela cruzou os braços, apoiando-se contra a porta. — Aqui está a oportunidade de ouro que você ganhou em troca daquela apresentação de *rap*.

E assim, enquanto nós dois estávamos em pé, um de cada lado da privada, finalmente agradeci a Owen Abend por me trazer meus óculos antes da minha suspensão.

— Obrigado por me trazer meus óculos antes da minha suspensão.

Ele piscou os olhos, surpreso. Moveu as mãos.

— Ele disse "não foi nada de mais".

Neguei com a cabeça.

— Sou grato a você. E lamento por terem machucado você depois.

— Ele não quer um pedido de desculpas nem gratidão.

— O que você quer?

Owen me encarou. Lenta e cuidadosamente, ele gesticulou.

— Ele quer que isso pare de acontecer. Quer que Lenz pare.

Pare, foi essa a palavra que Owen formou com os lábios. Com a palma erguida.

A história de Owen não é um acontecimento isolado. Exceto talvez pelo fato de não ter língua. Sua mudez sempre fez parte dele. Algumas pessoas nascem sem língua, e nem sempre há um laboratório que podemos culpar. Não há razão para eu me lembrar da minha mãe e das cicatrizes que tenho.

Lenz Monk odiou Owen desde sempre. Até onde os Abend se lembram.

É claro que nunca fui o único alvo que Lenz gostava de fazer gemer. Claro que não.

Embora Owen tivesse passado grande parte da sua juventude em retiros para pessoas que falam em linguagem de sinais, ele não é surdo. Assim como eu não sou cego. Ele frequentava a escola pública. Acostumou-se a escrever os próprios pensamentos em uma pequena lousa branca que sempre leva consigo. Na Bernholdt-Regen, entretanto, havia trocado a lousa pelo silêncio. É mais difícil zombar do silêncio.

Aos sete anos de idade, Owen estava na mesma *Grundschule* de Lenz Monk. Não muito longe de nossas casas em Ostzig. Eu estava em outro lugar naquela época.

Uma das primeiras lembranças da infância de Owen Abend: Lenz Monk o empurrou do alto de uma escada no playground. Pressionou a cabeça dele contra o cascalho. "Nada de mais." Brincadeira de criança. Fieke o ajudou a se levantar. Empurrou Lenz em seguida. Do jeito que falavam a respeito, Lenz Monk já era um garoto grande. Reluzia com a brilhantina. De pele oleosa, chegava a brilhar. Era conhecido por derrubar outras crianças. Não estava acostumado a levar o troco. Fieke, apesar das trancinhas, já era uma criança com força e tamanho suficientes. Permito-me um devaneio aqui: imagino que ela já usava botas naquela época.

A resistência de Fieke serviu apenas para encorajar a brutalidade de Lenz. Owen não conseguia se defender com a mesma facilidade.

Outra lembrança que Owen compartilhou naquela cabine de banheiro remontava ao dia em que Lenz Monk descobrira que Owen Abend não era *apenas* um garoto quieto, mas também incapaz de gritar para pedir socorro.

Lenz já tinha idade para ser punido por seus atos de delinquência mais preocupantes. Quase chegou a ser expulso por despejar água sanitária em um aquário de peixes dourados. E, novamente, por vomitar no interior da carteira de outro aluno durante o intervalo para o lanche. Lenz havia desenvolvido o hábito de pegar ratos mortos das ratoeiras do próprio pai e forçar os colegas a engoli-los, dizendo que eram "sanduíches peludos". Imagino que puxar as cuecas deles para cima pelo cós estava ficando chato. Embora eu tivesse conseguido evitar os sanduíches de Lenz até aquele momento, não era difícil acreditar naquelas coisas.

Nesse dia, Fieke estava doente e não tinha ido à escola (onde sua casa ficava, ela se negou a dizer; os Abend são ainda mais discretos em relação ao passado do que eu. E não gosto de pressionar). Que escolha Owen tinha, além de voltar sozinho para casa com Lenz em seus calcanhares? Cuspindo em suas costas sem que Fieke pudesse espantá-lo?

Embaixo de uma ponte do canal, Lenz esperou. Quando não havia ninguém por perto para testemunhar, puxou Owen pela mochila. Forçou-o a abrir a boca e enfiou um filhote de rato morto antes de fechar os lábios dele outra vez.

A maioria das pessoas teria expulsado aquela coisa repulsiva com a língua. Teria gritado. Atraído a atenção de outros para o próprio martírio.

Owen não podia fazer aquilo. Como não tinha língua, não conseguia cuspir, e Lenz segurou seus braços para trás, contra as costas, a fim de que não tirasse o rato com os dedos.

Owen tinha apenas duas opções: engasgar ou engolir. Ele engoliu.

Lenz o soltou. Forçou Owen a abrir a boca. Não viu nem o rato nem a língua ali dentro. Sentiu a bile lhe subir pelo esôfago e jogou Owen contra a calçada.

Depois daquilo, Owen virou um dos alvos preferenciais de Lenz. Ele o procurava diariamente. Esperava-o na rua, diante da casa de Owen. Esperava com os bolsos cheios de pedras, cacos de vidro e ratos apodrecidos. Esperava sem nenhuma expressão no rosto. Esperava que Owen gemesse.

Olhei para Owen. Feições delicadas. Olhos grandes.

– Está pensando em largar a escola?

Ele assentiu com a cabeça.

– Não deveria. Estive lendo muito ultimamente. Sobre, ah... heroísmo. Abandonar a escola não vai ajudar os outros a quem ele atormenta. E o que isso lhe traria de bom? Ele sabe onde você mora. Vai ficar à sua espera.

Ambos baixamos a cabeça. Ouvimos o som de uma garota na cabine ao lado, vomitando tudo o que havia no estômago na privada de porcelana.

– Por que você se importaria com isso? – disparou Fieke, de repente.

Owen me encarou. Precisei me conter para não estalar a língua.

– Eu... bem... é que... é só porque me sinto responsável por você.

Mãos e rostos se moviam.

– Isso vinha acontecendo há muito tempo, desde antes de você levar aquele soco no ginásio. Você não nos deve merda nenhuma, diz Owen.

– Sinto que estou em dívida com você.

Ele assumiu uma expressão séria. Fieke soltou uma risadinha.

– Não zombe de mim. Deixem-me ajudar. Poucas pessoas já foram... tão gentis comigo.

Owen olhou para mim. Fez um gesto afirmativo com a cabeça.

Fieke deu um soco na parede. Alguém na fila soltou um grito de surpresa.

— *Olhe aqui*. Se realmente quer provar sua gratidão, há uma coisa que você pode fazer.

Owen piscou os olhos. Eu ergui a cabeça.

— Você pode usar sua audição supersônica. Enfrentá-lo e espantá-lo definitivamente.

Como um super-herói, Oliver?

— Está sugerindo que eu, ahn... o confronte?

— Não — respondeu ela. — Estou sugerindo que arrebente a cara dele.

Owen Abend está sentado diante de mim no Poeta Doente. Esta é a primeira carta que escrevo com minha própria caligrafia, Oliver. Owen não está de boina hoje. Ele toma água, não café. Talvez não seja tão pretensioso quanto pensei.

Você foi meu primeiro amigo, Ollie. Será que este rapaz pode ser o segundo?

Ele raramente sorri, mas esses sorrisos são radiantes. Talvez ele não fale, mas ri em cascatas, por mais que isso lembre ondas-golfinho. Não consigo ler as mãos dele. Mas consigo ler as mensagens que ele escreve para mim. Consigo ler o ritmo dos seus pés e dedos contra pisos e mesas.

Owen não voltou a Bernholdt-Regen porque Lenz está novamente à caça de suas vítimas, empurrando rostos nos mictórios. Vejo Owen em outros lugares. Ele sempre fica contente em me ver. Não se importa com o fato de eu não ter olhos, assim como não me importo por ele não ter língua. Talvez nós dois possamos nos esquecer de nós mesmos por não nos importarmos com essas coisas. Sou tão humano quanto ele.

Fora da escola, ele fica constantemente manipulando coisas. Pegando canetas e jogando-as para cima, ou fazendo desenhos em guardanapos. Owen faz as pazes com o próprio silêncio por meio de movimentos perpétuos.

Sempre vamos ao *Kneipe* para assistir a Fieke recitar poesia. Ele fica batendo com o pé no chão, impaciente. Faço *tsc!* entre os dentes, e trocamos sorrisos tortos. Pelo menos nessas ocasiões eu agradeço por não ter olhos. Acho que não conseguiria olhar nos olhos de Owen Abend.

Agora ele está tamborilando com os pés no chão. Só pela maneira que ele toca os calcanhares e a ponta dos sapatos no chão percebo que está ficando impaciente.

Owen tem uma noção incrível sobre ritmo. Percebi isso no momento em que o vi comandando aquelas *pick-ups* no Partygänger. Sua musicalidade maravilhosa provavelmente se estenderia à sua voz. Se ele fosse capaz de falar, acredito que teria uma voz muito bonita.

Owen está sussurrando agora. Olhando para mim, intensamente.

– Quase, quase – eu lhe digo.

Vou terminar de escrever mais tarde. Fieke logo se apresentará. Não quero que o semblante dela se mostre irritado enquanto ela recita letras do Radiohead ou Deerhunter. Ela não percebe que é um clichê. Fica ofendida.

Estou incorporando seu velho otimismo, Ollie Ollie Paraoalto-Eavante.

Meus amigos e eu – amigos, Ollie? – vamos impedir Lenz de machucar qualquer outra pessoa.

Fieke está no palco, olhando-me com uma expressão dura. Mostrando o dedo médio. Owen olha para mim com esperança. Talvez isso seja amizade. Estar junto de pessoas que não sentem repulsa de você. Mesmo quando deveriam sentir.

Não vou falhar com eles. Não sou minha mãe. Sou melhor do que ela era.

Eu costumava detestar todo mundo. Mesmo agora, não sei o que esperar das pessoas à minha volta, Oliver. Sozinho em uma multidão. Agora a multidão se abre diante de mim, e está repleta de vida, terror e maravilhas.

Tudo isso porque você me disse para reagir, Oliver Paulot.

Sou mais do que nada por causa de você. Se estiver se sentindo sufocado pelo sofrimento ou pela dor, por favor, lembre-se disto: minha vida está melhorando eternamente.

Por favor. Fosse lá o que quisesse me contar, nunca duvide do seu próprio valor. Nunca imagine que vou dar as costas a você.

Você me transformou em uma pessoa real, Ollie.

Seu amigo mais querido,

Mô

Capítulo 19

O TELEFONE

Vamos cuidar de uma vez do interrogatório:

Por que, subitamente, você resolveu mencionar sua mãe tantas vezes? Quem era ela? Quero saber, Moritz, mesmo que eu tenha parado de perguntar a respeito.

É legal que você pense todas essas coisas sobre mim, mas você me colocou em um pedestal. Você pode ser o meu melhor amigo, mas nunca estará aqui. E às vezes isso é bem ruim. Fico feliz por você, mas triste por mim, e em seguida me sinto culpado por me sentir triste por mim quando deveria apenas me sentir feliz por você, e é aí que me sinto um fracasso total.

Também é legal que você tenha encontrado mais amigos em Kreiszig. E agora tenho uma noção de por que você não queria falar sobre romances. Owen é *muito* importante para você, não é? Eu entendo. Vocês realmente planejam dar uma surra em Lenz? Fico contente por estar se sentindo mais heroico, mas... bem, isso parece uma coisa meio estranha para ser o motivo pelo qual vocês se aproximaram. De qualquer forma, narizes sangrando sempre fizeram parte disso tudo.

Eu realmente preciso de um amigo aqui na floresta. Queria poder me encontrar com você. De verdade. Minha mãe voltou para casa hoje, mas está branca como a neve. Sabia que os cabelos dela estão caindo? Já os vi no chão, nas almofadas do sofá – mechas de cabelos loiros que refletem a luz e quase se parecem com fios de eletricidade. Antes, eu achava que ela usava perucas trançadas a mão apenas para se divertir...

Não paro de pensar nas contas e despesas de saúde que chegam na caixa do correio. As idas de minha mãe à farmácia. Talvez eu venha ignorando o fato de que ela está doente durante todo esse tempo. Mas, por algum motivo, isso está se tornando mais sério e mais profundo na floresta.

Escrevi sobre o resto da nossa viagem para acampar. Vou enviar tudo para você hoje.

Talvez isso explique por que fui tão tolo e estúpido até agora. Ou talvez não.

Realmente já estamos no verão? Devia escrever na sala de estar, onde é mais quente, mas estou ouvindo minha mãe tossir lá embaixo. Aqui em cima é mais silencioso.

Eis aqui a última parte da minha autobiografia, Moritz.

Eis aqui a coisa da qual minha mãe queria desviar minha atenção.

– Sabe do que algumas pessoas na escola começaram a me chamar logo que me mudei para cá?

Neguei com a cabeça. Sentia-me paralisado depois daquela sessão de esmagamento de rostos. Meu pé, ainda meio congelado, estava apoiado em uma pedra quente ao lado da fogueira, e minha meia e a bota secavam logo ao lado. Liz encontrava-se sentada diante de mim, com os olhos brilhando no escuro.

– Lixo branco.

– Não entendo. Você nem é tão pálida. E, sim, às vezes você fica enlameada. Mas isso não é o mesmo que ser algo que as pessoas queiram jogar fora.

– Oh, Ollie. Às vezes acho ótimo você não saber sobre esse tipo de coisa. Outras vezes acho...

– O que você acha?

Bem naquele momento, porém, quase morremos de susto quando um enorme *crac!* rasgou o ar da noite.

– Será que estão soltando fogos de artifício do outro lado do lago?

– Foi um único som, apenas.

– Será que alguém começou a temporada de caça mais cedo? Espero que tenham uma licença.

A expressão de Liz ficou séria diante da fogueira.

– Está escuro demais para caçar. Bom, sei que às vezes os caçadores usam óculos de visão noturna porque os cervos são bastante ativos no começo da manhã. Mas não é de manhã.

– Talvez tio Joe esteja tentando sair na frente dos concorrentes. Afinal, a carne de cervo é *dele*.

– Talvez... – Ela cobriu a cabeça com o capuz da blusa de moletom. – Vou perguntar se ele ouviu o barulho. Passe-me aquele lampião.

– Meu pé ainda não secou.

– Então espere aqui.

Mas eu já manquitolava atrás dela com uma bota calçada, gemendo enquanto pisava em bolotas de carvalho e pinhas com o pé descalço. A cabana parecia bem mais distante no escuro. Uma neblina havia se erguido do lago para se enrodilhar ao redor das árvores e de nossa cintura. Cada vez que avançávamos alguns passos, algo na floresta passava correndo pelo solo, fazendo as folhas crepitarem e farfalhando por entre as plantas rasteiras. Provavelmente eram apenas esquilos, mas aceleramos o passo. A água, por algum motivo, parecia opaca demais. Não refletia a lua.

Quando entramos na trilha que levava até a cabana, estávamos correndo.

– Cara, ele vai rir de nós...

No momento em que chegamos à clareira sob a cabana, Liz colocou a mão na boca. Foi bom termos aprendido a lição sobre comprar lampiões resistentes há muitos anos; ele não quebrou quando ela o largou. Liz correu para a frente no escuro. Quando consegui levantar o lampião outra vez, entendi o motivo.

Joe Ferro-Velho estava estendido ao pé da árvore como se fosse uma coisa morta.

Acho que você é a única pessoa com quem eu poderia falar sobre isso, Moritz. Não consigo nem descrever o que senti. Se minha letra estiver mais difícil de ler, é porque minhas mãos estão tremendo. E é difícil não borrar a tinta. Desculpe.

– Oh, meu Deus, meu Deus.

Liz o sacudia. Em seu pânico, ela o segurava e agitava com tanta força que quase parecia que *ele* estava sofrendo uma convulsão.

– Não o sacuda assim. Se ele estiver machucado... Não o sacuda. Isso é... humm... – Não conseguia pensar, não conseguia. – Ruim para sua anatomia.

– Tio Joe? Meu Deus. Tio Joe?

– Ele levou um tiro? Atiraram nele? Quem atirou? Ele levou um tiro?

– Eu não sei! Não consigo ver nada. Não consigo enxergar nada sem a porra de uma lanterna, não é?

Alguma parte do meu cérebro percebeu que não havia nenhum sinal de sangue. Olhei para o alto da escada que levava até a cabana. Era difícil ter certeza com a luz do lampião, mas o que tínhamos ouvido era o som das tábuas apodrecidas do piso de compensado que haviam cedido.

– Ele caiu. Ele só caiu, Liz. Dá para ver daqui. Dá para ver onde as tábuas racharam. Ele só caiu.

– "Só"? Ele não está se mexendo! Não consigo saber se está respirando! Oh, meu Deus, meu Deus!

– Ele pode ter quebrado... não sei. Quebrado a coluna?

– Meu Deus. Ollie, precisamos de ajuda. Você precisa ir buscar ajuda. Ligue para alguém.

Simplesmente fiquei negando com a cabeça.

– Não posso ligar para alguém. Telefones... não posso.

Ela puxava os cabelos, e o catarro lhe escorria pelo nariz. Meu Deus, minha respiração fazia tanto barulho! E, quando piscava, quase era capaz de ouvir o som das minhas pálpebras nos ouvidos. Quase como você. Mas isso não era nada que tivesse saído de uma revista de quadrinhos. Não fazia nenhum sentido narrativo. Era um acidente horrível que, eu já percebia, não serviria de nada para nenhum de nós; não permitia que nenhum de nós – nem Liz, nem eu, nem Joe (o pobre e imóvel Joe) – se desenvolvesse como personagem. Aquilo era...

– Vá buscar ajuda! Meu telefone!

Não sei como encontrei tempo para me sentir magoado, mas foi o que aconteceu.

– Você trouxe seu telefone?

– Vá buscá-lo! Você conseguiu segurar a luminária de leitura, então consegue segurar a porra de um telefone! Na barraca! Corra!

– Deixe-me ver uma coisa antes. Como está o pulso...

– Vá, Oliver!

Talvez ela devesse ter ido, mas como eu podia pedir a ela que deixasse o tio ali? Como eu poderia dizer qualquer coisa, quando não conseguia pensar?

Eu não conseguia pensar, Mô.

Tive a sensação de estar caminhando num sonho outra vez. Como no dia em que a conheci. Mas, em vez disso, eu me encontrava correndo, e estava escuro e frio, e eu não podia sentir meu pé. Quando cheguei à fogueira, quase tropecei e caí sobre ela. Será que posso chamar isso de caminhar num pesadelo?

Abri a barraca de Liz com o coração batendo contra as costelas, agarrei sua mochila e a puxei até a fogueira para enxergar o que havia dentro, e depois revirei suas roupas, a *nécessaire* e apalpei o forro da bolsa, até que finalmente algo espetou minha mão.

O celular havia sido embrulhado em dois sacos Ziploc, enrolado dentro do traje de banho de Liz, mas brilhava o bastante para me causar náuseas. Sentindo a garganta fechar, lutando contra os tremores, tentei pegá-lo.

Porém, eu estava muito afobado, muito *carregado*, e, quando estendi a mão para pegar o telefone, ele se afastou dela e bateu contra o círculo de pedras ao redor do poço da fogueira.

– Merda! – Saí correndo atrás dele, mas o telefone foi repelido outra vez, quase caindo nas brasas.

Esvaziei a bolsa com varetas de armação sobressalentes para barracas e coloquei-a sobre a mão trêmula, como uma luva. Fez uma diferença mínima, mas consegui pegar o telefone. Sentia as veias da minha mão pipocando, mas segurei firme. Após um segundo, ele zuniu contra minha palma, e o segurei com ainda mais firmeza. Depois disso, não senti mais o aparelho espetar minha mão com tanta intensidade.

Eu corri. Corri, mas já sabia.

Soube assim que o vi ali. Pelo jeito que o tronco dele estava retorcido. Pela maneira com que o corpo de Joe quebrava tantas regras básicas da anatomia, seria impossível, na melhor das hipóteses, ele não ter ficado tetraplégico. Não poderia mais caminhar, sentar-se na varanda e fingir que fotografava pássaros...

Mas mesmo assim eu corri.

Nada havia mudado na clareira. Liz ainda sacudia o tio, ainda apertava a orelha contra o peito dele. Os olhos de Joe estavam fechados; seu rosto, pálido, completamente imóvel. E eu soube novamente.
A sua coluna estava quebrada.

Mordia a língua com tanta força que quase cheguei a perfurar a carne, e o braço que segurava o telefone estava entorpecido até o ombro. Sentia ânsias de vômito subirem pelo meu peito, mas tudo em que pensava era como contaria a ela; não podia contar-lhe que...

Liz me olhou com olhos estupefatos e cheios de esperança quando surgi do meio da folhagem. Se já tinha percebido o mesmo que eu, fingiu que não tinha. Estendi o telefone e senti minha cabeça se desanuviar um pouco quando ela pegou o aparelho.

– Aqui está! Mas pensei que não houvesse sinal aqui.

– Isso foi há anos!

Ela apertou um botão na lateral e tocou a tela com os dedos. Esperei que o telefone a refletisse, mas a tela se iluminou de branco apenas por um segundo antes de se apagar outra vez, sem mostrar nada.

– Não está funcionando. Que diabos! O que há de errado?

Ela tocava a tela com os dedos, sem causar nenhum efeito.

– Oh, não. – Apertei a base das palmas contra minhas têmporas, mas não foi o suficiente. – Não, não, não, não, não, NÃO!

– O que foi? Você o deixou cair no chão?

– Não deixei. Juro, não fiz isso. Ele apenas... eu não conseguia tocá-lo.

– O que há de errado?

A tela estava vazia. Dei um passo para trás, e depois outro.

– Eletromagnetismo.

– Meu Deus. Você fez o telefone entrar em curto? Ele está morrendo e você...! Se fosse qualquer outra pessoa, isso não teria... não poderia ter... mas não, eu trouxe *você*!

Eu sabia que Liz estava extremamente irritada e abalada. Mas não posso esquecer a expressão no rosto dela quando disse aquilo.

– *Você* podia ter ido buscar o telefone, já que sou tão previsivelmente terrível!

Em seguida, ela estava em pé, brandindo o aparelho diante de si, bem perto do meu rosto. Eu gemi e balancei a cabeça. Embora a tela estivesse escura, ainda sentia pequenas agulhas perfurando minha pele.

– O que vamos fazer? – O rosto dela se desfazia, como uma estrela que implodisse. – O que vamos...

Ela levou o telefone bem perto do meu rosto.

Pus a mão na frente dos olhos, mas não devia ter feito isso. Não devia, porque, ao vê-la daquele jeito, com o quase cadáver de Joe e o volume da minha respiração nos ouvidos e tudo mais, é claro que senti ferroadas nas pontas dos dedos, e subitamente eu havia repelido o telefone outra vez.

O telefone a acertou na boca com força suficiente para fazer a cabeça de Liz se inclinar para trás levemente, o bastante para bater contra seus dentes antes de cair no solo da floresta. Ela choramingou e cobriu a boca, olhando-me como se eu fosse...

– Liz... – estendi as mãos, e ela recuou, os olhos arregalados.

– Saia daqui. Fique longe de mim!

– Liz... me desculpe – murmurei. – Os outros campistas. Vou procurar os outros campistas. Talvez...

– Se fosse qualquer outra pessoa, não teria acontecido – ela falou muito baixo, mas não deixei passar uma palavra, mesmo enquanto me afastava daquele olhar que ela tinha no rosto. – Podia ser qualquer pessoa do mundo. Em vez disso, tinha que ser você.

Eu cambaleava sozinho no escuro, indo para a outra área de acampamento do outro lado do lago, tropeçando sobre troncos e meus próprios pés, e quase caindo na água outra vez, arranhando os braços em galhos e espinhos praticamente invisíveis no escuro. Longe da clareira, longe do lampião, longe de Joe, longe de Liz.

Segui trilhas nevoentas e acinzentadas de fumaça elétrica até o lado oposto do lago, trilhas que se tingiam de cor conforme eu avançava aos trancos e barrancos por ela. Não parava de cair, não parava de comer terra, e não conseguia descobrir o motivo, porque não percebi que havia feito um corte feio no pé senão horas mais tarde, talvez depois da meia-noite ou perto do amanhecer, algo que parecia ter acontecido há séculos depois que deixei a clareira onde Liz e Joe Ferro-Velho... morto, ele *deve* estar morto...

Você não sabe se ele está morto. Ela não o deixou verificar o pulso. Não queria nem mesmo que tocasse nele, seu monstro.

Monstro, monstro, monstro.

Tudo o que consegui ver durante o tempo inteiro em que estava andando no escuro eram as mesmas imagens idiotas girando na minha cabeça: o rosto de Liz quando me mandou sair dali, a imobilidade de Joe, o beijo, o rosto dela, o beijo terrível, o escuro. O rosto dela.

A luz do fogo encheu meus olhos, mas não percebi que havia chegado a outro acampamento até trombar com um homem que usava um colete laranja-fluorescente.

– Ajuda, por favor?

– Meu Deus, garoto! De onde você veio? Não está com frio?

– Ele vomitou em si mesmo...

Fogo e luzes e barulho e, sim, linhas e nuvens de cores elétricas que se estendiam para me saudar. A névoa das caminhonetes, o zumbido das lâmpadas, todos estendendo os dedos para me segurar. Ficaria feliz em me entregar a eles, em deixar que me desligassem.

– Não preciso de ajuda. É Joe que precisa. Só se ele estiver morto, aí não vai precisar de ajuda, e talvez esteja morto, mas ele está daquele lado, e vocês têm que ir... ir... ajudá-lo, porque sou um monstro e não consigo fazer isso, entendam. Não consigo ajudá-lo e não consigo segurar um telefone. *Não consigo.*

– Aqui, garoto – disse um dos homens.

Ele ergueu algo que tinha um zunido azul e crepitava com uma luz dourada esfuziante, colocando aquilo ao redor dos meus ombros.

E, com o peso do cobertor térmico elétrico sobre meus ombros, eu apaguei. Totalmente, totalmente.

Ela tinha razão, cara.

Se fosse qualquer outra pessoa, as coisas não teriam acontecido dessa maneira.

~ O

Capítulo 20

O GATO

Moritz, desculpe-me. Desculpe-me mesmo. Se isso for necessário, desculpe-me, desculpe-me. Fui um idiota, sempre sou um idiota.

Por que você parou de me escrever?

Por favor. Você tem que falar comigo. Por favor. Sei que você não é etéreo. Sei que você sente, que vê e pensa. Sei que se importa. Nunca pensei que fosse um vazio.

Onde você está? O que aconteceu nessas semanas, desde a última vez em que conversamos? O que devo fazer? O que você faria se fosse eu? Como posso esperar que Liz algum dia volte para passar o dia comigo?

Acho que não consigo mais responder a nenhuma pergunta sem sua ajuda. Não consigo me concentrar o suficiente para pensar em respostas, e, se isso for um raio laser, então ele está ficando cada vez mais largo, o suficiente para engolir o mundo inteiro ou algo do tipo, e isso nem faz sentido, e peço que me desculpe por isso também.

Moritz, não sei o que é pior: que talvez não tenha recebido minha última carta e eu precise escrever tudo outra vez, ou o fato de que talvez a tenha recebido e não queira mais conversar comigo. Aconteceu alguma coisa com você?

Pare de escrever, diz a minha mãe. Talvez escrever tenha sido uma má ideia. Pare de escrever. Isso não é terapia. Pare de fazer tantas perguntas, porque talvez seja apenas isso que estamos fazendo um com o outro. Somos nossos próprios experimentos? Desculpe, Moritz.

Mas eu não terminei; ainda não terminamos com a história. Por favor, deixe-me terminar. Por favor, escute o que tenho a dizer, e prometo que vou dizer tudo rapidamente e não haverá nenhuma agitação nem bagunça.

Bem, Joe, afinal de contas, não morreu. A situação ficou bem séria por algum tempo. Ele passou um mês em coma, e, a cada dia que passava dormindo, eu quase desejava que ele morresse, porque aquilo fazia meu sentimento de culpa fervilhar, e, sim, você pode dizer que a queda não aconteceu por minha culpa – ouvi isso da boca de todo mundo, e até mesmo Liz disse isso uma vez, quando veio até aqui contar que ele havia despertado e que os médicos tinham dito a Joe que ele ficaria paralisado da cintura para baixo provavelmente pelo resto da vida; que um médico disse que ele havia quebrado algumas seções da parte inferior da coluna (*vertebrae lumbales*) e rompera nervos com o impacto e que, mesmo que um helicóptero médico tivesse chegado lá mais cedo, isso não ajudaria muito, PROVAVELMENTE, e mesmo durante os primeiros dias, quando eu ainda estava doente, também quase entrando em coma com pontos no pé, e minha mãe me dizia "fique quieto" e "não aconteceu por culpa sua". Bigode-Ruivo ficava segurando minha mão e não sorria com seu sorriso patético, e falou também: "não aconteceu por culpa sua", e, mesmo naquele momento, eu ouvi: "provavelmente".

Todos nós já ouvimos médicos dizendo "provavelmente". *Provavelmente* significa que talvez ele poderia estar andando agora. Talvez. Provavelmente, talvez.

E então, na semana passada, enquanto eu esperava que você me mandasse uma carta, quando esperava por *qualquer coisa*, Dorian Gray morreu. Ele apenas se aconchegou na minha cama e não se levantou de novo quando tentei tocá-lo do meu travesseiro, como sempre.

Meu gato? Também não foi minha culpa, porque ele já estava bem velho e miava sempre que alguém lhe tocava as costas ou o acariciava debaixo do queixo; não ronronava, mas miava de dor quando você fazia carinhos nele por causa da artrite e nem conseguia mais pular para subir no sofá, e as coisas que são velhas às vezes morrem e você não pode fazer nada a respeito além de enterrá-las embaixo de um pinheiro no quintal.

Ou as coisas que são jovens também morrem, especialmente quando fazem experimentos secretos em laboratórios, os quais de fato não deveriam ser feitos, porque isso pode arruinar uma família e a vida de um garoto, acho eu. Estou começando a juntar as peças do quebra-cabeça e talvez ser um experimento de laboratório não seja exatamente o mesmo que estar doente, porque não vivemos nas páginas coloridas de uma revista em quadrinhos falando por meio de balões e com efeitos sonoros à nossa volta.

Moritz, por favor. Não sei mais com quem conversar. Não consigo pensar direito. A casa não para de gemer e as pontas dos meus dedos estão em carne viva de tanto dobrar flores de origami, porque não sei o que fazer nem o que tocar nem o que ler para melhorar a situação. Talvez a pele que cobre meus dedos acabe caindo com todo esse desgaste, e os ossos apareçam por entre a carne, e então como vou segurar a caneta direito para escrever para você, já que ossos não conseguem agarrar um objeto sem pele, mesmo os das falanges? Eu acabaria sangrando por cima da folha toda, por isso você precisa me responder logo.

Para fazer isso tudo parar.

Moritz?

Por favor.

Capítulo 21

O AQUÁRIO

Já faz muito tempo desde a última vez que tive notícias suas, e fico feliz em informá-lo de que ainda não desisti de você! Continuo escrevendo essas cartas inúteis toda semana, mesmo que minha autobiografia já tenha sido praticamente concluída. Não tem acontecido muita coisa por aqui, então só vou escrever sobre os livros que estou lendo, sobre construir rampas para saltar com a bicicleta e sobre preparar *cheesecakes* (*cheesecakes* alemães com dois tipos de chocolate, *cheesecakes* de morango e *cheesecakes* de mirtilo, mas não de amora), que é algo pelo qual venho me interessando ultimamente. Mas não há tantas pessoas por aqui para comer os bolos, e eles acabam embolorando na caixa térmica, mas tentamos comê-los mesmo assim.

Minha mãe parece mais jovem nessa época de verão. Ela não está saltitando por aí, cheirando as margaridas ou coisa do tipo, mas começou a sentar-se na varanda e a me ensinar a fazer tricô. Imagino que nós dois estejamos melhorando. Consegui aceitar a ideia de perder coisas, e ela deve ter feito isso há muitos anos. Nunca mais vi o jaleco de laboratório. Nem tenho mais vontade de perguntar a ela sobre meu pai.

De qualquer maneira, eu me esforço para não me preocupar com você. Faço um esforço muito grande, do mesmo jeito que faço para me concentrar. Realmente espero que não esteja morto nem nada do tipo, ou que Lenz tenha lhe dado uma surra daquelas outra vez. Mas, se estiver deitado em uma cama de hospital em algum lugar, acho que vou continuar escrevendo assim mesmo, porque isso me ajuda e me dá uma razão para escrever. Posso fingir. Se não houver problema. Sei que Liz não gostava de fingimentos, a não ser na ocasião em que ela fingiu que eu poderia ter uma sala de estar como qualquer outro garoto que talvez não deixasse o tio dela ficar paraplégico no meio daquela floresta gelada.

Concentre-se, Ollie. Concentre-se.

Quem poderia pensar que eu sentiria saudades de alguém que nunca cheguei a encontrar? *Eu*. Realmente pensei nisso. Sinto saudades de muitas coisas que nunca vi, e agora, mais do que tudo, de você.

Algo milagroso aconteceu há alguns dias, e preciso lhe falar a respeito.

Liz veio pedalando na bicicleta pela minha viela numa quarta-feira à tarde.

Eu não estava esperando por ela. Minha mãe e eu nos encontrávamos no fundo do quintal, podando os brotos mortos de lírios multicoloridos nos canteiros que contornam a casa, então ela precisou passar pelo capim alto para nos encontrar.

Ela não gritou "Estou aqui!" como costumava fazer, mas minha mãe ainda assim a ouviu chegando.

– Ollie, não se assuste. – Minha mãe apertou meu braço.

Eu me virei, estreitando os olhos contra a luz do sol, e ali estava ela. Como se nunca tivesse ido embora, e, por um momento, desejei apenas sorrir para ela como se, é claro, tudo estivesse bem. Porém, eu podia ver o longo tempo que havia entre nós, meses que passei sozinho esperando sozinho na viela. Senti um nó apertar minha garganta e minhas orelhas ardiam, mas não consegui dizer coisa alguma, porque... e se aquilo saísse como um grito? Deixei cair o broto amarelo que tinha na mão.

Ela cobriu a boca com a mão. Seus cabelos estavam maiores, e pareciam mais escuros contra o céu azul brilhante. Ela não havia se preocupado em trançá-los. Não havia nem uma mancha de lama nela. Quase não a reconheci.

– Oi. – Mais um sussurro do que um grito. – Como estão as coisas?

– Oh, Ollie – disse ela, ajoelhando-se e colocando os braços ao redor de mim.

Não vou mentir, Moritz. Foi muito bom sentir os braços dela outra vez, e ela tinha um cheiro fenomenal, como açúcar ou algo do tipo, mas, na minha cabeça, ela continuava em pé na clareira da floresta, olhando-me com aquela expressão no rosto, então a afastei gentilmente e me levantei. Era esquisito. Eu estava bem mais alto do que ela agora.

– Eu podia tocar xilofone nas suas costelas!

– Glockenspiel, por favor.

– Vocês dois resolveram fazer greve de fome? Eu devia enfiar uns hambúrgueres goela abaixo de vocês. Quero dizer... o que aconteceu?

Minha mãe sorriu para ela.

– Estamos só passando por uma fase de crescimento, Elizabeth.

– O quê? Até mesmo você, Sra. Paulot?

– *Tsc*. Sou daquelas pessoas que demoram para se desenvolver. E vocês nunca param de crescer na verdade. – Depois de sete segundos, ela se levantou. – Vou buscar um pouco de limonada para nós, está bem? Como uma boa mãe faria.

Ela nos deixou ali, no gramado ensolarado.

– Ollie, você está horrível – falou Liz.

– Que coisa linda você veio me dizer em um lindo dia de sol. E, por falar em beleza, você está linda.

– Estou falando sério. Você e sua mãe. Se eu soubesse...

– Se soubesse, poderia ter vindo aqui toda semana para dizer que estamos horríveis. – Eu ri e comecei a andar na direção da varanda.

Monstro, monstro, monstro.

– Oliver – disse ela –, por que você não olha para mim?

— O sol está batendo nos meus olhos.

Porém, mesmo quando chegamos à sombra, eu não olhei para ela.

— E então, o que a traz à nossa humilde morada, Liz? Linda desse jeito, como eu já disse?

Ela não sorriu.

— Linda, hein?

— Ahã. Acho que o ensino médio ainda está lhe fazendo bem, então.

— Bem. O ensino médio, na verdade, não é tão diferente do que os anos anteriores.

— Nunca poderia saber disso, é claro.

— Ollie...

— Liz, o que você quer?

E ali estava eu tentando me mostrar alegre, Moritz! Estava tentando, mas era difícil. Porque você me disse para ser honesto comigo mesmo, e, honestamente, eu não me sentia muito alegre por dentro. Sentia-me como algo pequeno que se escondia no escuro, até que Liz levantou o tronco da árvore para me observar enquanto eu me contorcia.

— Quero ir ao ferro-velho, mas não sozinha. Há algumas coisas no trailer que quero pegar. Algumas coisas que o tio Joe quer no quarto do hospital. Sou a única pessoa que sabe onde ele guarda as coisas. Fui a única pessoa que o visitou.

— Oh.

— Mas, como você sabe, eu não fui realmente visitar o *meu tio*. — Será que a voz dela tinha vacilado?

— Não foi?

Ela levou a mão ao rosto e olhou para o gramado.

— Não fui. E isso faz com que eu me sinta ainda pior. Acho que foi para cá que eu fugi.

Dei de ombros.

— Isso é meio adulto demais para mim. Acho que quero entrar e brincar com meus Legos. Como um pequeno eremita.

– Por favor, Ollie. – É engraçado como ela não se abalava nem um pouco com meu sarcasmo. E acho que nem deveria se abalar, já que aprendi metade do que sei sobre sarcasmo com ela. Provavelmente isso a deixava até entediada.

– Vou lá pegar meus sapatos.

Liz negou com a cabeça.

– Não, não hoje. Na semana que vem, talvez.

– Por que esperar? Parece algo tão divertido.

– Tenho outros planos.

– Planos?

Ela piscou os olhos, surpresa.

– Você quer que eu diga? Vou me encontrar com amigos. Para fazer coisas de amigos. Coisas da escola, ouvir música eletrônica, luzes elétricas e todo tipo de coisas que envolvem eletricidade. Está feliz?

– Oh. Sinistro. – Tudo aquilo era errado, mas eu não conseguia me conter. – Você pode contar a todos eles que estou horrível.

Ela se levantou.

– Por que está agindo desse jeito?

– Sou o Capitão Sensibilidade.

– Tudo bem. Seja lá o que for. Volto na semana que vem.

Talvez ela tivesse o hábito de fugir para ficar comigo, mas agora não para cá, e sim para longe daqui. Um punhado de palavras, um mundo inteiro de diferença, Moritz. Às vezes, não gosto tanto da linguagem.

Quando voltei para dentro de casa sozinho, minha mãe estava logo ao lado da porta de tela, no corredor. Não havia limonada à vista, e ela tinha a mesma aparência do dia em que Liz batera à porta, toda coberta de lama.

Bem, quase daquele jeito.

Afinal de contas, dava para tocar glockenspiel nas costelas dela.

Podia ser o momento perfeito para interrogá-la sobre meu pai. Até mesmo uma brisa a derrubaria. É bem provável que suas muralhas desmoronassem se eu mencionasse o laboratório.

Mas, vendo que ela estava daquele jeito, essa ideia nem passou pela minha cabeça.

Na quarta-feira seguinte, encontrei Liz perto do cabo de alta-tensão e percorremos as mesmas trilhas de antigamente para chegar até a casa de Joe. Liz, entretanto, não parou para pegar uma única pedra conglomerada, e o ferro-velho se parecia mais com um cemitério do que já tinha parecido antes. O trailer no centro do terreno estava tão abandonado quanto o resto.

– Cara, isso está um horror. – Meu murmúrio retiniu contra esqueletos de alumínio.

– Você nem sempre precisa *dizer* o que está pensando.

O lábio dela tremeu, e eu pensei, por um instante, que não sabia mais quem ela era, que podia ser o tipo de garota que desmaiaria sobre as folhas e que eu poderia segurá-la ou ajudá-la a se levantar e...

Liz andou na direção do trailer.

– Espere aqui.

– Obviamente.

Logo ela estava na varanda, depois dentro do trailer. É difícil não pensar sobre a primeira vez em que fiquei esperando naquele lugar, e no quanto tudo estava diferente. O *déjà vu* é uma experiência bastante comum quando você nunca sai de uma área de dois quilômetros quadrados e meio.

Por que ela queria minha presença ali? Podia ser qualquer pessoa, não é?

Novamente, eu não esperava que ela saísse tão rápido.

– Nunca lhe devolvi isto.

Ela trazia o velho aquário que eu havia colocado na cabeça para tentar passar pelo cabo elétrico.

Forcei um sorriso.

– Oh, uau! Muito gentil da sua parte. Você sabe que eu me sinto perdido sem isso. Uau!

– Ollie.

– Afinal, eu realmente esperava que você me trouxesse até aqui para me lembrar do tio que eu quase matei, e depois me presenteasse de novo com o símbolo da nossa amizade! – Soltei uma risada. – Sabe de uma coisa? Você devia quebrar esse aquário. Isso sim seria *realmente* simbólico.

– Não acho que você quase tenha matado meu tio – sussurrou ela.

– Oh, bem, isso é um alívio! Sou um monstro, mas não um assassino! Que legal! Bem, deixe que eu cuide dos detalhes. Como sabe, estou mais acostumado a quebrar colunas e telefones, mas posso fazer isso! Posso quebrar esta coisa!

Os olhos dela se encheram de lágrimas.

– Ollie!

Arranquei o aquário das mãos dela e joguei-o contra a varanda.

Você pode estar se perguntando por que eu me esforçava tanto para fazer a garota pela qual sofro por amor querer gritar até os olhos saírem de suas órbitas. Talvez eu desejasse apenas saber se ainda conseguia fazê-la sentir alguma coisa.

Claro que o aquário não se espatifou. O vidro era grosso, e o objeto quicou e rolou por cima das tábuas de madeira. Tentei alcançá-lo, mas recolhi a mão rapidamente.

Aqueles filamentos de eletricidade continuavam surgindo com suavidade de baixo da varanda, e me alfinetavam. Gemi e afastei-me daquele calor que zumbia, mas, quando Liz tentou me puxar para longe, desvencilhei-me dela.

– Já chega, Ollie! Não posso me preocupar com você junto com todas as outras coisas.

– Você não precisa se preocupar comigo.

– Olhe para você! Parece que tem câncer, ou que se esqueceu de como se segura um garfo, ou…

– Ou talvez eu tenha passado vários meses sozinho numa cabana no escuro, não é? Talvez eu esteja com escorbuto.

– Deixe para lá. – Ela me deu as costas e se afastou pisando duro, talvez do mesmo jeito que Fieke faz, apertando os braços contra as laterais do corpo e com os punhos fechados. Nem de longe parecia que voltaria a chorar. – Estamos só falando sobre você outra vez.

– E quem mais eu conheço? – Ergui as mãos e a segui. – Não tenho todos os seus amigos maravilhosos da escola que vivem distraindo você.

Liz deu meia-volta para me confrontar e vi que uma parte daquela expressão medonha da clareira estava no rosto dela outra vez, o que quase me fez engolir a língua (quase, mas não de verdade, pois já falamos sobre esse assunto).

– Ele era o *meu* tio. Parte da minha família. – Os ombros dela baixaram. – E agora ele é apenas um estranho numa cadeira de rodas, e sempre será. Não importa como eu tente pensar no que houve, não importa que eu saiba que não foi sua culpa, você estava lá.

– Por favor, pare com isso.

– Não importa como. *Você estava lá*, e, quando olho para você, vejo meu tio deitado naquele lugar, e não consigo me lembrar de você de qualquer outro jeito que não seja saindo do meio daqueles arbustos e me entregando um celular que não funcionava, que não funcionaria, que não pode funcionar. Nunca pode funcionar com você.

Estávamos no meio do jardim agora, bem onde ela havia montado minha sala de estar.

– Então está triste e irritada porque... o seu celular não gosta de mim?

– Tente levar as coisas a sério, pelo menos uma vez na vida.

Recuei alguns passos e me apoiei contra o veículo decrépito mais próximo. O metal carcomido pela ferrugem pareceu ceder sob meu peso.

– Ok – falei, depois de respirar fundo. – Ok. Faz sentido.

– Ollie...

– Não, está tudo bem. – Eu sorri; sabia que aquilo era errado, mas estava disposto a ir até o fim. – Então por que não pediu a um dos seus novos amigos que viesse até aqui com você hoje? Por que pediu a mim, um assassino...

– Eu lhe disse...

– Um assassino de *celulares*!

– Ollie, você ainda é meu melhor amigo. Eu apenas precisava parar de vir até aqui. Porque não sou como você.

– Liz... – Ela não estava me chamando de "monstro", mas era isso que eu ouvia.

– *Preste atenção*. – Ela fechou os olhos. – Eu passei muito tempo desejando que isso fosse o mundo. Eu ia para a escola e ficava só esperando a quarta-feira chegar, porque, nas quartas-feiras, eu não era só um monte de *lixo*, uma pessoa cinzenta sobre a qual ninguém pensava.

– Você é de todas as cores, Liz – falei sem pensar, porque minha garganta queimava.

– Eu sei que você pensa isso, Ollie. – A expressão no rosto dela ficou mais suave. – Mas você não percebe o quanto é complicado? Que as únicas vezes em que eu me sentia importante era quando estava perto de alguém que não entende como o mundo funciona?

– Ai. – Tentei rir. Ela estava falando igual a você, Moritz.

– Não fique magoado. Não sou uma eremita. Não consigo... não consigo viver aqui, no meio do mato. Você é meu melhor amigo, mas não pode ser meu único amigo.

– Eu sou seu melhor amigo e você é minha melhor amiga, mas não conseguimos nem olhar um para o outro – declarei, e ri. – Talvez devêssemos começar a usar óculos grandes e com lentes pretas também.

– O quê?

Mas pensar em você, Moritz, só fez com que eu me engasgasse outra vez. Então, tentei rir novamente.

– Bem, da próxima vez, traga seus outros amigos também!

Ela franziu os lábios.

– Sim, vamos fazer isso! Vamos convidar todo mundo para meu próximo aniversário. Assim você vai ter bastante tempo para avisar a eles que não devem subir em árvores para entrar em cabanas de caça quando eu estiver por perto.

Ela fez um aceno negativo com a cabeça.

– Não sinto que sou a mesma pessoa quando estou aqui.

– Você acha que é uma pessoa *pior*?

Outro aceno negativo com a cabeça.

– Não foi isso que eu disse.

– Então traga eles até aqui. Além disso, aposto que estão curiosos sobre o leproso das redondezas. Eu *não posso* sair da floresta. Deixe que eu conheça todas essas pessoas que você acha mais interessantes que você, e deixe-me julgar por mim mesmo. Você não precisa dizer a eles que me beijou.

Meu Deus, o jeito que ela me olhou!

– Não sinto vergonha de você. Só não quero que eles... ajam de uma maneira idiota em relação a isso. Não você. Eles. As pessoas podem ser muito idiotas às vezes.

Endireitei-me.

– Acho que você não devia se preocupar. Minha melhor amiga me disse que sou uma pessoa bem legal. Ou costumava ser. Não sei direito o que aconteceu. Bem, talvez eu saiba, sim. Mas acho que, em algum momento, eu não era tão chato a ponto de alguém se afogar na minha chatice ou algo do tipo.

– Não sei do que está falando, Ollie. Suas palavras não estão fazendo sentido nenhum!

Abri os braços.

– Diga a eles que vou fazer todo mundo se divertir! Convide toda a porcaria da escola! O circo está aberto!

Os olhos de Liz se estreitaram. Eu percebi que não sabia exatamente em que ela pensava, se estava furiosa, triste, irritada ou o que quer que fosse. Ela ficou diante de mim e colocou o dedo bem diante do meu rosto.

– Escute aqui. Vou fazer exatamente isso. Vou pedir a todo mundo que venha para seu aniversário. Mas só se você me prometer uma coisa.

– O quê, bela dama?

– Comece a cuidar de si, seu pateta. – Ela enxugou os olhos. – Coma alguma coisa. Cuide da sua mãe. Comece a se importar com alguma coisa de novo. Porque é isso que precisamos fazer.

– Importar? De qual país?

– Estou falando *sério*, seu palhaço. – Ela me cutucou com força no peito. – Você é importante para mim.

– Mesmo que você não consiga me olhar na cara.

– Sim, mesmo assim.

– Ok – falei. – Tudo bem, então.

– Venha. Ajude-me a organizar essas coisas.

Liz passou umas duas horas entrando e saindo do trailer, trazendo várias bugigangas, limpando a geladeira e verificando o que havia nos armários. Embora o trailer não fosse grande, parecia que Joe tinha enchido o lugar com a própria vida. Ela pegou também fotografias e livros, e os enfiou na sua mochila, junto com a câmera fotográfica do tio.

– Quer algum desses? – Ela apontou para a coleção de pássaros e coelhos taxidermizados que havia depositado na varanda. Os olhos de vidro refletiam o sol da tarde, e os animais pareciam quase vivos outra vez.

– Meu aquário simbólico é o bastante, obrigado.

A tarde esfriava quando voltamos até a viela da minha casa. Liz parou ao lado da linha de transmissão. Sua bicicleta estava encostada no poste.

– Por que seus pais não vieram aqui com você?

Ela deu de ombros.

– Minha mãe ainda não estava se sentindo à vontade. Ela e o tio Joe cresceram juntos e eram bem próximos. E, depois do que aconteceu, acho que ela se sente culpada por ter se afastado dele ou algo do tipo. Basicamente, ela alugou um quarto no hospital.

– Oh.

– Não se esqueça da sua promessa. – Ela apontou aquele velho dedo acusador para mim, mas baixou-o devagar. – Você vai ficar bem, Ollie?

E a primeira coisa em que pensei era que não. Não agora que Moritz não me escreve mais. Mas, em seguida, lembrei-me de que não sei mais como devo me sentir em relação a qualquer outra coisa, ou à minha mãe, ou a você ou a qualquer outra pessoa, então abri a boca e fiquei de queixo caído por um segundo antes de responder:

– Vou ficar ótimo. Você volta na semana que vem?

Seria melhor não ter perguntado. Que coisa idiota.

– Humm, acho que vou estar ocupada.

– Claro, claro. Não faz mal. Bem, conte aos seus amigos sobre a festa. Diga que será um verdadeiro estouro.

– Ahã – concordou Liz. – Até mais, Oliver.

E ela foi embora pedalando, passando pela cortina de luzes cor de tangerina, sem poder ver como aqueles fachos de luz lhe iluminavam a pele, a tal ponto que, quando já estava além da linha, parecia-se como uma luz cor de âmbar que se apagava.

Por favor, escreva para mim.

~ Ollie

Capítulo 22

A CABANA DE CAÇA

Moritz,

Sobre a festa de aniversário que fiz Liz prometer que organizaria, vou me empenhar bastante. Será uma festa da qual aqueles garotos nunca vão se esquecer! Vai acontecer daqui a um mês, e isso me dá um mês para torná-la incrível.

Contei à minha mãe, e, a princípio, ela ficou um pouco apreensiva. Mas, em seguida, embarcou totalmente na ideia, e agora está quase tão empolgada quanto eu, planejando os brindes e lembrancinhas e traçando planos sobre como vamos reorganizar os móveis do chalé (não quero estragar a surpresa para você, mas vai ser digna de chutar vários *Arschen*).

Além disso, tem outra coisa. Liz voltou a me visitar. Não sempre, mas de vez em quando ela aparece. Duas vezes desde o dia em que não consegui quebrar o aquário simbólico.

Tentei agir com menos ANGÚSTIA (já estou de saco cheio dessa palavra, e agora ela será oficialmente aposentada). Foi mais ou menos como uma luta, porque pedi a ela que me passasse a luminária de leitura outra vez. Como nos velhos tempos.

— Tem certeza de que ela não vai voar no meu rosto?

É setembro. Liz voltou para a escola. Este ano, ela começou a usar delineador nos olhos, como se fosse alguma princesa egípcia demente. E as roupas que usa não lhe servem como antigamente, ou pelo menos eu nunca percebi isso antes. São mais justas, para dizer o mínimo, e ela não é mais um inseto magricela que gosta de subir em árvores como costumava ser e como eu ainda sou.

Sorri.

– Não quero estragar sua maquiagem.

Ela revirou os olhos, e eu tirei a luminária velha e gasta do bolso do meu moletom. Entreguei-a para Liz. Ela começou a entoar o nosso mantra.

– Você nunca vai ouvir New Wave, ou a broca de um dentista... ou a sirene da escola tocar entre as aulas... ou... – Ela olhou fixamente para a velha luminária de leitura e suspirou.

Que direito ela tinha de se sentir entediada?

Estendi as mãos.

– Aqui.

Ela passou a luminária para mim, mas, por um breve momento, notei pena em seus olhos. Aquilo foi algo que eu nunca tinha visto. E fez com que eu deixasse cair o que havia apanhado.

– Oh, Ollie. – Ela franziu a testa. – Se dói, vamos parar. Isso é um pouco... cruel.

Eu a peguei do chão rapidamente, mas Liz não olhava para mim. Olhava o que havia no meu quarto, os livros, os modelos, o telescópio, o esqueleto, os quebra-cabeças e todo o resto. E então os olhos dela pousaram na enorme pilha de cartas sobre a mesa. Sabia que você já me escreveu quase metade de um livro agora?

– O que são estes papéis?

Senti vontade de saltar e tirá-las dali por alguma razão, mas não o fiz.

– Cartas de um amigo por correspondência. Ele mora em Kreiszig. É uma cidade na Alemanha.

– É mesmo? Bem, ele parece bem dedicado.

– Sim. Era mesmo. Era meio que o meu herói. – Eu realmente disse isso, Moritz. Porque é verdade.

– "Meio", hein? Ouvi dizer que escrever cartas pode ser terapêutico.

A luminária na minha mão aumentava sua pressão, mas não a soltei. Não depois do olhar que ela me deu, Mô.

– Este quarto me passa a sensação de lar.

Cocei o queixo de maneira bem teatral.

– Profundo. Sim, muito profundo.

Ela não riu.

– Estou falando sério, Ollie. Antigamente, era neste lugar que eu queria estar. Era aqui que eu me sentia feliz.

– Você ama seus pais. Nunca para de falar sobre eles.

– Pois é – disse ela. – Mas eles param de falar sobre mim com bastante frequência.

Ela pegou a luminária da minha mão. Seus dedos roçaram ligeiramente os meus, e eu me lembrei, de repente, de estar na margem do Lago Marl com ela. Liz deve ter lembrado também, mas, para nós, aquela lembrança foi seguida imediatamente pela do homem que tombou na floresta. Ela afastou a mão.

Pigarreei para limpar a garganta.

– Falta um mês até o grande dia. Você falou com seus amigos? Disse a eles que deviam se preparar para a festa do eremita?

Ela assentiu com a cabeça.

– Sim, vou cuidar disso. Vou sim.

– Promete? – Tentei dar a impressão de que não estava muito preocupado.

– Bem, você não parece tão canceroso quanto antes, pelo menos.

– Aqueles garotos vão ficar decepcionados.

– Não, você continua feio. – Os lábios dela estremeceram.

– Mas você está olhando para mim agora.

Eu não sabia se Liz queria dizer alguma coisa ou não; talvez tenha mudado de ideia por causa do jeito que a olhei. Ela foi embora com a luminária ainda nas mãos, como se estivesse confiscando o objeto.

Na próxima vez que veio, ela não a trouxe consigo.

Sonhei com você, Moritz. Foi bem esquisito. Nós dois estávamos agachados na cabana de caça de Joe. Embora nunca tenhamos nos encontrado, eu sabia que era você, porque havia buracos negros enormes no lugar onde os olhos deveriam estar (sei que você não é desse jeito, mas os sonhos são assim mesmo). Estávamos olhando pela janela e você apontava para os cervos, lebres e coisas do tipo, mas tudo o que eu via era estática branca, linhas brancas, e dizia:

– Não consigo ver nada. Não consigo ver nada.

E você apenas sorria para mim e dizia "*Tsc*".

Não sei se esse foi um sonho bom ou ruim.

Posso lhe falar qual é a pior coisa que existe sobre seu silêncio? Quero dizer, uma das piores coisas?

Isso acaba com sua evolução como personagem. Não, preste atenção, estou falando sério. Em um livro decente, você poderia, digamos, crescer e conquistar a garota (ops, desculpe. Garoto, não é?) e salvar o mundo antes de desaparecer para sempre. O seu desaparecimento não faz sentido narrativo algum! E isso está me deixando louco.

Vivo pensando em histórias em que coisas similares acontecem, nas quais amigos ou entes queridos desaparecem. E você sabe o que geralmente acontece? As pessoas que ficam para trás saem à procura deles, passando pelo inferno ou pelos portões da verdade ou por guarda-roupas mágicos ou por oceanos cobertos de gasolina flamejante ou por buracos negros, por meio de mágica ou ciência ou força de vontade e músculos mentais. Eles partem em jornadas e *encontram* quem está perdido.

Eu faria isso se pudesse, Moritz.

Mas não posso. Não posso sair à sua procura, assim como não posso caminhar na lua. Mesmo que eu o encontrasse segurando-se na borda de um penhasco, não conseguiria puxá-lo para cima sem deixá-lo cair quando seu marca-passo desencadeasse uma das minhas convulsões.

Mais do que nunca, não me resta energia alguma.

Portanto, isso deve significar que você não se foi para sempre. Porque você vem escrevendo para mim como um personagem de fantasia saído dos melhores livros, como um garoto que puxa uma espada encravada na rocha. Você escreve como alguém que sempre se sentiu oprimido, mas que está prestes a se transformar em um ser grandioso. Como os melhores dos X-Men. Então, você não pode simplesmente abandonar a própria história.

Você vai voltar. Precisa voltar. E terá que recuperar todo esse tempo que perdeu com a leitura das minhas cartas.

Capítulo 23

A BENGALA

Prezado Sr. Paulot,

Fico contente por você ainda escrever para meu filho. Vim a saber que ele não manda mais respostas. Ele consegue ler sem minha ajuda atualmente. Sinto que seria invasão de privacidade ler as cartas que você escreveu a ele. Nos anos em que esteve sob minha guarda, sempre tentei respeitar a privacidade de Moritz. Ele nem sempre teve muita privacidade que pudesse ser respeitada.

Por causa disso, foi somente na semana passada que percebi que todas as cartas que lhe escreveu continuam empilhadas na escrivaninha dele numa pilha bem organizada, fechadas e seladas, mas nunca enviadas. Fiquei consternado ao saber que ele não as enviou, porque eu esperava que você se mantivesse como a última fonte de refúgio para ele. Observar seu declínio recente era suportável quando eu pensava que você estava contrabalançando o problema. Agora que sei que esse não é o caso, sinto que tenho o dever de entrar em contato com você e lhe falar sobre o comportamento de Moritz.

Alguma coisa aconteceu com meu filho, e isso é algo sobre o qual ele se recusa a conversar comigo. Nunca trocamos muitas palavras, mas esse silêncio é diferente. Antigamente eu ansiava pelo fim do meu expediente na fábrica para passar algumas horas com ele durante a noite. Agora, quando volto para casa depois do trabalho, nosso apartamento está banhado em uma melancolia difícil de suportar. É difícil cruzar o vão da porta; as luzes parecem se apagar rapidamente, a mobília parece ainda mais velha do que de fato é. Se me aproximo do quarto de Moritz no fim do corredor, a tristeza que paira no ar é tão pesada que meus olhos lacrimejam.

Moritz raramente sai do quarto. Ele parou de ir à escola. Não toma banho e não dorme. Consigo ouvi-lo estalando a língua mesmo durante a madrugada.

A família dele tem um histórico de problemas mentais, mas Moritz não aceita a presença de nenhum profissional de saúde perto dele, com exceção do médico que lhe monitora o coração. Considerei a possibilidade de forçá-lo a receber outro, mas, depois de tudo por que ele passou, pareceu-me que isso seria cruel demais. Não posso cometer esse ato de traição.

Isso começou há meses. Moritz saiu com amigos no fim da tarde, e, quando voltei para casa após o turno da noite, a tristeza havia chegado para morar conosco.

Os amigos dele – a garota de botas e o garoto mudo – não vieram aqui para ver como ele estava, embora Maxine Pruwitt, a bibliotecária, tenha vindo. Insistiu taxativamente para vê-lo e socou a porta do quarto por vinte minutos sem parar. Ele não abriu. Depois de tanto tempo, até mesmo ela pareceu sucumbir à tristeza que emanava do quarto de Moritz.

Provavelmente ele a ouviu. Podíamos escutar os estalos da sua língua. Ele não para de fazer isso, agora.

A mulher colocou os documentos para a transferência escolar debaixo da porta dele e saiu duas vezes mais furiosa do que quando chegou.

No começo da manhã ou tarde da noite, ele abre a porta; às vezes, consigo senti-lo passando pelo corredor, e isso me acorda como se um pesadelo tivesse acabado.

Lembro-me de ler sobre a teoria das "ondas-golfinho" de Moritz e da transferência emocional.

Tento ficar com ele na cozinha quando sai para essas excursões. Moritz, entretanto, come em silêncio, e geralmente apenas aveia crua. Preparo um café que ele não bebe e sento-me à mesa à sua frente, tentando encontrar palavras para dizer, mas nós nunca nos comunicamos muito dessa maneira.

Ele não usa os óculos. Os cabelos estão tão oleosos que parece que andou sob a chuva. Sua respiração frequentemente fica entrecortada. Cuido de verificar o funcionamento do marca-passo toda vez que ele aparece, e Moritz não protesta. Portanto, pelo menos ele ainda não deseja a morte. Mas se recusa a conversar comigo.

Ele estala a língua.

Às vezes, escreve para você na mesa da cozinha, com papel e caneta mesmo, o que me deixaria orgulhoso em outras circunstâncias.

Pergunto a ele o que há de errado e ele apenas balança a cabeça negativamente. Não me encara. Claro, ele não precisa fazer isso, mas antigamente era algo que escolhia fazer.

Pergunto como ele está, e Moritz faz um sinal negativo com a cabeça.

Pergunto como você está, e ele sai da mesa.

No começo, pensei que ele estivesse irritado com você. Mas, depois, passei a observar os movimentos dele com mais cuidado; a maneira como as orelhas ficam avermelhadas, ou o modo que os lábios se curvam para baixo. Não foi a raiva que o silenciou.

Foi a vergonha. Ou o medo.

Não sei do que ele tem medo.

Será que teme que você o rejeite? Ele o subestima. Nunca voltará a ser um rapaz que confia em outras pessoas, depois de tudo por que passou. Mas o passado de Moritz não pertence a mim para que eu o descreva a você.

Perdoe-me invadir sua privacidade e me intrometer em sua correspondência. Mas, como sou o mais próximo de um pai que ele tem, não posso mais continuar em silêncio.

Esta noite, pedi a ele que tomasse um banho, e finalmente ele obedeceu. Enquanto estava no banheiro, abri a gaveta da sua escrivaninha e li as cartas que ele não lhe enviou. Peguei o envelope mais velho da pilha e, a caminho do trabalho, vou colocá-lo em outro envelope junto com esta nota e enviá-lo a você.

Respirarei fundo antes de entrar no apartamento esta noite. Ele vai perceber a ausência da carta. Não duvido que a tristeza ficará ainda maior.

Não quero que você fique esperando, imaginando se ele se perdeu em algum guarda-roupa. A sua narrativa continua.

Meu filho tem defeitos como qualquer ser humano, mas ele não consegue aceitar a si mesmo. Sei que você está disposto a aceitá-lo. Quando o conheci, há muito tempo, vi a mim mesmo. Antes de conhecê-lo, eu também era uma pessoa muito solitária.

Moritz e eu temos um acordo. Eu entendo o silêncio dele, e ele entende o meu.

Você, entretanto, é a primeira pessoa com a qual Moritz realmente se comunicou. Você é o primeiro passo que ele deu por conta própria rumo a uma sociedade, e fico muito orgulhoso do progresso dele. Sou-lhe grato por sua dedicação; ele também é, e talvez seja esta a razão pela qual ele tenha tanta dificuldade para entrar em contato com você agora.

Imploro-lhe que não desista dele. Espere até que possa se explicar. Nós não vimos tudo o que ele já viu. As palavras não vêm facilmente para todos nós.

Gerhardt Farber

Oliver, não sei o que devo fazer. Você está me contando sua história, e não consigo fazer mais do que passar rapidamente pelo conteúdo de suas cartas. Não consigo nem começar a processar suas palavras, exceto para dizer o seguinte:

O que aconteceu com Joe foi uma tragédia. *De jeito nenhum* aquilo aconteceu por sua causa.

Agora sou eu que não consigo me concentrar. Perdoe-me. Não sei o que fazer.

Estou considerando a hipótese de ir ao hospital. Não por minha causa. Mas estou sozinho na minha cozinha outra vez. Sinto-me assustado. Não sei se deveria me entregar às autoridades. Ou não dizer nada.

Não sei o que fazer.

Lenz Monk está hospitalizado por minha causa. Não consigo esconder isso. Deve estar escrito em meu rosto. Inclusive no lugar sem alma onde meus olhos deveriam estar.

Transformamos aquilo numa grande brincadeira. Normalmente durante as horas que passamos no Poeta Doente depois da escola. Pedíamos bebidas e planejávamos o triste fim de Lenz. Havíamos elaborado uma lista de estratégias disparatadas que se pareciam com as histórias de Edward Gorey sobre crianças mortas.

    A para arsênico na sopa de Lenz!
    B para bater em sua cabeça com uma marreta!
    C para cortar-lhe o coração do peito!
    D para deixá-lo se afogar!

E assim por diante. Dizíamos, em tom de piada, que recitaríamos os planos ao microfone. Estávamos só brincando.

    Eu não tinha a intenção de matá-lo. Queria somente assustá-lo para que ele não transformasse pessoas sem língua ou sem olhos em alvos outra vez.

    Fieke, entretanto, queria mais. Ela tragava os longos cigarros. Praguejava com murmúrios, dizendo que a hora dele havia chegado. Sua frequência cardíaca aumentava; parecia quase se divertir, motivada por um desejo ardente de violência.

    Devia ter me afastado, Ollie. Já vi cientistas com essa mesma expressão no rosto.

    Decidimos que a melhor maneira de confrontá-lo seria atraí-lo para ele instigar uma briga. Se alguém testemunhasse o ataque, pareceria que Lenz havia iniciado a altercação. Hoje, esperamos por ele depois da aula. Sob a ponte onde ele forçou Owen a comer um sanduíche peludo. Antes disso, nós nos reunimos no humilde apartamento de Owen. Ele e Fieke moram sozinhos. Fieke tem idade para ser a responsável legal pelo irmão. Antes disso, moraram em orfanatos. Não falam sobre o passado mais do que eu. Não faço perguntas.

Ostzig é um bairro despudoradamente ruim. O apartamento deles, escondido no porão de um prédio de tijolos, torna aquele em que moro com meu pai glamoroso em comparação. Eles não me convidaram para entrar. Pediram que eu esperasse na calçada.

Fieke nos conduziu pelo caminho por ruas antigas e calçadas com pedras que serpenteavam por baixo da Südbrücke, uma ponte para pedestres que cruzava o canal malcheiroso. Tentei segurar a mão de Owen uma vez quando nos aproximamos. Meu coração bateu mais forte quando ele se esquivou e enfiou as mãos sob os braços.

Ainda estava irritado comigo pelo que aconteceu ontem à noite (não pergunte sobre isso agora, Oliver).

Fieke e eu nos escondemos em uma alcova entre duas pilastras de concreto. Owen ficou sozinho no meio da calçada. Na minha opinião, exposto demais. O vento aumentou; o cheiro acre do canal gelado irritava minhas narinas. Havia outro cheiro também: pão de centeio do tipo *pumpernickel*.

– Ele está chegando – avisei.

E certamente, alguns momentos depois, o ruído característico do arrastar de pés, o ritmo irregular do caminhar de Monk, antecedeu sua aparição diante de nós. Ele caminhava com a cabeça baixa, olhando para as pedras do calçamento. Até quase trombar com Owen.

– O que você quer? – rosnou ele.

Owen piscou os olhos.

Havia algo estranho em toda aquela situação. A expressão no rosto de Fieke tinha aquele sorriso desagradável. Quase podia ouvi-lo. Chiando de uma maneira muito intensa. Forçado demais.

E Lenz...

Parecia furioso, sim. Mas também preocupado.

Não tive tempo de me preocupar com aquilo. Fieke me empurrou para o meio da confusão.

Lenz recuou instintivamente. Mostrou os dentes.

– Escute aqui – apontei a bengala para ele –, você já se divertiu. Nunca mais vai voltar a fazer isso.

— Deixe-me em paz — falou Lenz, com uma expressão azeda.

Ele tentou passar por nós dois, deixando-me boquiaberto. Fieke se colocou no caminho dele, os braços cruzados diante do peito.

— Caia fora, Fieke. — Ele a empurrou para passar por ela, da mesma forma que havia me empurrado no ginásio. Mas ela não se esquivou. Mostrou-lhe os dentes e recebeu a palma dele contra o esterno. Não fez esforço algum para evitar a queda.

Quando ela caiu, Owen se jogou sobre Lenz.

Eu achei que ele fosse pacífico como um carneirinho. Mas Owen saltou sobre as costas de Lenz e passou os braços ao redor de sua garganta. Com as garras de fora, como um leão.

— Moritz, seu idiota! Vá pegá-lo!

— Mas...

Lenz Monk agarrou Owen pela cabeça. Puxou-o por cima dos ombros para jogá-lo contra as pedras da ponte. Owen bateu com as costas no chão e soltou um gemido. Um ruído estridente que me cortou o coração.

Quando Owen gritou de dor e tossiu o ar dos pulmões, meu ritmo cardíaco acelerou e o marca-passo precisou trabalhar dobrado. Vi cada arranhão que havia marcado as pedras do calçamento, cada fio de cabelo entre elas, os insetos colonizando a terra sobre as pedras, os fungos crescendo sob a ponte e as minúsculas porções de catarro expelidas quando Owen resfolegou aquela lufada de ar, além das pequenas partículas de farinha no cabelo de Lenz e como seus olhos estavam marcados pela fúria e pela dor. Como vi tudo isso, movi-me antes de aquele segundo terminar. Antes de perceber, eu já havia entrado em ação.

Eu havia entrado em ação.

A VCM me ajudou a mirar a ponta da bengala diretamente contra o ponto de pressão mais macio na garganta de Lenz, estocando com toda a força que consegui reunir. Com toda a precisão de um cirurgião que instala um marca-passo. Com todo o talento de um artista com um pincel ou de uma costureira com uma agulha.

Foi preciso apenas um golpe forte e duas mãos empurrando seu diafragma para fazê-lo desmoronar.

Lenz nem chegou a erguer a mão contra mim. Lutava para respirar, com as mãos na garganta. Cambaleou para trás e tropeçou sobre o corpo caído de Owen. Quando tombou, bateu a cabeça contra o calçamento.

Crac! E, em meio aos ecos, a cabeça dele inchava, e, em meio aos estertores, vi que ele não se levantaria outra vez.

Que tipo de monstro sou eu, Ollie?

Dei três passos para trás. Não podia escapar disso.

— Você o pegou! — Os olhos de Fieke brilhavam com uma fúria desumana. Igual à minha própria, momentos antes. Ela se levantou. Bateu a poeira dos joelhos. Reacendeu o cigarro antes de ajudar Owen a se levantar. Embora ele tossisse, estava sorrindo. Aquele grito assustado, o berro que me fez entrar em ação... era tudo fingimento?

Será que transferi minha fúria para eles? Era isso que eu fazia com as pessoas normais? Ou aquela fúria pertencia inteiramente a eles? Eu não sabia. Não pude encontrar tempo para me importar com isso.

Ouvia a pulsação de Lenz, mas ele havia batido a cabeça com força. Lenz gorgolejava. Nos gorgolejos, eu ouvia novamente o quanto sou monstruoso. Ouvia toda a extensão do nada que sou.

Lenz estava estendido sobre as pedras da ponte e sangrando entre nós. Mas tanto Owen, que tossia, e Fieke, com o rosto enraivecido, olhavam para mim. Não eram eles que haviam arrebentado Lenz.

— Por que você está assim? Ele pediu por isso. Nunca mais vai nos incomodar de novo. Espere e veja.

— Chame uma ambulância.

— Está brincando? — perguntou ela. Owen negou com a cabeça. Ele ainda tossia. Não senti pena dele.

— O seu celular. Dê para mim. Ele bateu a cabeça.

— De jeito nenhum. — Talvez ela estivesse em choque. Talvez eu devesse sentir compaixão. Devia ter percebido que ela não podia ser tão cruel quanto parecia.

Dei um passo à frente, frio e estalando a língua. Fieke fez menção de recuar. Eu a agarrei. Consegui ver precisamente como ela se moveria. De repente, ela parecia uma estranha para mim – uma garotinha aterrorizada que achava que eu ia iria agredi-la, mas eu simplesmente peguei o telefone que ela trazia no bolso e virei de costas.

Ela recolocou a máscara fúria. Porém, eu já tinha visto aquela garotinha e ela sabia bem disso, mas mesmo assim vociferou com ainda mais fel do que antes:

– Covarde! Continue baixando a cabeça outra vez, entendeu? Vá embora!

Não respondi. Liguei para o serviço de emergência.

Espero que ele não esteja morto. Espero que tenha sido hospitalizado, e não enviado para os cuidados de um legista.

Eu deixei a cena do crime.

No que me transformei? O experimento monstruoso da minha mãe e eu não podemos fingir ser outra coisa. Não posso me esconder atrás de óculos ou máscaras.

Oliver... será que eu devia ir vê-lo?

Você iria. Tenho certeza de que iria.

Você correu bem na direção daquele cabo de alta-tensão.

Saí pela porta do apartamento e cheguei ao corredor coberto de mofo. Larguei as chaves sobre o concreto, levei as mãos ao peito e esgueirei-me para dentro outra vez. Esgueirei-me de costas, voltando pelo hall de entrada e indo até meu quarto, trancando-me ali dentro.

Não consigo fazer isso.

Se Lenz fosse o único, talvez eu pudesse ir até lá. Mas há outros. Outros por todo o mundo que sofreram por minha causa.

Não sei dizer se é minha doença cardíaca ou outra coisa que faz minhas costelas doerem agora.

Mas não sou tão corajoso quanto você, Ollie.

Como vou encará-lo novamente? Como vou encarar qualquer alma na Terra?
Com tudo o que eu vi e fui.
Não sou o herói de ninguém.

Moritz

Capítulo 24

A MÚSICA

Prezado Sr. Farber,

Obrigado por escrever. Fico feliz em saber que Moritz não está preso em alguma dimensão paralela ou algo do tipo, e irritado por ele não ter esse tipo de justificativa para não me responder. Afinal de contas, se pelo menos ele estivesse perdido em um mundo paralelo, podia dizer algo como "Oh, minhas mais profundas desculpas, senhor! Os mais repugnantes extraterrestres dos pântanos estão roendo meu pé. Enquanto eu tamborilo canções fúteis de rap no crânio deles. Não tenho condições de escrever-lhe. Preciso arrancá-los dos meus amados dedos dos pés! Eles que apodreçam!" ou algo do tipo.

Cara, sinto saudades dele. Por favor, diga a Moritz que eu mal posso esperar para receber notícias dele outra vez. Por enquanto, vou tentar escrever sabendo que ele ainda está aí do outro lado.

Por favor, faça com que Moritz receba esta carta. Mesmo que ele não volte mais a me escrever, pois não sei mais como pensar se não colocar todos os meus pensamentos no papel para enviar a ele.

~ Oliver

Bem, na verdade, eu estava só testando. Acho que isso realmente não importa.

Moritz, não fale desse jeito. Você não é um monstro. Você estava assustado e seu amigo estava ferido, e eu que me *fick* por lhe dizer que agisse como um herói. Não creio que você teve a intenção de machucá-lo dessa maneira. É como se você tivesse perdido o controle, e compreendo isso muito bem.

Talvez eu seja uma pessoa terrível, porque tudo que sinto neste momento é alívio. Não importa o quão terrível seja a situação na qual se encontra, pois você está vivo. Então, talvez você não seja um herói, mas também não é um vilão. Você não podia deixá-lo sangrando, mesmo depois de ele ter deixado você sangrar mais de uma vez. Não me importo se você veio de uma placa de petri ou da mesa de Frankenstein. Não me importo mais com o lugar de onde você veio, porque para mim basta que você exista e que continue *tentando*, Moritz. Isso é a coisa mais humana que existe.

Permita que eu lhe diga o que você disse para mim. Saia da cama. Levante-se.

Espero que você encontre motivação suficiente para visitar Lenz. Eu gostaria de visitar Joe. Por outro lado, sou grato por ter uma desculpa para não ir.

Não tenho desculpas para tudo. Às vezes, realmente estrago tudo. A festa foi um desastre, e eu queria que isso não importasse.

Por mais que eu me sinta aliviado por você estar em algum lugar, queria que estivesse aqui, Mô.

No dia da festa, fiquei sentado na varanda, olhando na direção da viela, enroscando os dedos uns nos outros, enxugando o suor da testa e levantando-me e sentando-me outra vez enquanto minha mãe me observava, tomando uma caneca de cidra quente.

Eu usava uma casaca costurada à mão ao estilo do "Zumbi de Roderick Usher", coberta de corante vermelho e sujeira com círculos pintados ao redor dos olhos, e minha mãe vestia-se como uma versão morta-viva de Srta. Havisham. Ela concordou em se fantasiar daquele jeito depois que fiz uma piada dizendo que ela, de qualquer modo, estava sempre solteira, então por que não aproveitar a situação? (A Srta. Havisham é uma velha senhora que aparece no livro *Grandes esperanças,* de Charles Dickens. Foi abandonada no altar no dia do casamento e fez parar todos os relógios da sua casa; nunca tirou o vestido de noiva, mesmo quando se transformou em um dinossauro velho e assustador.) Talvez estivesse parecida demais com a personagem. Quando saiu do quarto, depois de trocar a peruca por um véu de noiva e um vestido esfarrapados, parecendo-se com uma viúva rejeitada, quase pedi a ela que trocasse de roupa.

A festa deveria começar ao meio-dia. Já era uma hora da tarde, e a longa linha marrom da viela de terra se estendia diante de nós, desaparecendo entre as árvores que farfalhavam ao vento, e nenhuma alma havia aparecido nela. Às duas horas, eu podia jurar que a viela encontrava-se mais obscurecida por arbustos do que nunca. Estava esticando o pescoço para olhar e pensei que, de repente, havia mais árvores, como se talvez elas crescessem diretamente na viela e as pessoas que vinham por ela viam as árvores e davam meia-volta porque nosso chalé não existia de verdade...

– Você está arrancando os cabelos, Oliver – disse minha mãe.

– Eles não vêm, não é mesmo? Como se isso importasse. Não é nada de mais. Mas eles não vão vir.

– Acalme-se. Você está fazendo com que eu deseje *realmente* ser um zumbi.

– Como assim? Queria estar morta?

– Queria só que meu cérebro estivesse morto, para não sentir tanta ansiedade. Sente-se.

Tentei voltar a ficar sentado na cadeira de balanço e consegui me manter quieto por uns quatro segundos antes de ouvir um graveto se quebrar ou um animal passar pelas folhagens na floresta, e logo eu estava em pé outra vez, apoiado no corrimão.

– Talvez fosse melhor esperar lá dentro.

– De nós dois, você era a pessoa que não conseguia parar quieta.

– Não faz sentido desperdiçar energia – falou minha mãe, levantando-se lentamente.

– Porque eles não vão vir e você sabia que não viriam, e eu não devia ter me preocupado tanto com isso? Afinal, quem gostaria de vir até aqui, não é?

Ela colocou a mão sobre meu ombro.

– Não, Ollie. Porque estou *cansada*.

Ainda não perguntei a ela sobre a cerca. No começo, mantive-me em silêncio porque aquilo que aconteceu com Joe era algo muito maior do que a cerca elétrica que eu não sabia que existia. Depois, não perguntei porque tive medo de que ela mentisse para mim, ou me trancasse em casa definitivamente desta vez. Mas agora parecia uma boa oportunidade, minha chance de lhe perguntar por que ela nunca me mandou para a escola com um traje de proteção contra materiais perigosos, por que nunca me deixou rolar por aí em uma bolha de plástico ou coisa do tipo. Por que ela não falava sobre meu pai. Coisas que antigamente eram importantes.

Mas eu vi as linhas de expressão no rosto dela. Os olhos vermelhos. Ela se sentia tão triste quanto eu pelo fato de ninguém ter vindo para minha festa estúpida.

– É melhor você dormir um pouco, mãe.

Ela voltou a se acomodar na cadeira.

– Daqui a pouco.

As três horas vieram e passaram, e ninguém apareceu. Eu me larguei em outra cadeira. Às quatro, esfreguei as palmas uma contra a outra e minha mãe cedeu.

– Esta Havisham vai colocar os relógios para funcionar de novo, Ollie.

– Talvez tenhamos errado a data.

– Deixe para lá. Vou fazer um chocolate quente para você.

– Não tenho mais cinco anos, mãe. Chocolate quente não vai fazer com que eu me esqueça dos meus problemas.

– Eu sei. Estou engolindo isso há anos. Mas feliz aniversário.

Ela afastou as teias de aranha enquanto tirava o véu da noiva morta para me dar um beijo na testa.

Depois que ela saiu, coloquei as mãos sobre os olhos.

É claro que ninguém gostaria de vir.

Quem eu estava enganando?

Começou a chover. Não pensei em sair para pular nas poças. A viela que levava até a casa estava mais longa do que nunca, e eu não podia mais suportar a ideia de ficar olhando para ela, então entrei no chalé assombrado para esperar a tempestade passar.

Minha mãe ficou comigo conforme a tarde se transformou em noite. Estava exagerando. Fechei a cara quando veio ao meu quarto. Fechava antologias com força e olhava para ela com uma expressão de poucos amigos. Continuei a entalhar ou dobrar origamis até ela sair, como se a presença dela no meu quarto não significasse mais do que a de qualquer outra porcaria de origami. Mesmo assim, a cada sete minutos ela estava na porta outra vez.

Finalmente empurrei o telescópio contra a porta de madeira de pinheiro até que ela se fechou.

– Oliver? É... o jantar. Sanduíches. Não são de atum.

Ouvi quando ela colocou o prato no chão, mas ainda permaneceu lá.

Trinta minutos depois, as batidas na porta se tornaram mais frenéticas.

– Que diabo! Você está me assustando! Abra essa porta agora! – A porta chegava a balançar. – Vou ter que ligar para Bigode-Ruivo?

– Me deixe em paz! – falei. – Vá fazer alguma outra coisa!

– Fazer *qual* outra coisa? – gritou ela, e sua voz ficou chorosa como jamais havia ficado.

– Mãe?

Sem resposta.

Não sei como ela veio parar aqui, o que exatamente aconteceu com meu pai ou se ela era culpada por tudo que havia lhe acontecido. Talvez minha mãe quisesse fazer parte de uma banda de rock. Talvez quisesse estudar astrofísica. Não sei o que costumava fazer em dias chuvosos, com o que costumava sonhar, quem haviam sido seus amigos. Eu não sabia.

Aquele havia sido um único dia ruim na minha vida, no qual nenhum amigo veio me visitar; ela tinha a mesma experiência por uma década e meia. Talvez ela não se trancasse na garagem porque eu a deixava sozinha, com o cérebro apodrecendo. Talvez ela fizesse isso apenas para fugir de mim.

– Mãe!

Derrubei o telescópio no caminho para abrir a porta.

Ela estava de joelhos no chão. As lágrimas lhe escorriam pelo rosto sob o véu de Havisham, e os ombros tremiam quando a abracei.

– Desculpe. Eu sou um imbecil.

– Nós dois somos, não é mesmo? Os mais imbecis que já existiram. Se seu pai pudesse nos ver agora...

Apoiei a cabeça no ombro dela.

– *Por que* você nunca fala sobre ele? De verdade, mãe?

– Esses interrogatórios. – Ela respirou fundo e exalou nos meus cabelos. – Você sempre adorou mistérios, Oliver.

– Sim, mas...

– Desde que haja mistérios para solucionar aqui, você sempre terá uma razão para ficar.

Precisei admitir que ela estava certa. Era a maior e mais impenetrável tranca na nossa casa, e eu nunca a vira antes.

Liz chegou sozinha, depois de já ter escurecido. Saí da casa após minha mãe ir dormir. Embora ainda estivesse muito frio, fiquei sentado na varanda sem nenhum casaco. Eu queimava de raiva, e por isso nem cheguei a sentir frio.

Ela parecia hesitante dentro da capa de chuva enquanto subia a encosta com sua bicicleta. Não se parecia em nada com a pessoa que costumava ser. Talvez ela conseguisse ver o tafetá preto que havíamos pendurado nas janelas, as aranhas pendendo do corrimão, as serpentinas e os morcegos. Talvez pudesse me ver, sentado ali. Certamente me viu quando me levantei.

– Ollie – disse ela, ajeitando a mochila sobre os ombros –, oi. Feliz aniversário. Desculpe por chegar tão tarde. Estava fazendo aula para tirar a carteira de motorista.

Eu queria dizer alguma coisa, mas não consegui. Quando ela chegou ao meu lado na varanda, tentei olhar nos olhos dela.

– Posso entrar?

Eu simplesmente entrei no chalé. Achei que ela podia me seguir se quisesse. Não ia pular sobre ela nem fazer nada do tipo.

Quando chegamos na sala de estar, ela gritou. Uma das centopeias de plástico que havíamos pendurado no teto tinha batido em seu rosto.

– Mas que diabo é isso?

Observei os olhos de Liz se arregalarem à luz das velas enquanto ela esquadrinhava a sala. Meu esqueleto anatômico surgia horroroso sob a luz dos lampiões, coberto por películas azuis e verdes, saindo de um caixão de papelão, com os órgãos arrancados e espalhados pelo chão. Teias de aranha cobriam todas as estantes de livros e também a mesa. Eu me dirigia ao meu quarto, mas Liz parou quando passamos pela cozinha para chegar à sala de jantar. Havíamos decorado essa parte do chalé misturando as ambientações de Poe e Dickens. A mesa de jantar estava coberta de renda e um bolo já meio dilapidado que minha mãe passou horas empilhando, apenas para que nós o esmagássemos com um martelo, rindo como se fôssemos mortos-vivos sádicos. Havia também um pêndulo de espuma diante da entrada e havíamos erguido algumas das tábuas do piso para enfiar um coração de papel machê por baixo, embora, é claro, ele não pulasse.

– Uau, Ollie. Você realmente se empenhou.

Passamos tanto tempo tentando dar a impressão de que aquela mesa não era tocada há anos, e agora ela realmente jamais seria tocada.

Subi as escadas sem dizer uma palavra. Liz me seguiu, passando pelas cortinas de renda preta, e entrou no caos do meu quarto. Sentei-me na cama. Nem me incomodei em afastar as telas e as revistas em quadrinhos.

– Trouxe um presente para você. – Ela estendeu um pequeno embrulho cor-de-rosa. Quando percebeu que eu não ia pegá-lo, colocou-o sobre minha escrivaninha. – Então diga algo, por favor.

– Quer dizer que *todo mundo* foi fazer aula para tirar a carteira de motorista, hein?

Nunca a vi tão insegura. Ela usava bastante maquiagem e mordia o lábio inferior.

– Eu não convidei ninguém. E também não contei para ninguém. – Ela sentou-se ao meu lado, deixando a mochila aos seus pés. Havia um brilho suave na mochila; ela não conseguia mais vir até minha casa sem o celular. – Mas sua decoração ficou ótima. Sabe, vai haver um baile de Halloween daqui a umas duas semanas, na escola. E não vai chegar nem aos pés disso aqui. A sua fantasia ficou ótima, também.

– Para mim, é muito fácil ser um zumbi – falei. – Então você pode vir para cá em vez de ir a esse baile. Podemos deixar a decoração onde está por algumas semanas. Não vai fazer diferença.

Liz suspirou.

– Eu vou ao baile. Com Martin Mulligan.

– Como se eu soubesse quem é essa pessoa. – Sentia meu sangue correr pelas orelhas. Aquele era o fim. Ela finalmente havia encontrado uma razão para se afastar do eremita.

– Ele está no último ano. Vai estudar Engenharia de Computação na universidade estadual. Você gostaria dele. É uma pessoa bem legal. Inteligente, como você.

– Acho que eu não gostaria dele, mas talvez eu sinta vontade de chutá-lo entre as pernas.

No começo ela ficou irritada. Depois, colocou a mão sobre a minha.

– Se as coisas fossem diferentes...

– Se eu fosse qualquer outra pessoa – falei, tentando forçar um sorriso. – Nunca vou escutar música eletrônica. Nunca vou poder estudar Engenharia.

– Não é isso. Depois de todo esse tempo, você pensa... Ollie! Não é o fato de você estar preso no meio da floresta. Você está preso dentro de si mesmo!

Fiquei em pé. Senti o rosto entorpecido, não por causa da eletricidade, mas devido a outras cargas que havia no ar entre nós. Pois, na verdade, eu queria afastar a verdade do que ela dizia:

– O que você quer dizer com isso?

– Diga, Ollie. Quantos irmãos eu tenho?

– Eu...

– Qual é minha matéria preferida na escola?

– Você...

– Ou mesmo a minha cor favorita? Meu prato predileto?

– Você nunca fala sobre essas coisas!

Ou o que ela faz em dias chuvosos. Senti alguma coisa se retorcer no meu estômago.

– Você nunca pergunta sobre essas coisas, Ollie. Você não se importa com nada que aconteça, se não fizer parte disso. É como se você pensasse que o resto do mundo não tem importância.

– Isso não é verdade. Eu me importo com outras pessoas. Eu me importo com Moritz.

Ela ergueu as mãos num gesto súbito.

– Você está falando do seu amigo por correspondência com quem nunca vai ter que se encontrar. Uma pessoa com quem nunca vai conversar. Alguém que só vai existir dentro da sua cabeça!

– Cale a boca.

– Diga-me, Ollie. Quando é o *meu* aniversário?

Eu não sabia a resposta, Moritz. Fiquei de boca fechada.

Depois de um momento, Liz se levantou para ir ao banheiro. Suas lágrimas borravam todo o delineador que ela usava.

Eu precisava fazer alguma coisa. Eu a estava perdendo. Estava perdendo tudo.

Ela havia deixado a mochila no chão. Não precisei de muito tempo para encontrar o que procurava. Era uma coisa à qual as pessoas pareciam viver coladas, um pequeno quadrado de metal com fones de ouvido pendurados. Coloquei os fones nas orelhas. Meus dedos pairaram sobre o botão triangular. Quando ouvi a descarga do vaso sanitário, eu o apertei.

Uma onda de eletricidade azul-esverdeada e amorfa me cercou.

Quando Liz voltou, soube na hora que havia algo errado. Provavelmente percebeu isso por causa dos meus olhos saltados ou pelo jeito que minha cabeça se movia com força para a frente e para trás, para a frente e para trás contra a cabeceira da cama.

– Ollie!

– N-New Wave. – Tentei sorrir, mas meu rosto ficou frouxo. Um líquido escorria pelo meu lábio inferior. Era mais do que saliva, porque eu tinha mordido a língua, que ardia.

Os olhos dela se arregalaram. Ela tentou tirar o aparelho de mim, mas meus dedos se apertaram ao redor dele.

Juro que não foi por causa das convulsões que tomavam conta de mim. Não podia dizer a ela que os sons dos fones eram muito diferentes de qualquer coisa que eu já sentira, e que eu faria qualquer coisa para ouvir mais. Havia… batidas? Sons graves? E algo que devia ser um sintetizador, castigando meus tímpanos.

Se não fosse pelo rosto *dela*, os olhos *dela* implorando que eu parasse, eu jamais teria soltado o aparelho. Quando ela arrancou os fones dos meus ouvidos, havia sangue neles. Liz não parava de arranhar minhas mãos.

Abri os dedos. O sangue quente jorrou pelo meu nariz quando ela atirou a máquina pela janela, na chuva. Eu, entretanto, ainda tinha a impressão de que segurava o aparelho, como se as vibrações fizessem meu cérebro bater contra o crânio. Eu me esforçava ao máximo para não deixar os tremores vencerem. Porém, quando as convulsões o dominam, você se torna indefeso.

Minha mãe me disse que ela entrou naquele exato momento, bem quando perdi a consciência e comecei a convulsionar com toda a minha força. Não precisou de muito tempo para compreender o que havia acontecido. Ela mandou Liz embora.

E Liz foi.

Fico me perguntando se tudo o que ela queria era uma desculpa.

Mais tarde, abri o embrulho, e dentro dele havia aquela maldita luminária de leitura outra vez. Acho que ela estava passando a tocha. Ou talvez fosse outra despedida.

Ei, Moritz. Já cheguei a perguntar quando é seu aniversário? Se crescer em um laboratório transformou você em um monstro, o que aconteceu comigo, que cresci no meio do nada?

Queria que essa chuva parasse, mas isso também é algo bastante egoísta.

~ Ollie

Capítulo 25

OS ÓCULOS DE LENTES COR-DE-ROSA

Não pense que meu silêncio se deu porque o culpo pelo que aconteceu nos eventos relatados em sua carta confessional sobre a noite do acampamento. Aquela carta me deixou chocado.

Escute o que vou lhe dizer. Escute-me em MAIÚSCULAS:

NADA DO QUE ACONTECEU FOI POR SUA CULPA.

A culpa que você sente é mais estranha que justificada. Sei como é difícil não se sentir responsável pelas coisas terríveis que acontecem quando você não tem nenhuma condição de mudá-las.

Meu aniversário é em 3 de julho. Consegue acreditar que sou um filho do verão?

Ollie, você me deu toda a gentileza que eu poderia merecer. Se isso for egoísmo, então não conheço o verdadeiro significado dessa palavra.

Não tive a intenção de abandoná-lo assim, deixando-o triste e sozinho depois que Liz e eu paramos de falar com você. Mas estou muito perdido. Venho me sentindo deprimido, e parece que faz uma eternidade que me sinto assim. Sem dúvida meu pai lhe falou a respeito.

Senti vontade de bater nele quando percebi que ele tinha enviado minha carta a você sem meu consentimento. Mas... o rosto dele. Estava prestes a se desmanchar. Não posso machucá-lo. Ele me salvou uma vez. Duas vezes. Não contei a você. Mas o homem que chamo de pai me salvou.

Não sei o que houve com Lenz Monk. Não saí do apartamento. Não me atrevo a contar o que houve a meu pai. Não vou conseguir encarar a decepção dele.

Precisei de muito tempo para contar, até mesmo a você. Suas confissões lançaram luz sobre as minhas próprias experiências, e agora estremeço em minha escrivaninha. A honestidade que você demonstrou sobre seu sofrimento – sua honestidade desconcertante! – por fim me deu motivos para compartilhar minhas provações com você.

Muito tempo antes do desastre com Lenz, outras lembranças me tornaram monstruoso.

Comecei a escrever sobre minhas origens há algum tempo.

Eis aqui um conceito sobre o qual você provavelmente não leu a respeito: *Vergangenheitsbewältigung*. A palavra pode ser traduzida como "trabalhar o passado". É difícil descrever para você, que não é alemão. Mas as pessoas da Alemanha, como você mesmo já insinuou antes, realmente têm uma história sombria no passado. Somos assombrados.

Em um nível mais pessoal, eu também tenho os meus fantasmas. Todos nós podemos ter trevas no passado, Oliver. Alguns de nós são assombrados por aqueles que vieram antes de nós.

Afirmei que não falaria sobre isso. Tento visualizar o laboratório da maneira que você o imagina: uma fábrica que produz super-heróis e suas ondas-golfinho, todos vestidos com trajes de cores berrantes? Talvez uma oficina cheia de tubos de ensaio e poções? Onde homens recebem esqueletos de adamantium? Onde os mortos voltam à vida? Isso, entretanto, não é ficção científica, Ollie.

Com esperança de que este relato reforce a amizade que floresceu entre nós, e com medo de que isso tenha a mesma probabilidade de nos afastar definitivamente, quero lhe contar sobre minha mãe e a iniciativa que ela empreendeu. Quero lhe contar sobre as crianças com as quais trabalhou.

Crianças como nós.

Não vou pedir desculpas por não ter falado sobre isso. Apesar do seu desdém, quero poupar suas orelhas sempre que possível. Não me considerei limitado pela linearidade. Sempre que você falava da sua mãe, eu me lembrava da minha em explosões vívidas que quase me deixavam sem fôlego. Por mais que pareçam sufocantes para você, as cercas elétricas e os cadeados da sua mãe são melhores do que o que me criou.

Não há marca-passo capaz de curar a dor que sinto no coração.

Assim como minha mãe antes de mim, eu sou um tolo de coração fraco.

O nome da minha doença cardiovascular é cardiomiopatia. Meu tipo dessa doença é hipertrófico. Meu coração é fraco, senhor Expert em Anatomia. Isso se deve a um espessamento inexplicável das artérias no interior do músculo cardíaco, o qual restringe minha circulação, ou seja, sufoca meu coração no ventrículo esquerdo.

Essa doença frequentemente é passada de pais para filhos. É a herança mais pesada. Minha mãe sabia que precisaria pesquisar sobre ela, mesmo quando eu era um feto. Não por ser uma médica renomada, o que de fato era, mas porque um coração inchado tirou a vida da sua irmã. Roubou também um primo e um tio distante.

É essa doença que sempre me deixa sem fôlego. Que faz minha perna inchar até parecer um tronco de árvore, e que não me deixa respirar em um ritmo constante. É essa doença que com frequência causa a morte de pessoas jovens que não fazem ideia de que a têm. Durante partidas esportivas ou em danceterias ou nos momentos em que estão mais felizes. Quando seus corações não conseguem acompanhar o ritmo de suas esperanças. Já chegou a se perguntar por que sou tão pessimista?

É por causa dessa doença que minha mãe me fez herdar. Essa doença que, certa vez, ela passou cada momento livre da sua vida trabalhando para curar. Quando fundou o laboratório que me transformou no que sou, Oliver, ela o fez com boas intenções: queria estudar e curar a cardiomiopatia e outras doenças genéticas *in utero*. Poupar os bebês de uma vida cheia de dores herdadas. Dores tão pequenas como o daltonismo ou tão intensas quanto a anemia falciforme.

Vergangenheitsbewältigung: corrigir um passado defeituoso em prol de um futuro melhor.

Quando a maioria das pessoas pensa nos entes queridos que elas perderam, enxergam esses entes através de um par de óculos com lentes cor-de-rosa. Porém, não sou sentimental. Vejo minha mãe exatamente como ela era.

Havia uma expressão de abatimento em sua aparência. Ela podia calçar os melhores sapatos de couro, uma saia e uma blusa de seda sob o jaleco do laboratório, e parecia simplesmente murchar dentro dele. Os olhos dela eram rodeados por círculos que fariam um cadáver corar de inveja. Sorria raramente, e, mesmo nessas ocasiões, a configuração imperfeita de sua mandíbula, que fazia as gengivas superior e inferior ficarem alinhadas, transformava o sorriso em algo digno de um tubarão, exibindo todos os dentes de uma vez. Talvez isso fosse adequado. Seus sorrisos eram calculados.

É claro que eu a amava. Uma criança chega a considerar sentir-se de outra maneira? Eu não ligava para o fato de minha mãe nunca me olhar. Ela me alimentava, me vestia e me criava. Isso era amor.

Minha mãe nunca falou sobre meu pai. Agia como se ele não tivesse existido. Insinuava que ele não era mais tangível do que um doador anônimo. Não tinha muito mais importância do que uma linhagem de DNA em um tubo de ensaio.

Talvez ela fosse mais humana antes de ele deixá-la. Talvez não. Não tenho como saber. Eu nem saberia que ele era um homem de carne e osso, exceto pelo fato de que, quando era mais novo, ouvi minha babá dizendo ao telefone que um "homem que não valia nada" havia deixado minha mãe com "um retardado na barriga".

Quando criança, você esquece algumas coisas. Outras, não.

Minha mãe estudou medicina em Berlim antes de trabalhar no laboratório.

Sim, Ollie. Um laboratório. *O* laboratório. Por mais fantástica que seja sua hipótese, você é um bom detetive. Mais do que nunca, logo vai desejar não ter razão.

Sem dúvida, esse era o mesmo laboratório no qual seu pai passava os dias. Imagino que seu pai fosse um homem gentil, assim como muitos dos meus médicos.

A maioria dos médicos que começaram a trabalhar nesse empreendimento tinha intenções nobres, Oliver. Eles queriam nos consertar antes mesmo de existirmos. Manipulavam DNA fetal. Detectavam doenças no líquido amniótico e dedicavam-se a curá-las. Cutucavam e retorciam genes para vencer a insuficiência renal, para arrancar a Tay-Sachs do ventre, para erradicar cromossomos X frágeis. Para tirar as dificuldades ainda dos primórdios das pessoas. Às vezes, a epilepsia é genética, não é mesmo, Oliver?

No início, eles tinham boas intenções. Não sei em que momento isso mudou, mas foi o que aconteceu. Quando eu estava dando meus primeiros passos, os cientistas não procuravam mais curas para doenças. Buscavam a evolução. Buscavam fronteiras perigosas. A ciência pela ciência é algo aterrorizante, Ollie.

Sei disso no fundo do meu coração fraco. Nas minhas vísceras. Sei disso porque esse laboratório era minha segunda casa. As pessoas que trabalhavam lá eram minha família. O laboratório localiza-se aqui na Saxônia, provavelmente num raio de cem quilômetros de Kreiszig.

Durante o horário comercial, minha mãe trabalhava em uma clínica em Kreiszig, tratando resfriados e febre, infecções por fungos e eczema. Eu ficava em casa com minha babá de comportamento frio. Minha mãe não queria me acostumar mal.

Nos finais de semana, viajávamos para o laboratório onde ela tinha o cargo de diretora médica e experimental. Pelo que me lembro, ela era a maior autoridade de todo o complexo. A fundadora do que parecia uma iniciativa internacional.

Todo final de semana, ela me prendia ao meu assento de segurança no carro. Silenciava-me com um dedo para que eu não ficasse estalando a língua. Em seguida, dirigia pelas ruas e saía da cidade. Eu dormia no carro enquanto viajávamos. Já naquela época o transporte era algo que me deixava desconfortável. Lembro-me de que as estradas eram sinuosas, mas eu não conseguia vê-las. Não podia ser muito longe de onde morávamos. Sempre chegávamos lá em, mais ou menos, uma hora. Estacionávamos em uma garagem subterrânea que dava acesso direto ao prédio do laboratório.

Você não acreditaria no quanto aquele laboratório "secreto" sobre o qual você está tão curioso era normal, Ollie. Não parecia nada diferente de uma ala qualquer em um hospital qualquer. Cheirava a antisséptico, adocicado por um odor parecido com látex, que ressecava as narinas. Sempre havia uma recepcionista sentada atrás de um balcão perto da entrada. As mesas eram cobertas por revistas. Havia pranchetas em ranhuras na parede. Cadeiras de rodas ao lado de portas automáticas. Várias salas de espera se espalhavam por dois pavimentos e um subsolo, embora não houvesse janelas. O laboratório tinha uma equipe completa de cientistas. Médicos, enfermeiros e profissionais de manutenção de todos os continentes. Mais do que tudo isso, entretanto, havia pacientes. Os pacientes eram crianças. Talvez, originalmente, elas fossem doentes. Agora, não passavam de experimentos.

Você não acreditaria até onde o laboratório havia chegado. A curiosidade dos cientistas, algo digno de pesadelos, tinha gerado resultados tão dignos de pesadelos quanto. Até mesmo resultados *inacreditáveis*. Eu questiono minhas memórias. Será que as crianças eram realmente tão bizarras quanto me lembro? Ou será que meus *Alpträume* – sonhos ruins – se mesclaram com a realidade?

Independente de qualquer coisa, as outras crianças no laboratório não eram super-heróis. Não mais do que eu.

Lembro-me de uma garota com cabelos cacheados. Se eu não estiver imaginando coisas, ela tinha uma segunda boca na parte de trás da cabeça que precisava constantemente ser alimentada. Com frequência, ela ficava sentada com um copo na mão que tinha um canudo longo e flexível, que desaparecia sobre o ombro dela para saciar aquela bocarra. À noite, a garota colocava uma chupeta na parte de trás da cabeça.

E ela nem era a pessoa mais estranha. Havia um garoto pálido e sem cabelos cujos braços e pernas estavam articulados do jeito errado. Ele conseguia girar a cabeça num arco de quase 190 graus, e sempre fazia isso quando eu passava perto. Que tipo de "intenção nobre" poderia resultar naquilo?

Tenho lembranças, reais ou não, de crianças pequenas com doze dedos nas mãos e um garoto sem lábios que vomitava o próprio esôfago – um tubo que se parecia com alguma espécie de parasita, ladeado por duas fileiras de dentes minúsculos – sempre que queria comer. Certa vez, eu o vi devorar um cozido de carne no refeitório do laboratório. Vê-lo chupando os pedaços de carne era algo muito pouco apetitoso. Parecia que um verme havia saído da garganta dele para beber o líquido do esgoto.

Talvez os problemas daquelas crianças sejam mais típicos do que me lembro. O tempo distorceu minhas lembranças. Nunca conversei com essas outras crianças. Minha mãe sempre me levava nos braços quando eu era pequeno, talvez para eu não falar com elas. Ela reservava alguns minutos para me levar em um passeio pelos corredores e salas de observação do complexo. Eu era um troféu. Os cientistas e médicos com quem ela trabalhava admiravam-se com a minha presença. Eles me cutucavam. Faziam experimentos casuais e clandestinos na criança sem olhos.

Havia um homem chamado Dr. Rostschnurrbart, que se interessou não somente pelas minhas bizarrices, mas também pelo meu bem-estar.

– Cadê o doutor? – perguntava ele, mas cobria uma das minhas orelhas em vez de cobrir os próprios olhos. Com a outra mão, exibia um determinado número de dedos. Esperava até que eu fizesse o mesmo gesto com minha própria mão.

Às vezes, minha mãe o acompanhava até algumas salas repletas de aparelhos. Era o meu exame físico semanal. Sempre estava distraída. Sempre desviando o olhar quando alguém vinha falar com ela. Eu conseguia ouvir as batidas descompassadas do seu coração acompanhadas pelas minhas. Eu podia ouvir aquele barulho. Mesmo quando bem novo, aquilo já me incomodava. Rostschnurrbart e os outros cientistas ficavam irritados; a proximidade de minha mãe interferia nos resultados. Assim, ela me deixava lá e ia cuidar dos próprios afazeres em outro lugar.

Ela nunca me explicou o que fazia. Colocava a mão no meu peito algumas noites, depois de voltar para casa do trabalho, e a outra sobre o dela. Olhava para mim de uma maneira tão apropriada quanto jamais faria, com os olhos no meu peito, e não no meu rosto. Naquela época, eu acreditava que o trabalho que ela realizava era por minha causa.

Para o bem dos nossos corações fracos.

Raramente tínhamos conversas em família, Ollie. Nunca fomos como vocês.

Trago lembranças esparsas sobre minhas experiências no laboratório.

De tempos em tempos, homens engravatados circulavam pelas instalações. Os médicos sempre ficavam afoitos durante essas semanas. Vestiam-nos com roupas bonitas. Lavavam nossos rostos.

Apresentavam as melhores facetas de nós. Mandavam que sorríssemos e acenássemos para os visitantes vindos de todas as partes do globo.

Eu era aquele que exibia o maior sorriso de todos. Imagine isso, Ollie. Sentia-me privilegiado por estar ali, mesmo com tão pouca idade. Os cientistas sempre eram gentis quando me faziam sentar com eletrodos presos ao couro cabeludo e pediam que eu escutasse gravações, ou quando abafavam ou tapavam meus ouvidos e me pediam para descrever objetos do outro lado do salão. Diziam que as outras crianças sentiriam inveja do microchip instalado atrás da minha orelha esquerda: "Você é quase um androide! Isso é muito *legal*!" (Vários cientistas vinham de países onde o inglês era a língua nativa. Foi lá que desenvolvi a fluência nesse idioma, ainda naquela idade.)

Cada teste era apresentado como se fosse um jogo.

Lembro-me de praticar esportes que geralmente envolviam homens e mulheres sorridentes vestidos com jalecos de laboratório arremessando vários projéteis contra mim para medir a rapidez dos meus reflexos. Vibravam quando eu agarrava todos os objetos que me lançavam. Vibravam e escreviam em blocos de notas e digitavam meu sucesso em computadores. Cumprimentos e aplausos!

Eu me sentia muito orgulhoso. Muito amado. E algumas das outras crianças, algumas das quais nunca saíram daquele lugar, perceberam.

Quando eu tinha oito anos, depois do meu "trabalho excepcional" durante um "jogo" que envolvia me enfiar num tanque de água para avaliar como minha visão funcionava debaixo d'água, Rostschnurrbart me mandou até uma máquina que vendia petiscos com um punhado de moedas. Eu estava no corredor, com a água escorrendo pelo corpo e caindo no piso de linóleo. Tremendo, vestindo apenas traje de banho. Silenciosamente contente. Dividido entre batatas fritas e uma barra de chocolate.

Minha VCM me alertou de que havia movimento atrás de mim. Virei a cabeça de modo que minha orelha esquerda apontasse na direção da anomalia.

— Posso ajudar? — perguntei educadamente, como haviam me ensinado.

A garota com duas bocas estava atrás de mim, apertando os braços contra as laterais do vestido.

— Oi, príncipe Moritz. — Ela colocou um chiclete entre os dentes que tinha na parte de trás da cabeça. — Por que você nunca olha para ninguém?

— Desculpe. Estou sempre olhando. — Rostschnurrbart estava me ensinando como me comportar e também me sociabilizar com as pessoas. Lembrei-me de que devia ficar com o rosto voltado para a pessoa com quem conversava, e virei-me para trás.

— Por que você nunca conversa com nenhum de nós, príncipe Moritz? Nem mesmo na cantina.

— Por que você está me chamando de príncipe?

Ela não respondeu, mas abriu um sorriso enorme. Aquele som de mastigação era enjoativo. A todo momento, eu via os cachos dos seus cabelos e as rugas nos lábios malformados, em detalhes precisos. Independentemente de querer isso ou não.

— Bem, é melhor eu voltar. Eles estão esperando por mim.

— Sempre estão esperando por *você*. — Ela soltou uma risadinha.

Em geral, eu a deixaria ali mesmo. Eu a deixaria enquanto ela sorria beatificamente. Mas meu coração bateu motivado por algo parecido com esperança, Ollie.

— Você... quer vir comigo? Talvez possa nadar, também.

— É mesmo? — Ela fechou os olhos, e o sorriso se tornou ainda maior. Aquele segundo conjunto de dentes continuava mascando o chiclete. — Oh, por favor! Nunca fazemos as coisas que você faz, príncipe Moritz.

Ela segurou minha mão e me esqueci de escolher o petisco.

Levei-a até a sala de observação que abrigava o tanque de água. Um faxineiro de cabelos crespos secava a água que havia caído no chão. Ele ergueu os olhos quando entramos, mas, como de costume, não disse nada.

– O que ela está fazendo aqui, Moritz? – perguntou o Dr. Merrill, espiando por trás do notebook, do outro lado da sala.

Merrill havia sido incorporado recentemente à equipe. Não o conhecia muito bem, mas ele quase sempre sorria e assentia com a cabeça, concordando com o que lhe diziam. Sempre me cumprimentava levantando a mão para eu bater nela com a minha. Usava óculos grandes que lhe davam uma aparência semelhante à de um palhaço, e que ficava ainda mais característica pelo som que seus passos faziam nos azulejos, já que possuía pés muito grandes. Tinha a tendência de ficar junto da minha mãe, tagarelando suas ideias sobre a manipulação de cromossomos como um meio de fazer a humanidade progredir como espécie. Um dos fanáticos, Ollie. Claro, minha mãe mal o percebia. Dentro de sua cabeça, ela sempre estava em outro lugar. Estudando alguma coisa a quilômetros de distância.

Aquela foi a primeira vez que vi Merrill com uma expressão séria.

– Moritz?

– Bem... – Senti o rosto ficar quente. – Não sei o nome dela.

A garota riu.

– É Molly.

– Eu sei quem ela é, Moritz. Ela precisa ficar na ala das crianças. Não deveria estar aqui.

– Eu esperava que ela pudesse brincar na piscina comigo – murmurei.

– Este lugar não é para brincadeiras. – Ele nos olhou novamente com a expressão de um palhaço triste. – O que sua mãe vai dizer?

O Dr. Rostschnurrbart chegou, saindo da sala de higienização de mãos. Piscou os olhos, surpreso, ao nos ver ali. Seu rosto se abriu num sorriso.

– Ah, deixe as crianças se divertirem.

Merrill voltou a dar atenção ao computador. Rostschnurrbart desapareceu outra vez, enquanto Molly e eu nos aproximamos do tanque de água. Não era muito grande. Talvez dois metros de profundidade, com um diâmetro de dois metros.

– Primeiro as damas. Você tem roupa de banho?

– Oh, não – respondeu ela. – Mas não faz mal. Vou só olhar você entrar.

Em algum lugar na parte de trás da cabeça de Molly, a boca se fechou e engoliu o chiclete.

– Tudo bem! – Eu sempre era monitorado durante as atividades. Aquele pedido não me pareceu estranho.

Todos os dentes dela ficaram expostos em um sorriso enquanto eu subia pela escada escorregadia e entrava na piscina de água morna. Ela se empoleirou no meio da escada. Olhou para mim enquanto eu deslizava pela água.

– Você consegue enxergar debaixo d'água? – perguntou ela enquanto eu percorria o tanque.

– Sim! Mas as ondas sonoras ficam mais lentas, e aí tudo fica borrado.

– É mesmo? – perguntou ela, em um tom de voz contente. – Oh, mas eu nem sei nadar. Por favor, mostre como se faz.

Apertei o nariz. Permiti-me um pequeno sorriso. No milissegundo antes de submergir na água, ouvi os dois conjuntos de dentes rangerem. Os dois pares de lábios se curvarem para baixo. Mas já era tarde demais para alterar minha trajetória. Minha audição estava abafada, e a menina forçava a mão contra o alto da minha cabeça, segurando-me debaixo d'água. Arranhei os braços dela, mas Molly não me largava, e meu coração batia descontroladamente, fora do ritmo, entrando em pânico...

O Dr. Merrill estava sentado diante do computador, digitando animadamente as informações sobre o estado do meu coração em pânico enquanto o faxineiro arrancava Molly de cima de mim e me tirava da água. Eu estava ofegante. Sentia os ouvidos estalando, o coração batendo com força. Tentei me acalmar. As batidas do meu coração encontravam-se num ritmo muito estranho. Não conseguia puxar o ar.

Molly havia sido atirada ao chão. Seus braços estavam ensopados, assim como o vestido. Rostschnurrbart segurou minha mão enquanto o faxineiro a continha.

– A culpa é *sua!* – gritou Molly.

Eu não conseguia entender o que ela queria dizer. Pontadas de dor no meu peito me impediam de encher os pulmões. Preferia não ter visto aquela segunda boca que ela possuía na nuca, a qual sibilava e cuspia como um gato enfurecido.

Queria não ter visto minha mãe perto da porta, com um olhar frio que certamente significava que eu nunca mais veria Molly no laboratório. Talvez a garota não tivesse realmente duas bocas; talvez isso seja um produto da minha imaginação. Uma manifestação da sua crueldade. Uma maneira de abrandar a culpa que eu sentia.

Uma das curiosidades de não ter olhos é o fato de você nunca poder fechá-los.

Como eu imaginava, Molly não estava no laboratório no final de semana seguinte. Não me atrevi a perguntar à minha mãe o que acontecera com ela. Sentei-me com Rostschnurrbart na cantina. As outras crianças sentavam-se o mais longe possível de mim. Não podia dizer que sentia falta das nossas conversas, porque quando foi que chegamos a conversar?

Entretanto, os olhares eram malévolos agora. Minha mão tremia. Deixei a colher cair.

– Não se preocupe com o que aconteceu – disse Rostschnurrbart, enxugando a sopa derramada na mesa. – Ela tentou machucar você. Eu nunca devia ter deixado os dois sozinhos.

– Eu não estava sozinho. O Dr. Merrill estava lá. E o faxineiro.

– Herr Farber.

– Como é?

– O faxineiro que o salvou. O nome dele é Herr Farber. Não se esqueça de agradecer a ele.

– Oh. – Assenti. – É claro.

– Levante o queixo, Moritz.

– O que eu fiz para ela? Que culpa tive?

Rostschnurrbart suspirou e apertou o nariz no ponto em que se juntava com a testa.

– Nada. Você não fez nada de errado.

Owen Abend nunca saberia o significado do ato de me entregar um par de óculos, porque nunca soube a respeito de Molly.

Há mais histórias para contar. Mais coisas desagradáveis para compartilhar. Episódios desagradáveis que podem explicar por que não confio nas pessoas. Que explicam por que estou entocado neste quarto e por que não conseguiria encarar meu reflexo no espelho, mesmo que fosse capaz de vê-lo.

Vou compartilhá-los com você, para que não se sinta o único com memórias repugnantes. Ou, se preferir, posso falar somente sobre coisas felizes. Sobre chá de maçã e viagens em dias quentes à cidade de mineradores de Freiberg, e, sim, sobre bacon.

Lamento muito por sua festa, Ollie. Talvez tenha sido necessário você se afundar no próprio desespero para ter a coragem de encarar o meu.

Se não desejar mais conversar comigo, pelo verme que sou e pelos segredos que guardo comigo, vou compreender. Não sou tão diferente daqueles cientistas. Embora eu tivesse intenções nobres, talvez o silêncio tenha sido ruim para nós.

Capítulo 26

O CASACO

Claro, vou simplesmente parar de conversar com a única pessoa que chegou a me conhecer e não fugiu. Com certeza farei isso.

Moritz! *Aff*! Isso foi o que os garotos talvez chamem de afofar a mente. Parece que não importa mais se acertei quando imaginei a respeito de laboratórios secretos. Não se parece nada com ficção científica. Nem é divertido. Eu sou mesmo um imbecil.

Jamais deveria ter feito piada com isso.

Obrigado por finalmente me responder. Obrigado por todas as vezes que me aguentou e me escreveu. Nunca pensei que você fosse um vazio. Acho que talvez Liz tivesse razão sobre eu simplesmente me prender dentro da minha própria cabeça.

Não vou fingir que sua carta não me deixou horrorizado. Não consigo nem fazer graça com o que li (deve haver uma quantidade enorme de piadas que posso inventar sobre garotas que talvez-tenham-mais--bocas tentando afogar você, mas... não consigo pensar em nenhuma).

Mesmo que, desde o começo, eu tenha perguntado se você sabia de alguma coisa sobre com que tipo de, digamos, estripulias com as quais nossos pais estavam envolvidos anos atrás, jamais pensei que você fosse realmente abrir o bico. Estou começando a me acostumar com o fato de que meus interrogatórios não dão em nada!

Como posso criticar você sem reclamar para mim mesmo o título de Imperador dos Hipócritas? Durante todo esse tempo, eu escrevi para você não apenas por ter dificuldade de me concentrar, mas principalmente por causa do que aconteceu com Joe e Liz. Porque eu não conseguia lidar muito bem com tudo aquilo.

E agora estou suspirando um pouco por causa da *Vergangenheitsbequalquerquesejaonome*, e não somente porque essa palavra pareça totalmente ridícula.

Quer dizer, então, que você passou uma parte da sua carta me contando como os alemães têm de se resignar e enfrentar seus problemas com aquelas bermudas tipo *lederhosen* bem justas e segurando canecas de *bier* com firmeza? (ainda não fiz muitas piadas idiotas sobre alemães, e isso está me consumindo por dentro, ok?). Mas depois você diz que aceita se eu não puder agir da mesma forma?

Olhe, eu não sou alemão. Não sou nem mesmo americano. Sou o Eremita Supremo. E sinto-me ofendido por achar que as abnegadas pessoas da Eremitônia não podem superar os próprios problemas, também. Você acha que há alguma justificativa para não gostar de você daqui por diante, só por não correr para visitar o garoto que o tratava feito merda? Depois de tantas pessoas terem tratado você feito merda? Me dê mais crédito!

Só porque você descobriu que Owen e Fieke eram maus amigos não significa que eu também seja.

Quem sou eu para julgar?

O Eremita Supremo é mestre em bagunçar as coisas.

Depois do ataque convulsivo, Bigode-Ruivo me mandou ficar em repouso. Como se eu tivesse vontade de me levantar para fazer qualquer outra coisa. Ele colocou a mão na minha cabeça e suspirou.

– Oliver, eu sou o disco mais riscado que existe. Mas sua mãe não precisa disso.

– Por que você se importa? Você não a ama. – Não sei o que deu na minha cabeça para dizer isso. Porém, naquele exato momento, Bigode-Ruivo fechou os olhos e não discutiu.

Todas aquelas vezes eu achei que Bigode-Ruivo fosse um palhaço, Moritz. Mas eu não tinha muita razão sobre isso. Quanto mais penso nele, menos me lembro de ocasiões em que ele ria. Talvez isso também seja culpa minha.

Eu podia ver a garagem pela janela, mesmo da minha cama. O vidro apresentava respingos de água. Juro que tem chovido sem parar desde a última vez que escrevi para você.

– O que foi, Ollie?

Respondi bem rápido:

– E então, ela vai morrer ou o quê?

– Todos nós vamos morrer, Ollie. – Ele não sorriu. – Por enquanto, você tem problemas mais importantes.

– Quais?

– Você é jovem e está apaixonado, não é? – Ele colocou a mão no meu ombro.

– Ou algo assim.

– Sim, eu sei. Geralmente a sensação é essa. Não a desperdice.

– O que isso significa?

– Eu já disse. – Ele me soltou. – Todos nós vamos morrer. Não desperdice o que tem.

Ele se levantou, mas eu o segurei pela manga.

– Ollie?

– Bigode-Ruivo, você acha que sou egoísta?

– Nunca conheci uma alma que não fosse. Já conheci muitas pessoas que não fazem essa pergunta.

Bigode-Ruivo me deu um sedativo e desceu para conversar com minha mãe. Devem ter achado que eu havia adormecido, mas cuspi os comprimidos na mão e os enfiei debaixo do lençol junto com os outros e um livro de ficção científica com mulheres-gato peitudas na capa.

– Você acha que ele vai ficar bem?

– Como deve se lembrar, ser adolescente é bem complicado. Estar apaixonado não torna nada mais fácil.

– Não diga, doutor. – Ela suspirou. – Hoje em dia, ele é exatamente como o pai.

– De que maneira?

– Nunca consigo decidir se ele é um garoto grande e brincalhão, ou se é um adulto pequeno e triste.

– E Ollie também é incapaz de amarrar os próprios sapatos?

– *Tsc!* Por Deus, Greg! Eu havia quase me esquecido disso. Seb sempre fazia duas orelhinhas de coelho, não é mesmo? Sempre tropeçava nos próprios cadarços. Na primeira vez que conversei com ele na faculdade, ele usava uma roupa cirúrgica, um jaleco e óculos. Tinha uma aparência muito profissional, exceto pelos sapatos desamarrados.

– Será que ouvi minha mãe rir? – Eu achava que era a única que havia percebido isso nele.

– Calma, calma. Respire fundo.

Eu não tenho sua audição, mas consigo ouvir a tosse dela, mesmo através das tábuas do piso.

– Nunca pensei que as coisas fossem acontecer desta maneira, Greg.

– Já chegou a desejar ter tomado decisões diferentes?

Eu devia ter tampado os ouvidos. Mas às vezes você precisa ouvir as coisas. Eles estavam falando sobre o dono daquele jaleco, Moritz.

– Acho que não – respondeu minha mãe. – Se eu não tivesse viajado ao exterior, nunca viria a conhecê-lo, e isso me faz pensar que nunca saberia como é ser uma pessoa divertida. E é isso mesmo, tola de uma maneira muito, muito feliz. Seb. Meu Deus, ele costumava comprar chicletes e enfiá-los sobre os dentes sempre que andávamos de ônibus, apenas para agitar as sobrancelhas e sorrir para as pessoas como se fosse um macaco dentuço. Certa vez, quase causou uma hérnia em um senhor idoso.

– Uma pena eu nunca ter visto isso, mas não me surpreende.

– Ele fazia palhaçadas com tudo, menos com o trabalho. Queria que não tivesse levado aquilo tão a sério.

– Incline-se para a frente. – A cadeira rangeu; acho que ele pressionava um estetoscópio nas costas dela.

– Se eu não o houvesse conhecido, nunca teria Ollie. Seria inútil arrepender-se das coisas que são parte de você. Digo, *tsc,* você se arrepende do passado?

– Às vezes, mais do que qualquer outra coisa – respondeu Bigode-Ruivo. – Mas nem sempre pelas mesmas razões.

– Sabe, ele não conseguia sequer dar o nó nas próprias gravatas do jeito certo.

Cobri as orelhas com meu edredom. Um dos dois havia, sutilmente, começado a chorar.

Eu não podia ficar naquela casa. Era muita tosse, muito choro e muitos silêncios que nenhuma quantidade de livros e navios em garrafas poderia abafar, e ficar jogado na cama como uma lesma não ajudaria a mudar nada.

Assim, levantei-me da cama pela primeira vez em uma semana, tirei a gaze pegajosa da língua, calcei as botas e desci. Minha mãe estava sentada na mesa da cozinha, olhando para a toalha rendada, deslizando os dedos por sobre o tecido e os detalhes. Ela mesma havia feito a toalha de crochê, alguns anos antes, quando desenvolveu um interesse por aparadores de prato, toalhas e coisas do tipo. Hoje em dia, ela não faz mais nada. Todos os seus hobbies se desapegaram dela.

– Vou dar uma volta de bicicleta. Por favor, não se tranque na garagem.

Ela nem chegou a gemer.

– Vista um casaco – falou. – Não estamos mais no verão.

– Certo. Posso perguntar uma coisa?

– Você vai me interrogar sobre o laboratório?

– Não. – Eu a encarei. – Meu pai tinha epilepsia também?

Ela nem piscou.

– Tinha.

– Por que nunca me contou isso? – Sentei-me; a cadeira rangeu. – Você acha que eu não iria me importar? Acha que prefiro que isso seja um mistério?

– O mistério a respeito de seu pai sempre foi melhor do que saber a verdade sobre ele.

– Como assim?

Ela apoiou a cabeça nas mãos esqueléticas.

– Ele cometeu erros. Tentou fazer você melhorar, mas você acabou ficando pior. Ele tentou lhe dar o mundo, mas acabou tirando-o de você. Fico me perguntando o que ele pensaria se nos visse agora, enfurnados aqui neste chalé.

– Não precisamos ficar aqui. – Levantei a voz. – Talvez fosse melhor você me deixar ir embora.

Os olhos dela estavam pressionados contra os braços, agora. Seus ombros tremiam, exatamente como meus punhos. Liguei a luminária de leitura. O zumbido, se comparado à dor que eu sentia na cabeça, não era nada. Fiz a luminária deslizar sobre a mesa. Ela ergueu os olhos marejados para observá-la.

– Mãe – falei –, se eu puder ir embora, você também pode. Você pode ir para onde quiser. Não precisa ficar aqui só por minha causa. – Pressionei o nariz na parte onde ele se junta com a testa. – Detesto o fato de você estar presa aqui por minha causa.

– Eu estava presa antes disso, Oliver. Aqui, não preciso inventar justificativas. – Ela me olhou fixamente. – Aqui, ninguém espera que eu supere meus problemas.

Fico imaginando se ela ainda se cobre com aquele jaleco para dormir às vezes, Moritz.

– Por que há uma cerca elétrica ao redor da nossa propriedade?

Ela se levantou da mesa e arrastou os pés até a janela.

– Eu era estudante universitária quando engravidei. Não cheguei a me formar. Estava preocupada, achando que isso não seria o bastante para manter você aqui.

— A cerca, mãe — repeti. — Por que mandou colocar aquela cerca? Ela se virou para me olhar.

— Estou lhe dizendo. Para manter você aqui.

— Certo. — Cobri a cabeça com o capuz, limpei o nariz e saí andando em direção à porta. — Para que você me guardasse como um daqueles cervos empalhados do Joe? Ok.

Ela tentou me puxar de volta, mas seus braços eram finos e frágeis como canudos agora. Em vez disso, ela disse:

— Espere!

Lembrei-me dos soluços. Esperei.

— Não mantive você aqui só porque isso era minha vontade. Foi para impedir você de ir para fora.

— O quê?

— O relógio digital — murmurou ela. — Ele parou de funcionar.

— Explique isso de uma vez! — Não tive a intenção de gritar, Moritz. Os olhos dela estavam iluminados, talvez até mesmo arregalados.

— Quando você tinha uns dois anos, Greg tentou… olhe. Ele estava com um dos velhos relógios do seu pai. Com uma bateria minúscula. Ele se lembrou das manoplas do desfibrilador quando ressuscitou você, e queria ver como você reagiria.

O dia em que eles discutiram. O dia em que o chalé pegou fogo.

— Ele podia ter *matado* você. Entrei na sala e ele estava estendendo o relógio para você, que se encontrava encolhido no canto mais distante da sua casinha de brinquedo, apenas tremendo. Gritei com ele; você me ouviu e ficou irritado. Você berrou. Quando você berrou, o relógio soltou *faíscas*.

Tentei me desvencilhar dela.

— Do que está falando?

— Estou dizendo que funciona dos dois jeitos. A eletricidade o machuca, mas você a machuca também. O visor do relógio trincou. Ele nunca mais funcionou.

— Eletromagnetismo…

– Greg achava que talvez pudéssemos aumentar sua tolerância. Fazem isso com pessoas alérgicas a amendoim. Aumentar gradualmente a dose para um corpo desenvolver imunidade. Talvez por isso ele lhe tenha dado o relógio. Ele não estava *tentando* machucar você, Ollie. – De repente, ela pareceu ter adquirido uma percepção mais aguçada. – Mas você não era o filho *dele*.

– Estou vendo onde aprendi a ser tão egoísta.

– Não é egoísmo amar as pessoas. – Os olhos dela se estreitaram, observando cada parte do meu rosto. A chuva batia forte nas janelas. Sua mão segurava minha manga com firmeza, apertando com tanta força que começava a doer.

– Se houvesse pelo menos uma possibilidade de eu poder ir à *escola* e você poder trabalhar. Se eu pudesse ir para a Alemanha e você pudesse estudar astrofísica... – Respirei fundo. – Como foi capaz de ficar todo esse tempo sem me contar?

– Tudo que as pessoas fazem lá fora é machucar umas às outras – disse ela, e seus olhos estavam estranhamente desfocados. – Você vai sair e vai acabar machucando alguém, Ollie. Você não pode evitar.

Pensei no celular, naquele celular estúpido que entrou em curto e em como não consegui impedir que ele machucasse Liz.

– As pessoas se machucam por aqui também, mãe.

Puxei os dedos dela do meu braço e saí da casa, esbaforido, passando pela varanda e depois sob a chuva. Ela não liga mais para trancas e cadeados. Faz eras que não tento ir embora.

– Ollie! – gritou ela. – O casaco!

Montei na minha bicicleta surrada e pedalei rumo ao cabo de alta-tensão, cuspindo a água da chuva que invadia minha boca. Não olhei para trás a fim de ver se minha mãe estava na varanda, contornada pela fraca luz amarela que emanava do chalé. Simplesmente nem olhei.

O céu estava cinzento e escuro, e algumas das nuvens tinham um tom arroxeado, um indício de que poderiam começar a cuspir relâmpagos em pouco tempo. A vegetação cobria a viela ainda mais do que antes. Não parei até ver os raios alaranjados mais adiante, luzindo sobre as árvores.

Apertei os freios e parei quando o cabo ainda era uma sombra pequena no horizonte, uma linha preta cercada por uma névoa alaranjada. Continuava chovendo, porém era mais uma garoa do que uma tempestade. O ar estava frio e cortante nas minhas narinas.

– Vamos dar um fim nisso – falei, mostrando os dentes. Devia ter trazido meu chapéu de mafioso. – Eu vou a um baile. E depois vou para Kreiszig, seu filho de um fofo. Para impedir que um amigo se transforme em um eremita.

Porque Liz tinha razão, Moritz. Tudo sempre girou em torno de mim. Não quero que as coisas sejam assim. Não quero mais ser egoísta e morar sozinho num chalé pelo resto da minha vida. Quero sair e me machucar. Quero o que todos têm: não somente tomadas elétricas, mas conversas. Lembranças! Quero ver coisas, conhecer pessoas e me tornar algo maior do que eu mesmo.

Assim, ainda que isso magoe minha mãe, preciso sair. Para que nós dois possamos começar a viver.

O cabo não se mexeu. Era como se os tentáculos alaranjados ainda não tivessem farejado minha presença. Estavam pendurados mansamente, ignorando a ameaça que eu representava. Ou talvez fossem apenas indiferentes ao meu desafio.

Mas não por muito tempo.

Montei de novo na bicicleta e comecei a pedalar com todas as minhas forças. Ganhei velocidade mais rápido do que já havia tentado antes, bufando e resfolegando em questão de segundos, e jogando lama e água da chuva por todo o meu jeans.

Quando estava na metade do caminho até o cabo, a eletricidade percebeu. Os filamentos se ergueram e recuaram, e pareceram ficar mais intensos conforme eu pedalava na direção deles. Eu queria gritar, mas, em vez disso, baixei a cabeça contra o guidão enquanto a chuva gelada batia no meu rosto.

Meus pneus tremiam em meio à lama, o selim me fazia subir e descer, e a grande cascata alaranjada de luz assumiu a forma de um tsunami e se ergueu, pronta para arrebentar sobre a terra e me deixar em pedaços.

Eu ia passar por baixo dele. Desta vez, ia mesmo.

A náusea me atingiu antes que a onda começasse a descer. Senti um nervo na minha têmpora vibrar, mas tudo o que fiz foi pedalar, pedalar, pedalar e fechar os olhos, e a onda de luz ofuscante desceu sobre mim.

Gritei com ela.

Meu pneu dianteiro virou de lado na lama.

Bati contra o poste de madeira sob o qual os cabos estavam presos.

Houve um som estrondoso de algo se rompendo quando o cabo se partiu em dois sobre mim, lançando uma chuva de faíscas na viela. Não era um relógio digital. Não era um celular. Era meu nêmesis, partido em dois porque eu não passaria a vida inteira no fim daquela viela, Mô. As coisas que me prendiam aqui, que me mantinham aqui, não poderiam me segurar para sempre. Isso não aconteceria.

Minha cabeça latejava, meu coração batia aceleradamente e eu ainda me encontrava do lado errado do cabo, deitado sobre a grama alta mais uma vez.

Entretanto, eu não estava sofrendo convulsões. Estava consciente.

E talvez eu conseguisse passar por aquele cabo rompido que soltava faíscas.

Talvez eu ainda fosse egoísta. Ainda queria o mundo inteiro.

Levantei-me e me aproximei, a passos trôpegos.

Fechei os olhos.

Dei passos lentos e deliberados para a frente...

E passei por ele.

O ar que havia do outro lado era o mesmo, encharcado pela chuva, e me lembrei, subitamente, do que havia falado para Liz no dia em que a conheci, enquanto estávamos sentados no teto do Guetomóvel no ferro-velho, quando disse que não queria atravessar a linha de transmissão se isso significasse que eu não poderia voltar.

Minha mãe nunca vai sair da floresta, não é, Moritz?

Eu me sentia ofegante, de repente enjoado outra vez. Como se minhas alergias tivessem finalmente me alcançado. Voltei um pouco, novamente atravessando a linha.

Os filamentos tentavam me agarrar mais uma vez. Eles reuniram toda a sua fúria em uma bola de algo parecido com fogo onde o cabo havia sido partido.

Tentaram me agarrar durante o tempo inteiro em que pedalei para longe. Podia senti-los nas minhas costas, penetrando minha coluna.

Em casa, a porta continuava aberta. Minha mãe não estava. Da janela do meu quarto, vi as luzes da garagem brilhando. Podia ver a nuvem escarlate que emanava do pequeno gerador.

Desde então, ela não saiu mais. Não consegui pedir desculpas.

Talvez estejamos do lado errado de alguma ponte metafórica onde a grama tem uma crosta e ao mesmo tempo não é grama, mas, sim, pequenos estilhaços de vidro. Não sei, Moritz.

O único fragmento verde que consigo ver, entretanto, são suas cartas. Por isso, nunca pare de me escrever.

Entendeu?

Nunca pare.

Porque você nunca vai me conhecer pessoalmente, e isso é o máximo que podemos ter, mesmo que eu derrube todos os cabos elétricos entre este lugar e Kreiszig.

Capítulo 27

A CÂMARA

Eu lhe daria o mundo. Mas talvez você não o quisesse. Depois desta carta, talvez você queira romper comigo, assim como rompeu sua linha de alta-tensão.

Preciso lhe dizer algo que já devia ter dito antes. Até mesmo antes de me permitir conversar com você.

Tenho que lhe falar sobre a câmara anecoica do Dr. Merrill.

O Dr. Merrill finalmente terminou de construir uma câmara anecoica no interior do prédio que abrigava o laboratório. Essa câmara é uma sala à prova de som, forrada com protuberâncias de espuma em forma de quadrados e triângulos que absorvem até mesmo o menor sussurro. Mesmo o piso não passa de uma grade suspensa acima de mais espuma. Uma câmara anecoica ideal cria um vácuo de som. Um corpo pode berrar a plenos pulmões num espaço como esse, e alguém que esteja a quatro centímetros de distância não vai ouvir mais do que um sussurro incrivelmente tênue.

Eu tinha onze anos. Percebi sua chegada antes de ele se aproximar. Reconheci-o por causa da maneira característica com a qual batia os pés sobre os azulejos do corredor.

— Aí está você, Moritz! – disse Merrill, enfiando a cabeça pelo vão da porta. Ele me encontrou onde minha mãe me deixara. Em uma das salas de espera. Havia algumas moças por ali também, mordendo os lábios. Arrumei os cabelos por cima dos óculos. Uma das mulheres fechou a revista que estava lendo. Abriu um sorriso hesitante para mim. Saí pela porta. Empurrei-a cuidadosamente para que se fechasse atrás de mim.

— Espere até você ver o que temos aqui. – Merril me segurou pelo braço. Guiou-me pelo corredor. – Você vai ficar louco.

— Não precisa me puxar. – Ele me levou até o elevador. – Sei andar sozinho.

— Finalmente terminei a câmara. É incrível! Ela cancela o som até 28,2 decibéis negativos.

— Ah. – Eu sabia alguma coisa sobre a câmara anecoica que haviam projetado. Merrill ansiava em ter uma dessas desde que se juntara à equipe. – Imagino que você queira que eu a teste para você, certo?

Ele riu.

— Não, não. Quero que *ela* teste *você*, Moritz! Como você se adaptaria à *ausência* de sons, hein? Vamos descobrir!

Ele apertou o botão do subsolo. As portas se fecharam. Fiquei tenso, querendo que ele soltasse meu braço. E ressentindo-me do fato de que, se ele o fizesse, o zumbido nas paredes me causaria tontura.

— Mas, se é uma sala à prova de som, não vou enxergar – falei, engolindo em seco. – Vai ser pior do que o tanque de água.

Eu não disse: "Estou com medo".

A porta do elevador se abriu. Merrill me conduziu pelo corredor estreito do subsolo. Nossos passos ecoavam na minha cabeça. Havia teias de aranha ali também: elas causavam cócegas em minha audição de um jeito que me fazia estremecer. Era como caminhar pelo freezer de um açougue.

— Não se subestime — disse Merrill. — Sabia que, durante a última década, você foi o sujeito mais pesquisado deste lugar? Outros vieram e foram embora, mas você é como a musa daqui. O original. As pessoas simplesmente não conseguem parar de estudar o garoto da ecolocalização.

— Eu sei.

— Sim, imaginei que saberia. Afinal, foi você que passou a vida inteira se esquivando de projéteis. He-he. Que bom que, de acordo com os dados, você foi desenvolvendo um talento cada vez maior para se esquivar de coisas. Sua ecolocalização se torna mais poderosa conforme você envelhece e pode alcançar um novo patamar quando atingir a puberdade. Talvez, nesse ponto, você consiga se esquivar de balas!

— Meus reflexos têm muito pouco a ver com a pesquisa da minha mãe sobre o tratamento de cardiomio...

— Ah, o que é isso, Moritz? — perguntou ele. — Você é um garoto esperto. Sabe que sua mãe não está tão preocupada assim com seu coração. Não mais. Afinal, foi você quem deu início a tudo isso! Você é a razão pela qual eu vim para cá.

Se eu pudesse fazer uma careta de desgosto...

— Você não sabe do que está falando.

Merrill, entretanto, levava-me até uma sala de observação modesta, sem cadeiras nem armários. Em uma das extremidades, havia um cofre de metal bastante imponente que se erguia do piso até o teto. Estalei a língua na direção dele. Ferro. Durável e frio.

— Não é uma beleza? Quero pintá-la de vermelho-cereja, como um Corvette.

Cruzei os braços.

— Ah, sim — prosseguiu ele. — Suponho que isso não signifique muito para você, não é, Momô?

— Não me chame assim.

— Alegre-se, garoto. Isso é divertido! Venha aqui.

Ele colocou tampões nasais na minha mão.

– O que é isso?

– Bem, uma parte da espuma ainda está com um cheiro estranho porque não secou completamente. Embora não seja tóxico, o fedor é horrível.

– Acho melhor eu não...

– Não estrague a festa! Por favor. Estou tão empolgado com isso!

Enfiei os tampões nas minhas narinas. Baixei a cabeça, admitindo a derrota. Já tinha visto aquele olhar ensandecido muitas vezes antes. É impossível discutir com cientistas naquele estado mental.

– Tudo bem. Se temos mesmo que fazer isso...

Merrill abriu a porta do cofre e minha respiração parou.

Depois da porta, não havia nada. Uma ausência total de qualquer coisa. Um espaço vazio. Impulsivamente, estalei a língua na direção da porta. Estalos muito rápidos, agudos e claros. E senti o impossível, Ollie: uma falta absoluta de retorno, de resposta.

Estremeci.

– O que você vê... aí dentro?

– É parecido com um monte de livros de espuma empilhados em linhas verticais e horizontais, projetando-se das paredes e do teto, e da maior parte do piso. Um castelo meio maluco. Quer dizer que você não consegue ver nada, então?

Mordi a língua para parar de estalá-la.

– É como olhar para o nada.

Ele sorriu.

– Bem, entre, então! Vamos ver o que você é capaz de fazer aí dentro.

O Dr. Merrill andou para trás e entrou no silêncio que se abria. No momento em que o fez, praticamente desapareceu do meu campo de visão. Só conseguia ouvi-lo e vê-lo porque a porta estava aberta.

– Entre – disse ele.

– Acho melhor não. – Não pude deixar de perceber a falta de monitores na sala. O que ele queria medir? E como? Onde estava o grupo de homens e mulheres com as pranchetas, que sempre estava por perto? Onde estavam as pessoas com o rosto coberto por máscaras cirúrgicas?

Eu estava subindo a escada que levava para outro tanque de água. Por que não fugi, Ollie?

Merril enfiou a cabeça pela porta do cofre. Tudo que eu conseguia ver era um contorno embaçado do tronco dele, de modo que aparecia diante de mim como uma cabeça flutuando no ar. O choque momentâneo foi tamanho que o deixei me agarrar pelo cotovelo.

– Entre! – Ele me puxou para a câmara.

Antes que eu pudesse dizer qualquer palavra, a porta foi batida atrás de nós.

E foi então que descobri o que era o preto.

Eu não conseguia ver. Não conseguia ouvir. Não conseguia sentir *coisa nenhuma*. Eu estava tão cego como jamais estivera.

Havia o nada à minha volta. Entrando em mim. Não conseguia sentir uma única sensação além da mão de Merrill segurando meu antebraço. Não conseguia sentir o cheiro dos produtos químicos sobre os quais ele havia me avisado. Era um buraco negro, um abismo. O inferno.

Pode me culpar por meu coração ter começado a tropeçar nas próprias batidas? Pode culpar meus pulmões por mancarem?

Tornou-se pior quando ele me soltou. Senti que eu havia sido apanhado pelas profundezas mais escuras do espaço sideral, caindo em meio a trevas eternas. Gritei e mal consegui ouvir minha própria voz; apenas o eco sutil das vibrações na minha garganta.

Merrill conseguia enxergar com bastante clareza. Havia luzes na câmara, luzes que nunca significaram nada para mim. Ele não dependia dos ouvidos. Ver que eu desmoronava dentro daquela câmara minúscula deve ter sido *fascinante* para ele. Caí de joelhos. Tentei tocar as paredes de espuma para me orientar. Tentei fazer algo porque meu peito arfava e meu coração batia de modo descompassado. Criar ruídos suficientes para enxergar. Pouco adiantou. As paredes estavam bem distantes para que eu não conseguisse tocá-las. Exalei o ar, ansioso. Agarrei-me à plataforma sobre a qual estávamos, tão insubstancial quanto a sensação causada pelo metal frio do qual era feita, já que eu não podia vê-la.

Merrill não me ajudou a ficar em pé. Claro que não faria isso. Ele pressionou os dedos contra meu pescoço para medir minha pulsação, provavelmente enquanto fazia anotações na prancheta. Em seguida, colocou a mão em concha contra minha orelha direita enquanto eu arfava no chão.

– Vamos lá, Moritz! O que há com esses batimentos cardíacos? Controle-se, garoto! Isso não está muito bom para nós, não é mesmo?

Ele gritava, mas o som vinha em sussurros. Tudo acontecia em um cofre de privação sensorial. Eu estalava a língua sem parar, mas não havia nada. Nada além da voz distorcida dele. Só conseguia escutar.

– Você é o nosso *garoto de ouro*. A maioria dos fetos que manipulamos não tem sorte o bastante para desenvolver audição supersônica. Alguns garotos acabam nascendo pequenos, sem pernas, sem braços e somente com metade do cérebro. Vão cortar nossa verba se não pudermos provar que as crianças daqui são úteis. E, ainda assim, você tem cardiomiopatia, não é? A iniciativa será um fracasso se você não for um super-humano, Momô! Mostre a que veio! Estale essa língua mais alto! Livre-se desse pânico!

Ele enfiou um dedo contra o implante de monitoramento atrás da minha orelha; o aparelho soltou bipes, iluminando-me o crânio. Sem dúvida, o implante lhe dizia que meu coração estava falhando, que a minha temperatura aumentava e que meus ouvidos precisavam fazer um esforço cada vez maior. Será que podia dizer a ele o que eu tentava fazer?

Será que podia dizer a ele que parasse?

– Que decepção, Momô!

Eu estava ofegante. Sentia-me tonto. Chorava, apenas para sentir o calor das lágrimas nas minhas bochechas. As pontadas de dor no meu peito pioravam, progressivamente. Entretanto, cada palavra que entrava direto na minha cabeça era mais dolorosa. Ele agia com uma indiferença gigantesca, Oliver.

Eu era uma mosca em um frasco. Ele me esmagaria entre o polegar e uma superfície dura apenas para descobrir a cor do meu sangue.

– Por favor – eu queria dizer, mas não era capaz de ouvir minha voz. Agarrei-me às calças dele.

De algum modo, ele se fez ouvir. Colocou a boca tão perto da minha orelha que o calor do seu hálito pareceu espetar o interior do meu cérebro.

– Aquelas mulheres na sala de espera. Elas ainda esperam evitar a fibrose cística, sabia? Não fazem a menor ideia de que estamos apostando no *futuro*. Porém, se até mesmo nossa musa pode ser derrotada por *blocos de espuma*, que diabos estou fazendo aqui? Como *você* pode ser uma inspiração?

A dor estava insuportável agora. Meus pulmões eram dois sacos sem vida. Respirar tornara-se um esforço fútil. Eu devia estar prestes a sofrer uma parada cardíaca.

– Olhe, tudo isso é por sua causa, Moritz. Todos aqueles fracassos na ala das crianças, em nome do seu aprimoramento. Porque, mesmo assim, você ainda é um doente! Então, prove que não desperdiçamos nosso tempo!

– *Por favor*. – Era apenas uma lufada de ar na minha garganta que se fechava. Eu estava sendo esmagado por um punho poderoso, com as costelas perfurando os pulmões e os estilhaços de ossos, de músculos? E, embaixo disso tudo, o que fazia meu coração doer mais? A minha doença?

Ou saber que minha existência contaminava todos os outros?

Se você estava se perguntando, foi nesse momento que morri, Oliver.

Eu estava inconsciente durante minha liberação da câmara anecoica.

Rostschnurrbart esbarrou com o Dr. Merrill no elevador. Perguntou se ele havia falado comigo naquela manhã. Merrill deu de ombros. Mas, no andar térreo, quando Rostschnurrbart perguntou sobre mim na sala de espera, a mulher que sorriu lhe disse que um homem estranho havia me chamado para fora dali.

Rostschnurrbart não vacilou. Disse-me, quando eu estava deitado na enfermaria, recuperando-me, que havia percebido há tempos algo de estranho naquele sorriso. Tinha tomado o cuidado de não me deixar sozinho com ele. Rostschnurrbart se lembrava do incidente no tanque de água. Lembrava-se de que Merrill não fizera nenhum esforço para me salvar da tentativa de afogamento; em vez disso, permanecera apenas registrando os dados enquanto eu me debatia no tanque.

Quando Rostschnurrbart me tirou da câmara, meus pulmões haviam murchado. Eu não tinha pulsação alguma no momento em que ele me ergueu.

Rostschnurrbart teve de pressionar os desfibriladores no meu peito para fazer meu coração voltar a bater. Não os repeli.

Minha mãe instalou meu marca-passo no mesmo dia. Levei quase uma semana para despertar. Merrill já tinha sido mandado embora dali há muito tempo. Minha mãe não deu ouvidos às suas justificativas. Ele a agarrou pelas lapelas, declarou que suas ações haviam sido em prol do progresso. Será que ela não percebia? O lugar estava estagnado! *Olhe!*

Rostschnurrbart lhe acertou um soco no rosto. E ele não sorriu na ocasião.

Minha mãe nunca olhou verdadeiramente para mim. Ela era uma pessoa lógica; sabia que, não importava para onde estivesse olhando, em uma sala com ondas sonoras suficientes, eu poderia vê-la. Ela não *precisava* olhar para mim.

Aquilo nunca me incomodou até o dia em que me vi deitado na sala de recuperação depois do incidente anecoico.

Quando minha mãe trocava uma das minhas bolsas de soro, consegui encontrar coragem para falar com ela. Havia considerado cuidadosamente o meu curso de ação. Quais perguntas eu lhe faria.

– Mãe – falei, enquanto ela enfiava uma agulha no meu braço. Seus dedos estavam gelados por baixo das luvas. Tolos de coração fraco como nós sofrem também com a má circulação. – Mãe, você me fez assim?

– Fiz. – Ela retirou a agulha outra vez. – De algum modo, eu fiz.

– Não foi de propósito?

– Não de propósito. Tudo o que eu queria era consertar seu coração, não tirar seus olhos. A manipulação genética é um campo misterioso. Ainda estamos aprendendo.

– Você estava tentando... consertar os outros, também?

Ela tirou um rolo de esparadrapo do bolso.

– Não. Não somente consertá-los. Estava tentando melhorá-los. Assim como melhorei você, mesmo que não tivesse a intenção.

– Mas por que não quis *apenas* melhorá-los? Já que poderiam ser pessoas normais?

As tiras do esparadrapo que ela colocara sobre a agulha já grudavam na minha pele.

– Pessoas normais fizeram muito pouco por um mundo que está morrendo, *mein Kind*. O mundo precisa de uma visão anormal. Do jeito que está hoje, há falhas na humanidade que nenhuma manipulação genética é capaz de mudar. – Seu rosto impassível estremeceu. – Pessoas normais são monstruosas.

– Meu pai era normal.

– Sem dúvida. – Ela suspirou. Pelo menos desta vez, agiu como uma pessoa. – E ele nos abandonou. É tarde demais para mudá-lo.

Fiz uma última pergunta:

– Você... você ainda me amaria se eu fosse... *normal*?

– Você precisa perguntar? – E saiu da sala.

Sim, eu precisava perguntar. Em uma casa sem alma, é preciso perguntar esse tipo de coisa.

Pensei várias vezes no que aconteceria se minha mãe não tivesse retirado meus olhos acidentalmente. Se a manipulação que fez em meus genes houvesse só consertado minha cardiomiopatia e me transformado em uma pessoa completamente normal e sem qualquer capacidade especial. Totalmente humano. Se as pesquisas do laboratório não fossem distorcidas por causa de propósitos bizarros.

Sua doença pode ter sido causada por minha culpa, Oliver Paulot. Não sei até onde as agulhas da minha mãe chegavam. Quantas crianças pelo mundo são sombras pálidas e distorcidas de super-humanos? Quantos pais com problemas genéticos se registraram no programa de testes, esperando que minha mãe poupasse seus filhos de doenças, sem perceber que ela só faria isso se pudesse dar a eles uma "visão anormal"?

Eu não mereço a normalidade, Oliver. Não se minha existência privar outras pessoas disso. Sou o protótipo do seu sofrimento. Existe uma possibilidade de eu ser o culpado por você não poder visitar a garagem que abriga o sofrimento da sua família. Ou por não poder ir ao cinema. Ou por ficar irritado com desenhos animados.

Se eu tivesse nascido com olhos, será que você dançaria ao som de New Wave no Halloween?

Já se perguntou por que não consegui lhe contar isso antes?

Você queria que eu curasse seu tédio, não que eu o assombrasse.

E eu... eu não queria ser o monstro responsável por deixar você preso no meio da floresta.

Moritz

P.S.: Você acha que estou tirando conclusões precipitadas. Acha que sua doença pode não estar relacionada com o laboratório na Saxônia. Se pelo menos isso fosse possível, Ollie...

Eu não queria lhe contar isto. No laboratório, onde mulheres jovens recebiam injeções de substâncias químicas, o homem que perguntava "Cadê o doutor?" e que me fez voltar da morte com os desfibriladores não se chamava Rostschnurrbart. Eu enganei você.

Você precisa saber que *Rostschnurrbart* se traduz como "Bigode enferrujado", ou algo parecido com "Bigode-Ruivo". Ele usava camisas estampadas e sapatos de couro. E se movia de um jeito brusco e abrupto.

Capítulo 28

AS AGULHAS

Lamento por você ter ficado trancado em uma câmara escura. Conheço a sensação.

Para o inferno com a hipocrisia. Você devia ter me contado tudo isso antes.

Aquela coisa sobre Bigode-Ruivo: como vou poder confiar nele agora? Como você foi capaz de fazer isso comigo, sabendo tanto a respeito dele? Como vou saber se ele não passa todo o tempo em que não está aqui trabalhando na Alemanha, enfiando agulhas nas pessoas?

Desde o início, nós nos tornamos amigos porque precisávamos de alguém em quem pudéssemos confiar, não é mesmo?

Porém, você ainda não consegue me ver como um confidente. Mesmo agora. Mesmo depois do que lhe falei sobre Joe, sobre Liz, você continuava escondendo coisas que moldaram fortemente nossas vidas. Quero pensar que isso não tem importância.

Por que você mentiu para mim? Como você foi capaz de fazer isso? Como pôde fazer o que todo mundo faz?

Capítulo 29

O WOMBLE

Ollie,

Talvez eu devesse ter lhe contado tudo isso antes. Mas muito da nossa amizade é baseado no encorajamento e em estímulos. Você foi uma luz muito forte. Tinha confiança na sua autobiografia. Por que eu tiraria isso de você?

Por que eu iria querer revelar horrores sobre mim para a única pessoa que acha que sou heroico?

Creio, talvez, que você esteja fazendo a pergunta errada. Acredito que não devia ser "Por que você mentiu para mim?", e, sim: "Por que você decidiu me contar a verdade?".

Sabendo de tudo o que estava envolvido, por que eu deveria me arriscar?

Não lhe contei sobre a noite que antecedeu nosso confronto com Lenz. A noite em que retornamos ao Partygänger. Mel nem suspirou quando nos deixou entrar. Outra noite de música e barulho e iluminação e o tipo de companhia que começava a me reconfortar. Companhia que não me fazia mais olhar por cima dos ombros, tenso.

Dançamos. Rimos. Owen formava palavras com os lábios e eu agia como um idiota ao som das batidas. O mundo chorava com minha maneira terrível de dançar. Dancei assim mesmo.

Em um dado momento, enquanto uma música se agigantava, ia crescendo e arrebentava como as ondas de uma praia, Owen se aproximou e me beijou ali mesmo, na pista de dança. Foi hiper-real, em meio às vibrações dos graves e os corpos e a respiração e o movimento. Puxou minha cabeça para perto da sua e segurou-me tão perto que você talvez pensasse que eu não conseguiria respirar. Naquela ocasião, meu coração fraco não fez nada. Não sentiu nada.

Por um momento, entendi o silêncio. Afastei-me dele. Deixei-o parado em meio a um mar de movimento. Mesmo me virando para trás, é claro que eu ainda podia vê-lo. Vi como o rosto dele desmoronou enquanto eu me afastava.

Abri caminho por entre as pessoas sem nome para chegar até o bar. Fieke me deu um soco nas costas. Se pelo menos eu conseguisse afastar os pensamentos da minha cabeça...

– E então? Deve estar se sentindo um fofo, supercontente.

Balancei a cabeça.

– Como é?

– O que foi? – perguntou ela, com a cara fechada. – Você passou todo esse tempo tentando chegar no meu irmão, e de repente apenas o dispensa? Está tirando onda com a minha cara?

Deixei que ela me empurrasse dessa vez. Vi Owen indo para a saída, abrindo caminho por entre as pessoas.

– Mas o que deu nessa sua cabeça fofa? Você sabe o que é ser humano? – Fieke já estivera irritada comigo outras vezes, mas nunca tão furiosa quanto nesta ocasião.

– Eu não o amo – falei.

– Como se você soubesse o que é amar alguém, seu androide.

Ela não saiu pisando duro. Olhou para mim com uma expressão irritada até que eu tive que sair. Até que o barulho me mostrasse demais a ausência dolorosa de Owen.

Mas eu sei o que é amar alguém. Percebi isso no momento em que Owen se encostou em mim, e tudo o que havia em volta era o silêncio.

Posso confessar isso porque já estou condenado.

Condenado não somente por amar um garoto que vive longe de mim, mas por amar um fantasma. Amo um garoto que sempre será um estranho para mim e para meu coração defeituoso. E também porque, desde o primeiro momento em que soube que você existia, você está completamente apaixonado por outra pessoa. E eu o amei mesmo assim. Apesar, ou por causa, da impenetrabilidade de Liz.

Amo sua maneira de não se ater a um mesmo assunto. Seu senso de humor que, admito, é infame. Os comentários autodepreciativos que faz e que demonstram o quanto seu coração é extraordinário. Amo a maneira com a qual você finge o otimismo, pensando no bem das pessoas ao seu redor.

Amar você me causa um sem-número de transtornos. Ollie, você me causa um sem-número de transtornos pela maneira com que se sabota. Por trazer tristeza à própria vida e por agir como um idiota por causa de uma garota que não retribui o que você sente; que não consegue apreciar a solidão e o silêncio.

Perdoe minha franqueza.

Mas você não pode dizer que não confio em você. Eu lhe mostrei meu coração batendo. Com o marca-passo e tudo o mais, cheio de confiança.

Agora que confiei em você com as profundezas mais sombrias de meu ser, estou lhe enviando um pacote. Em seu interior você vai encontrar um *womble*, um traje de borracha para lidar com materiais perigosos usado por minha mãe no laboratório. Talvez seu pai tenha usado um desses também. Imploro que saia de onde está e se imponha. Levante-se diante da garota pela qual está sofrendo por amor.

Conquiste a garota e a leve para algum lugar à noite, após o seu baile de máscaras.

Eu vou ao hospital. Nada pode me machucar agora que enfrentei a linha de alta-tensão que você é.

Não se preocupe mais com o amigo tolo de coração fraco que lhe escreve estas cartas.

Atenciosamente,

Mô

Capítulo 30

AS AMORAS

Espero que outra coisa pela qual você possa me perdoar (ou pela qual possa me amar, ou algo do tipo) seja meu hábito ruim de ser um completo imbecil.

Desculpe-me. E agora eu é que estou aterrorizado. O que você vai fazer? O que vai acontecer se você se entregar? O que vai fazer quando chegar ao hospital?

Não, que se dane. Há mais que preciso lhe dizer.

Mô, não posso odiá-lo porque você me ama. Embora eu possa me perguntar se você andou usando drogas – não por eu ser um garoto, o que nem tem tanta importância assim, Oscar Wilde. Mas porque fui um imbecil durante todo esse tempo.

Talvez, se eu tivesse encontrado você primeiro, perto da linha de transmissão com os bolsos cheios de frutas – não Liz, mas você –, digo... quem sabe? Não sei nada sobre o amor, exceto que ele arde um pouco e faz com que as pessoas ajam como patetas que fazem xixi em gatos.

Não se preocupe.

O que estou dizendo é isto aqui:

Eu não quis, nem por um segundo, culpar você pelo que sua mãe fez. Eu estava muito assustado, muito furioso, e descontei tudo em você. Porque minha mãe não consegue mais andar, e Bigode-Ruivo não disse nada da última vez em que perguntei se ela iria morrer.

Se *Vorgaggingnãomefaçamaisescreveressaporcariadenovo* significa superar as ações de uma geração anterior, como você pode apenas ficar sentado aí, abalado por uma culpa pelas decisões ruins da sua mãe? Estou falando sério.

Permita-me descrever isso de forma mais artística, com maior sofisticação.

Eles nos largaram na latrina. Num monte gigantesco de merda. E estamos cobertos pelos resíduos fecais das decisões que tomaram. Mas isso não significa que fomos nós que cagamos, Moritz. Nem que nós somos o cocô.

Nunca pense em algo assim. Nós não somos o cocô.

Acho que essa analogia torna tudo bem claro. E não venha querer discutir a questão. Nem tente.

Moritz, você não é o cocô.

(Mal posso esperar para você gemer com isso. Espero que ainda consiga rir do meu humor infame.)

Mas... meu Deus, eu não estou rindo. Estou morrendo de medo. Receio que, de algum jeito, você tenha se tornado igual a sua mãe. Enterrado sobre o peso dos próprios erros. E aqui estou eu, sem condições de fazer qualquer coisa a respeito. Mais uma vez, sem energia.

Moritz, não vá a lugar algum.

Capítulo 31
AS MÃOS

Meu pai não olha mais para mim. Contei a ele o que aconteceu. Falei sobre a coisa horrível que fiz com Lenz embaixo da ponte. Ele entrou em contato com o pai de Lenz. Saí da sala enquanto falava ao telefone. Tampei os ouvidos para não ouvir o que conversavam.

Meu pai me disse para entrar no carro. Não ligou o rádio. Conteve um suspiro no fundo da garganta, e ouvi os ecos que me mostraram como ele não é capaz de suportar o que fiz. O que posso ter me tornado. Será que sou tão diferente da garota que tentou me afogar?

Dei a ele o endereço da residência dos Abend. Quando passamos sob a ponte, não consegui enxergá-la.

O apartamento no porão parecia ainda mais sujo do que eu me lembrava. Desci os degraus e respirei fundo. Bati à porta.

Depois de um momento, Owen a abriu. Ele baixou os olhos até os pés. Eu mal conseguia vê-lo, mesmo com a pulsação acelerada. Ele logo se afastou. Claro que se afastaria, depois da minha falta de humanidade na pista de dança. Da minha violência sob a *Südbrücke*.

Fieke apareceu em primeiro plano, destravando a corrente que trancava a porta.

— Olhem só quem saiu da toca. — Todos os piercings dela haviam sido removidos. Seu rosto, na realidade, tinha feições suaves, sem todos aqueles anéis e rebites. Vi a menininha nela outra vez. Parecia precisar muito dormir.

Eu tossi. Endireitei-me. Tentei projetar ondas-golfinho confiantes. Talvez isso pudesse ajudar, mesmo que só um pouco.

– Vou visitar Lenz. Vou contar ao pai dele o que aconteceu.

– O que aconteceu? Finalmente encontrou seus colhões? Ele está deitado lá desde o dia em que você o acertou. Já é um pouco tarde.

– Vim pedir a vocês que me acompanhem.

– Fofa-se – falou Fieke. – Por que eu iria querer voltar a vê-lo?

– Porque você lamenta o que aconteceu. Porque também não consegue dormir.

– Você não sabe de merda nenhuma.

– Ele nunca tocou em você – declarei. – Não foi ele que machucou você.

Novamente, deixei Fieke me acertar. O impacto da palma aberta contra meu rosto confirmou minhas palavras. Não foi Lenz, mas outra pessoa. Eram os pais, sobre os quais nenhum dos dois irmãos falava. A razão pela qual moravam sozinhos num apartamento deteriorado sem um sistema de aquecimento. O porquê de Fieke ter dezenove anos e ainda frequentar a *Hauptschule*. Essa era a herança dela.

O tapa ecoou na minha cabeça. Voltei a subir os degraus. Um ônibus que passava na rua me bombardeou com um som ao qual desejei me mesclar e desaparecer. Não importa o motivo, eu sempre vou ouvir meu sangue correndo e os ossos rangendo. Sentei-me no banco do passageiro, ao lado do meu pai.

Ele enfim olhou para mim. Engatou a primeira marcha. Meu estômago se revirou.

– Achei que eles fossem meus amigos – falei.

– E são.

Gosto de imaginar que Owen saiu correndo para a rua quando fomos embora, com a mão estendida.

Mas é claro que eu não podia vê-lo.

Meu pai esteve se desculpando com a família de Lenz. Uma família tão pequena quanto a minha. Uma família que tem somente um pai, um homem que esfrega as mãos grandes uma na outra, com uma expressão séria no rosto. Meu pai não pergunta se eles vão querer prestar queixa. Nenhum dos homens diz nada do tipo. É claro que não vão fazer isso diante de mim.

Meu Deus, esta sala de espera me dá arrepios. É semelhante a todas as outras salas de espera.

Não consigo falar. Estou escrevendo neste caderno. Espero que ninguém venha falar comigo. Há meia hora, conversei com o pai de Lenz. Depois, corri até o banheiro para vomitar a bile vergonhosa que havia no meu estômago. Segurei-me no vaso sanitário e senti a garganta fechar. O som ecoou e iluminou apenas o meu rosto, distorcido pelo asco de mim mesmo. Porque eu já vi o pai de Lenz antes. Dentre tudo, eu reconheço aquelas mãos. Reconheço as dobras e marcas nelas. São as mãos de um padeiro. E foi então que eu soube quem Lenz era. Como eu o fiz gritar na padaria, quando ele era criança. Como eu o fiz gritar, gritar sem parar, por causa do nada que sou. E, de repente, o ódio de Lenz fez sentido para mim.

Saí do quarto e vim me sentar no corredor. Tentei não ouvir a conversa do meu pai com o padeiro.

Apoiei o cotovelo sobre os joelhos. O queixo na palma da mão. Escutei o som dos pés dos funcionários do hospital conforme eles passavam. O ruído do tecido dos uniformes se roçando e o ranger de sapatos de plástico. Eu escutava e minha garganta queimava. E eu sabia que estava no banco de reservas outra vez, Ollie.

Passos bem discretos se aproximaram. Um par de tênis que não era familiar para mim apareceu.

— Abra espaço. — Fieke largou o corpo na cadeira ao meu lado. Estava diminuída sem as botas.

Engoli em seco.

— Obrigado por vir.

— *Pffft*. Eu não queria vir. Owen não parava de puxar meu braço e de me olhar com aquela expressão estranha. Até que finalmente concordei em deixá-lo seguir a namorada sem olhos. Sem ofensa, *Brille*.

Senti que ela se aproximou para olhar para mim. Por que o ato de olhar é tão vital para outras pessoas?

Por que isso é tão vital para mim? Por eu nunca conseguir parar de olhar?

Passei muito tempo sendo invisível. Até você começar a me escrever, ninguém me seguia para lugares escuros.

Fieke vestia um blusão de crochê esburacado, e seus olhos encontravam-se estreitados, mas ela estava ali. Uma pessoa normal talvez pudesse abraçá-la.

— Owen está no banheiro, se quiser saber. Deu uma longa olhada na sua cara deprimente e foi se esconder numa cabine de banheiro para escapar do fedor da autopiedade. — Ela tossiu; a mesma tosse de sempre, junto com algo mais profundo. — Desculpe por termos demorado tanto.

Neguei com a cabeça.

— Não, por favor. Não se desculpe. Sou eu que nunca vou conseguir me desculpar.

— Pelo que aconteceu com Lenz? Ou pelo que você me disse antes? Porque você não sabe merda nenhuma sobre quem me criou, Moritz. Não são só os monstros que têm uma criação tão desgraçada.

— Por isso. Por tudo. Por coisas que não posso nem verbalizar.

Eu ouvia os bipes dos monitores por todo o corredor, dando vida às superfícies das paredes, do piso e do teto. Quais seriam os sons de Lenz?

Pressionei a base da minha palma contra o queixo. Permiti que os dedos trêmulos cobrissem minha boca.

— *Brille*, você está chorando?

— Não tenho olhos — falei. — Não posso chorar.

Fieke puxou minha cabeça para seu ombro.

— É claro que pode.

Eu não falava com minha mãe há semanas. Ela não havia me deixado sair do laboratório desde o incidente anecoico. Às vezes eu ouvia o seu coração fraco quando ela passava no corredor, diante do meu quarto (minha cela). Minha mãe nunca me disse se o amor dela por mim existia ou mesmo se era infinito. Mais do que nunca, permanecia inescrutável. Não olhava para mim. Seus sentimentos nunca eram claros, nem para mim nem para ninguém.

Você pode achar que não conhece sua mãe por causa dos segredos que ela guarda, Ollie. Mas eu conhecia os segredos da minha mãe e, mesmo assim, ela era uma estranha.

Os médicos recomendaram que eu ficasse em uma cadeira de rodas durante a recuperação. Recomendaram que eu não forçasse demais meu coração. Bigode-Ruivo me tratou do mesmo jeito que trata você.

– Moritz, por favor, coma.

Eu não tinha as mesmas respostas rápidas e ácidas que você. Sentia o corpo frouxo. Tremia.

Tinha dias como os que você teve, Ollie. Dias em que eu não fazia muito mais do que ficar sentado na cantina.

Não houve muito progresso na última inspeção. Quase nenhum país enviou representantes para nos visitar; dois homens de expressão séria e uma mulher com os braços cruzados, que apenas bocejaram diante do que me lembro serem bebês com três braços, escamas de réptil e sem coração. Eu havia me transformado num residente, mas as outras crianças iam embora. Uma a uma. Elas saíam andando ou eram empurradas em macas ou cadeiras de rodas.

Minha mãe sabia que seu trabalho não havia "progredido" ao longo daqueles vários anos. Talvez estivessem cortando as verbas do empreendimento. Vários membros da equipe dela foram embora depois de Merrill.

Suas crianças disformes não estavam equipadas para consertar o mundo.

Minha mãe era uma mulher distante, mas não acredito que fosse uma pessoa sem coração. Ela não matava as crianças que liberava do centro de pesquisas. Permitia que Bigode-Ruivo as entregasse de volta às famílias. Ou a outras instituições, ou a famílias adotivas pelo mundo afora. Em chalés no meio da floresta, do outro lado do oceano, Oliver. Ela não era tão monstruosa a ponto de assassinar seus fracassos.

Penso nela quando acordo nas manhãs dos fins de semana. No quanto ela parecia distante, mesmo quando me levava, com nossos corações bem próximos um do outro, há centenas de sábados, até meu assento de segurança no carro. Talvez não fosse a irregularidade das batidas do coração dela que me assustasse. Talvez fosse a irregularidade do seu coração.

Minha mãe não *sentia* as coisas da mesma maneira que as outras pessoas sentem. Ela processava o eco dos sentimentos. E essas ressonâncias só a alcançavam depois de muito tempo após os eventos que as inspiravam. Ela não percebeu a dor que causou até que esse sentimento tivesse reverberado por vários anos. Talvez ela tenha percebido isso quando morri.

Talvez essa fosse a verdadeira razão, a razão humana, pela qual ela não olhava para mim.

Era uma manhã de novembro. Eu estava sentado na cantina com o Dr. Bigode-Ruivo. Ele me ajudava a estudar para uma prova que determinaria se eu poderia frequentar o *Gymnasium*. Eu não via muito sentido naquilo. Duvidava que algum dia chegaria a sair do laboratório, e inclusive que poderia frequentar a escola pública. Agora eu já conhecia as coisas das quais não era digno. Ele sempre tentava fazer com que eu me sentisse como qualquer outra criança. Como eu não podia ler, estimulava-me a melhorar meu conhecimento sobre as palavras e sua ortografia, e encorajava-me a falar melhor.

Eu estava recitando as respostas às equações de divisão com ele quando, subitamente, ouvi a ausência da minha mãe. Não falei nada a respeito. Porém, conforme o dia avançava e o restante da equipe cuidava dos seus afazeres, desmontando máquinas e embalando equipamentos, independentemente do lugar do hospital em que eu estivesse, não ouvi uma única pulsação do batimento cardíaco dela. Em algum momento da tarde, o Dr. Bigode-Ruivo perguntou:

– Moritz, você a viu hoje?

Neguei com a cabeça. Ele me disse que esperasse onde eu estava. Seus dentes rangeram quando saiu.

Comecei a escutar, como eu havia acidentalmente nascido para fazer.

Segurei-me na cadeira de rodas e rodei pelos corredores. Fui até o elevador. Algo me encorajou a tomar o elevador até o porão. Havia somente um lugar no hospital onde ela poderia estar. Um único lugar no qual eu não poderia ouvi-la.

Eu sabia que ela estava na câmara anecoica.

O cofre medonho estava aberto. Levantei-me da cadeira de rodas. Senti uma punhalada forte no peito, os pontos da incisão querendo se abrir. Andei até o vácuo sem ecos. A última coisa que eu desejava era entrar nele novamente.

E eu não consegui, Ollie. Fui incapaz de atravessar a minha linha de alta-tensão.

Eu sabia, entretanto, que ela estava deitada lá dentro. Eu sabia.

O Dr. Bigode-Ruivo apareceu ao meu lado, como costumava fazer.

– Como ela está? – perguntei, entorpecido. – Não consigo ver o corpo dela.

– Ela não está ali, Moritz – respondeu ele. – Não está ali dentro, garoto.

– Como posso acreditar em você?

– Estou lhe dizendo. Ela não está ali.

– Então onde ela está?

Ele balançou negativamente a cabeça.

– Não sei. Ela se foi.

O Dr. Bigode-Ruivo tentou me tirar da sala. Desvencilhei-me das mãos dele. Ele me deixou ali e foi buscar ajuda.

Eu queria olhar o interior da câmara. E também não queria. Não me atrevia.

Bigode-Ruivo retornou, seguido pelo faxineiro que me salvara da tentativa de afogamento.

– Agradeço por isso, Herr Farber. Assim que possível, encontrarei um lugar mais adequado para ele ficar.

O faxineiro assentiu. Quando deixamos a sala, senti as vibrações do Dr. Bigode-Ruivo. Ele tremia da cabeça aos pés.

Quanto tempo levou até nossos ecos alcançarem o médico, Ollie?

Saímos do laboratório pela garagem subterrânea. Eu não retornaria àquele lugar.

O homem que mais tarde me adotou não falou nada. Tratava-me com o silêncio. Por que eu devia me incomodar com a quietude? O silêncio não ilumina nada. É feito de nada; não se espalha. Não deveria ter significado algum. Ainda assim, eu o ouvia por cima do ruído do carro e apoiava o rosto contra o vidro frio da janela.

Quando comecei a pressionar as mãos com força contra o coração descompassado na metade do caminho, no momento em que Herr Farber me viu arfando no banco do passageiro do seu carro, estalando a língua para enxergar as paredes do veículo, a fim de encontrar algo próximo que ainda *existisse*, ele estendeu a mão e ligou o aparelho de som.

Graves, uma fala rítmica e instrumentos de sopro. Foi a primeira vez que ouvi N.W.A., Ollie. Vozes que me convidavam a falar nos tiraram das trevas.

Não senti falta do laboratório. Não faço ideia se ele ainda funciona. Não pergunto sobre isso ao Dr. Bigode-Ruivo.

Ele me visita de tempos em tempos, assim como visita você. Assim como visita outras crianças iguais a nós. É ele que monitora a eficiência do meu marca-passo.

Ele ainda diz que minha mãe não está morta, Oliver. Ela não tinha uma desculpa tão forte quanto a própria morte para explicar por que estou sem ela. Apenas me deixou para trás e desapareceu pelo mundo. Não é muito diferente da forma pela qual ela sempre desaparecia nos próprios pensamentos.

O quarto do hospital ainda não começara a adquirir os aspectos de uma segunda casa. Não havia fotografias no criado-mudo. Poucos cartões desejando melhoras. Lenz não era muito benquisto. Embora estivesse nesse quarto há semanas, ele só ficou inconsciente por algumas horas após a internação. Ele permaneceria no hospital por mais algum tempo, para se ter certeza de que os pulmões não se encheriam com fluido ou não adquirissem outra infecção uma segunda vez; afinal de contas, ele havia fraturado uma costela. Talvez ele sinta algumas pontadas no peito ocasionalmente, assim como eu.

Não parecia o mesmo brutamontes de antes. Estava magro e apoiado nos travesseiros. Havia um tubo de traqueostomia enfiado na garganta. Não cheirava mais a pão de centeio chamado de *pumpernickel*.

Ele não queria me ver. Eu não queria vê-lo. Quando dei a volta ao redor da cortina para olhá-lo, desejei que Lenz desaparecesse, assim como minha mãe fez. Mas não posso deixá-lo apodrecer, Ollie.

Ele não consegue nem mesmo falar direito agora. Ficou temporariamente mudo, assim como Owen. Assombrei-me com tudo o que ele não era capaz de dizer.

Lenz desviou os olhos da janela. Olhei para ele. Eu não sabia por onde começar.

– Lenz – falei –, não sei por onde começar.

Ele acenou negativamente com a cabeça. Fechou os olhos.

– Sou desconfiado com as palavras. Achei que eu poderia pedir desculpas, mas... você já chegou a dizer isso alguma vez? Quando bateu a minha cara no chão? Ou quando fez isso com Owen? E com os outros?

Ele abriu os olhos. Olhou diretamente para mim.

Respirei fundo.

— Mesmo assim... eu *quero* lhe pedir desculpas. Por todos nós. Durante todo o tempo. No laboratório, na confeitaria ou no apartamento no subsolo... ou em qualquer outro lugar. Lamento que o mundo seja tão assustador.

Minha voz morreu no ar. Não me pergunte se o que eu disse causou algum impacto nele. Talvez Lenz planejasse a melhor maneira de me surrar quando conseguisse sair do hospital. Talvez seja isso que eu mereça.

Porém, se ele vier me dar um soco, Oliver, desta vez vou tirar os óculos. Vou me agachar, mas não revidarei. Não se puder evitar.

— Ollie sabe usar melhor as palavras.

Ele apertou os olhos.

— É o gayzinho por quem ele está apaixonado e que mora do outro lado do oceano, caso esteja curioso – informou Fieke sob o vão da porta. Owen estava ao lado dela. Com os dedos bastante agitados.

Todos nós, os desajustados, nos entreolhamos em silêncio. Eu, entretanto, conseguia ouvir cada coração batendo, cada respiração alterada. O arrastar desajeitado dos nossos pés. As mãos de Lenz, segurando com força a colcha da cama.

— O que foi? – perguntou Fieke, encarando-me com um olhar irritado.

— Eu não disse nada.

— Você estava olhando para mim.

Owen suspirou.

— Estou sempre olhando para todo mudo. Mas, já que você chamou a atenção para isso, será que começamos a, digamos, arejar o ambiente? Podemos todos apertar as mãos?

— Fofa-se – disse Fieke. Até mesmo Owen estremeceu. Lenz reuniu as forças que tinha para me mostrar o dedo médio.

Eu estava apressando as coisas. Mesmo assim, considerando todos nós, ali naquele quarto de hospital, surrados e marcados pelas dores das nossas diferentes origens, éramos um grupo engraçado.

Talvez você *tenha* visto uma comédia sem graça, Oliver. Talvez eu tenha acabado de lhe mostrar uma.

Meu pai estava à minha espera no corredor. Consegui perceber que um pouco da atividade dele tinha mudado. Havia se acomodado em lugares mais profundos e tranquilos dentro dele. Será que se sentia aliviado? Seus olhos se arregalaram quando o encontramos. Ele piscou ao ver Owen. E Fieke. Será que ele estava prestes a falar?

De algum lugar, Frau Pruwitt chegou correndo. Um morcego fugindo do inferno! Quase preferiria voltar para o quarto e encarar o olhar duro de Lenz a me defrontar com aquela mulher trazendo livros nos braços. Parecia querer me bater com eles. Não era feita de aço nem de titânio. Adamantium.

– *Você*. Está achando que algum *Gymnasium* vai aceitá-lo se abandonar a *Hauptschule*?

– Eu...

Ela colocou a pilha de livros nos meus braços. Meus ombros caíram. Então, deu-me um peteleco no nariz.

– A avaliação de transferência. Será amanhã de manhã, na *Zentrumschule*. Às sete horas. Você ficará em uma sala especial, com aparelhos de áudio para auxiliá-lo. E você *vai* estar lá. Alguma pergunta?

Será que ela me arrastaria para a central de testes pelas orelhas?

– Nenhuma. Obrigado.

– Ótimo.

Ela mostrou a sobrancelha erguida e arqueada para Fieke, que teve a decência de se acovardar um pouco em sua presença. Então olhou para Owen, que segurou minha mão. Sua palma estava morna e era bem-vinda.

– E depois, na segunda-feira, você e o seu alegre bando de tolos vão voltar à escola, e cumprirão serviços comunitários na biblioteca.

Owen assentiu.

Fieke me causou arrepios com um sorriso.

– Sim, senhora. Vai ser um prazer fofo.

– Será que vou acordar logo? – perguntei, para ninguém em particular.

Será que vou, Ollie? Será que devo?

Moritz

Capítulo 32

O CONFETE

Prezado Moritz,

Muita coisa aconteceu com este eremita que sofre por amor no meio do mato desde a última vez que lhe escrevi. Espero que esteja bem e que tenha passado no seu exame (e *sei* que você passou, seu pateta). Foi bom ver tanta esperança na sua última carta.

Você de fato colocou tudo aquilo ali intencionalmente?

Era o dia do baile de Halloween. Minha mãe provavelmente estava em algum lugar na garagem. Eu não a via desde que a linha de alta-tensão se rompera. Eu não a via desde que a tinha magoado, Moritz.

Eu estava encolhido debaixo do meu cobertor com as costas para a porta; tinha ficado deitado desse jeito durante a maior parte dos últimos dias. Ouvi alguém subindo as escadas.

Eu conhecia aqueles passos inquietos. Pensei em pular da cama e bater a porta para que se fechasse.

— O que você quer? — perguntei, sem me virar.

— Ollie — disse Bigode-Ruivo. — Eu estive na garagem.

— O quê? — Olhei para ele pelo canto dos olhos. — Por quê? Quer minha permissão para enfiar agulhas na minha mãe? Fazer mais testes?

Jogá-la em um tanque de água? Criar mais bebês sobre-humanos? Enfiar um microchip na cabeça dela?

Ele se sentou ao pé da cama. Não parecia surpreso. Não parecia ter reação alguma.

– Demorou muito para Moritz lhe contar.

– Sim. Demorou mesmo. Talvez ele não quisesse me contar que eu confiava em um monstro.

Ele franziu a testa.

– Pode me chamar de monstro. Mas não diga que não pode confiar em mim. Eu o tirei de uma casa em chamas. Fiz mais curativos em você do que nós dois conseguimos contar.

– Está tentando fazer eu me sentir culpado? *Você*?

Ele apoiou a cabeça nas mãos.

– Não, Oliver. Eu apenas... achei que tivesse feito a coisa certa com você.

– Mais uma vez, não sei o que está querendo dizer.

– Seu pai era meu estagiário, sabia? – Ele afastou as mãos. – Eu havia anunciado uma vaga de emprego para um terapeuta especializado em crianças, e ele se candidatou enquanto ainda cursava o mestrado. Muitas pessoas da equipe não perceberam que aquelas crianças precisavam de alguém que se importasse com os sentimentos delas.

– Meu pai... era terapeuta? – Eu me esqueci de manter o tom de voz irritado. Terapeutas não são muito diferentes de assistentes sociais, Moritz. Terapeutas não abrem as pessoas para ver o que há dentro delas (talvez eu estivesse aliviado).

– Ele esperava ser, Ollie. – Bigode-Ruivo limpou a garganta. – Quando chegou, eu já estava bastante desiludido com todo o projeto. Eu tinha visto o protótipo maravilhoso que era Moritz, mas também tinha visto nossos fracassos; pulmões desincorporados que gritavam por ar... eu vi... oh, garoto. Vi coisas que nunca deveriam ter existido.

– Então... por que você continuou trabalhando lá? – Ergui a cabeça. – Achei que você fosse uma boa pessoa.

– A iniciativa teve início como um grupo de mentes científicas interessadas em *acabar* com doenças. Tínhamos uma ambição enorme no início! – Ele levantou um dedo. – Íamos salvar vidas! Curar tudo, com exceção da morte! – Seu dedo se curvou para dentro. – Porém, os otimistas abandonaram o projeto logo no começo, quando surgiram as primeiras crianças doentes. Não eram apenas os sujeitos que haviam sofrido mutações; os cientistas também. De repente, eu me vi cercado por estranhos de olhares frios que viam experimentos em vez de crianças. Se eu saísse... quem cuidaria delas? Quantas crianças seriam afogadas? Cometi erros, mas não podia abandoná-las.

Ele não podia deixar você apodrecer, Mô.

– E foi então que seu pai se juntou a nós, com um sorriso malandro, numa manhã de inverno. Imagine só! Apenas entrou no meu escritório com as mãos no bolso e perguntou quando poderia conhecer todo mundo. Eu lhe disse que haveria uma reunião da equipe naquela tarde. Não, não. Refiro-me às crianças. Quando posso conhecê-las? – perguntou ele.

"Eu o levei até a ala das crianças, um pouco embasbacado. Ele cruzou os braços atrás da cabeça e falou sobre o quanto se sentia animado por trabalhar lá, sobre a nevasca que estava caindo, sobre a bela noiva que havia conhecido no campus da faculdade, uma garota que tocava violão e estava grávida. Quando destranquei a segunda porta e entramos na ala com nossos trajes de proteção, esperei alguma reação ruim dele. Alguns dos espécimes naqueles dias praticamente não eram mais reconhecíveis como seres humanos. Alguns eram radioativos. Outros não passavam de órgãos sensoriais que se contorciam.

"Mas seu pai parou diante de cada cama, cada cela e cada *contêiner*, para se apresentar a cada um deles. Perguntou o nome deles; quando não tinham a capacidade ou os órgãos para responder, ele me pediu que falasse por eles.

"Oi, meu nome é Seb. Como é ser você?" – ele perguntava.

"Algumas das crianças conversaram com ele. Algumas se aproximavam, e seu pai nunca recuou ou se encolheu. Algumas foram traídas pela própria humanidade pela primeira vez. A ala se transformou numa creche.

"Nós dois perdemos a hora da reunião da equipe. Quando finalmente saímos da sala, andei atrás dele. Não conseguia pensar em algo para dizer. Diante daquele otimismo, eu me senti como um bebê. Senti-me muito velho. Quando voltamos ao meu escritório, ele fez um gesto para eu me sentar atrás da minha própria escrivaninha.

"Não pense que me esqueci de você" – disse ele.

– Como é ser você, Dr. Bigode-Ruivo?

Bigode-Ruivo fez uma pausa para limpar a garganta. Eu olhei para minhas mãos sobre o edredom. Órgãos sensoriais que se contorciam.

– Mas então... ele ficou doente por passar tempo demais com crianças doentes?

– Não há como ter certeza disso, Ollie. – Bigode-Ruivo suspirou. – O câncer pode vir de muitos lugares. Seu pai talvez já estivesse doente antes de eu o conhecer.

– Digo... eu sempre imaginei que ele morreu porque... não sei. Ele e minha mãe se ofereceram como voluntários em experimentos genéticos de ponta ou algo do tipo. Na minha cabeça, isso era algo bem mais... aventureiro.

Você me disse que isso não era ficção científica, Mô, mas eu queria acreditar em boas narrativas.

– Sua mãe realmente passou por tratamentos experimentais, Ollie. Mas apenas porque ela quase sofreu um aborto nos primeiros meses da gravidez. Apenas porque... havia sinais de que você não teria saúde.

– O quê? – Senti o coração bater em minhas orelhas.

Eu não achava que isso seria o bastante para manter você aqui.

– Seb, o seu pai, me disse que tinha outros motivos para se juntar à equipe do laboratório.

– Os médicos disseram que pode haver algo errado com o bebê – disse ele. Estávamos no meu escritório. – Talvez a mesma coisa que eu tenho, mas, provavelmente, algo pior. É difícil dizer com certeza.

"Lembro-me de suspirar. Eu pensava que seu pai era uma pessoa inteiramente altruísta e estava lá pensando apenas no bem das crianças. Mas ele também pensava no bem do próprio filho. Fiquei decepcionado. Até ver lágrimas nos olhos dele."

"Precisamos de ajuda, Greg."

"E por isso você veio até mim" – eu disse a ele.

"Não posso garantir que ajudaremos alguém aqui. Você viu as crianças. Viu o quanto algumas delas sofrem. Não fazemos ideia sobre quais são os efeitos a longo prazo, nem nos sujeitos nem nas mães. Pense em sua noiva."

"Pensar não é realmente a minha área. Mas Meredith e eu conversamos, e conversar é uma área na qual tenho talento! As pessoas sofrem em todos os lugares. Pelo menos aqui vocês estão trabalhando com isso, não é?"

"Isso... isso é verdade."

"Seu pai tinha muita fé. Muita esperança na iniciativa. Ele a via da maneira que era quando foi fundada: um lugar que ajudava as pessoas. Não teria pensado duas vezes em usá-la para ajudar a esposa e o filho. Não tinha visto a mudança gradual em seu propósito. Além disso, ele não via os fracassos como fracassos, e, sim, como pessoas que fracassavam."

Essa não era a história heroica que eu queria, Moritz. Na verdade, meu pai parecia apenas... apenas uma criança grande, na verdade.

– Então meu pai deu um tratamento experimental à minha mãe, como se não se importasse com a possibilidade de ela adoecer. – Fechei os punhos. – Ele *era* um idiota.

– Nunca diga uma coisa dessas – falou Bigode-Ruivo. – Funcionou. Ele o salvou, Ollie.

– Ele me salvou! Uau. Que bom para o mundo.

– Não se atreva a ficar largado aí e dar de ombros, como se isso não significasse nada. Isso foi *tudo*, Ollie! *Tudo*, tanto para sua mãe quanto para mim.

Eu nunca havia visto Bigode-Ruivo desse jeito. Nunca o tinha visto tão abalado e triste e assustado e cansado de tudo, e resolvi ficar de boca fechada porque provavelmente eu estava do mesmo jeito. Depois de um momento, assenti.

– Ok, ok.

Bigode-Ruivo levantou-se da cama e foi até a janela. Seus dedos tremiam contra o vidro.

– Seu pai passou muito tempo em contato com o desconhecido, por iniciativa própria. Porém, mesmo com a piora da saúde, ele ainda sorria. Ele se sentou no meu escritório e me pediu... quando soube que não havia como reverter a situação, quando envelheceu diante dos meus olhos e não andava mais com passos leves, quando o otimismo o deixou vazio... pediu que eu cuidasse de você. Embora eu estivesse ali, com seringas e todas aquelas crianças que gritavam atrás de mim com inúmeros experimentos já terminados e inúmeros outros no horizonte, seu pai confiou o filho que ainda não havia nascido a mim. E depois que ele... se foi, depois que você nasceu e eu o levei para a floresta, soube o que você representava para mim. Mesmo enquanto eu ainda trabalhava no laboratório, eu podia vir visitá-lo. Ver sua alegria. E a alegria da sua mãe.

Eu sentia vontade de gritar, mas ele parecia muito envelhecido, apoiando a cabeça nas mãos. Como se fosse o avô de alguém ou coisa do tipo.

– Passei muito tempo tentando ser uma pessoa melhor. Gosto de pensar que, para você, eu fui. Você me redimiu. – Sua voz era rouca. – Depois que ele se foi, isso era tudo o que eu tinha.

– O que aconteceu com os outros? As outras crianças.

– Ah. – Ele engoliu em seco. – Sim. Eu visito alguns deles, mas não é o bastante, não é mesmo? Talvez eu não tenha de fato feito um trabalho decente aqui, também.

– Eu estou bem. – A fúria nos rouba muita energia. E ninguém jamais havia falado sobre meu pai antes. Creio que isso era algo bom.

Palavras são o mais próximo que existe de conhecer alguém frente a frente.

Ele gemeu e tirou o pacote que você havia me mandado de sob a cadeira.

– O que é isso?

– É um *womble*. Supostamente, é à prova de eletricidade.

– Sim – falou ele, olhando no interior do embrulho. – Costumávamos usar trajes iguais a este.

– E você nunca pensou em me dar um – resmunguei.

Os olhos de Bigode-Ruivo se iluminaram rapidamente com aquele velho brilho ensandecido.

– Oh, pensei nisso, sim. Você devia ver as soluções que planejei para você, Ollie. Trajes de corpo inteiro feitos de materiais não condutivos e gorros de lã mineral para proteger os pontos de pressão sensíveis em suas têmporas. Fitas de pressão de borracha com selos herméticos. Desenvolvi planos para uma loção transparente que endurece em segundos, transformando-se em uma segunda pele, isolada, e que, de preferência, seria invisível para as pessoas que não a estivessem procurando. Por Deus, fiz planos para que você vivesse como todas as pessoas. Para que saísse daqui.

Sentei-me na cama, com as costas eretas.

– Então por que não saí?

– Oliver – disse Bigode-Ruivo –, os riscos iam além da sua segurança. Receio que você fará o mundo tremer, da mesma forma que o mundo lhe causa as convulsões. Enquanto está crescendo, não é capaz de controlar suas emoções. Se não for capaz de controlá-las, não tem controle sobre suas tendências eletromagnéticas. O que você acha que aconteceria se ficasse irritado em uma rodovia e interrompesse o funcionamento de todos os carros que estão por perto? E se você removesse o seu *womble* em um aeroporto e, com um espirro, provocasse a queda de um avião? – Bigode-Ruivo estava com um sorriso torto no rosto, mas era um sorriso sombrio. – Outros garotos se preocupam com a própria voz, que ainda não se firmou. Mas você, Ollie, nunca foi como os outros garotos.

Tentei não pensar no telefone que acertou o rosto de Liz. No cabo de alta-tensão, que praticamente tinha explodido. Ou na minha mãe dizendo que eu só machucaria as pessoas.

– Você acha que eu iria assassinar telefones – falei, com a voz baixa.

– Não creio que você machucaria qualquer alma no mundo intencionalmente. Mas o destino é cruel.

– Como se eu não soubesse, Sherlock – declarei.

Bigode-Ruivo ergueu o braço do *womble* e deslizou os dedos pela superfície do traje.

– Por que ele lhe mandou isto, Oliver?

– Acho que porque ele me ama.

– *Sério*? – Ele engasgou com uma risada. – Veja só as coisas que a gente descobre.

– E também... – desmoronei sobre os travesseiros outra vez – para um baile de Halloween ao qual eu não vou. Porque bailes são coisas de gente imatura.

Consegui ouvir os dedos trêmulos de Bigode-Ruivo apertando o plástico, e a risada dele desapareceu outra vez.

– Oliver, preciso que você vista isso.

– Vá embora.

Bigode-Ruivo ergueu o *womble* com as mãos trêmulas.

– Você precisa vestir isso.

Eu não queria ouvir aquilo. Mordi o lábio e fechei os olhos, mas ouvi assim mesmo.

– Oliver, talvez ela nunca mais saia da garagem.

Minutos depois de ele sair, eu me levantei da cama, separei as peças do traje, vesti o *womble* e me olhei no espelho.

– Não pareço um monstro. Sinistro!

Bigode-Ruivo esperava por mim no pé da escada.

– Vai funcionar? – perguntei pelo bocal com filtro da máscara de gás. Suando, ergui um dos braços pesados do traje de lona revestido com borracha.

– Deveria. – Havia umidade nos olhos dele, embaçando-lhe os óculos.

Demorei algum tempo até me adaptar a andar com aquele traje, mas Bigode-Ruivo me ajudou a atravessar o gramado, caminhando à minha frente e indicando os buracos na grama conforme nos aproximávamos da luminescência da garagem, que emanava tons vermelhos e dourados. O sol já havia se posto e o lugar reluzia como uma nave-mãe alienígena. Prendi a respiração quando entrei na luz...

Não sofri um ataque epilético. A eletricidade vermelha fazia cócegas gentis nos contornos do meu traje e me deixou em paz.

Bigode-Ruivo abriu a porta e segurou-a para eu passar.

Entrei na garagem.

Eu sabia de algumas coisas que havia ali dentro: um freezer, a caminhonete da minha mãe, um telefone preso à parede. Um arco-íris de explosões de cor.

Mas também havia muito mais.

Na garagem também havia um leito hospitalar, bolsas e mangueiras intravenosas, monitores e armários cheios de medicamentos. Uma pia, uma privada e uma lixeira para materiais perigosos. Além de uma cadeira de couro que eu sabia ser do tipo que as pessoas usavam durante a quimioterapia.

– Mãe – sussurrei.

Ela se encontrava no centro da instalação, totalmente calva e magra, parecida com uma criança, com tubos nos braços e no nariz, e me perguntei se o seu cérebro continuava em sua cabeça ou se havia finalmente se desfeito. A luz dos aparelhos presos a ela a envolvia em metade do espectro de cores.

Ela piscou os olhos quando me aproximei, um pouco sonolenta. Tive vontade de abraçá-la, mas fiquei com medo de arrancar algum dos tubos, machucá-la ou até esmagá-la. Por que não a abracei no dia em que ela me disse que o verão havia terminado? Por que fui tão cruel com ela? Por que não vesti o casaco? Chovia e ela estava apenas preocupada comigo, mas fui tão...

Concentre-se, Ollie.

– Você vai roubar o coração de Liz com essa fantasia – sussurrou minha mãe. – Fiz uma pulseira florida para você dar a ela. Com um crisântemo cor de fogo. Está no freezer.

– Mãe... eu não devia ter falado... digo, eu sei que você está tentando me ajudar...

– *Tsc*. Isso já saiu de moda. E o baile começa daqui a pouco, não é? – Ela apertou minha mão, e eu senti seus ossos sob minhas luvas de borracha.

Eu jamais iria para aquele baile. Mas Bigode-Ruivo se aproximou, trazendo a pulseira florida. O crisântemo laranja estava emoldurado por pétalas marrons de gérbera. Durante algum tempo no ano passado, ela se interessou por arranjos florais. Outro *hobby* perdido.

– Mãe. Bailes... são uma coisa... digo, bailes são coisas para gente imatura.

Suas lágrimas, entretanto, deslizaram pelo tecido dos meus braços, e ela negou com a cabeça.

– Prometi que deixaria você ir.

Naquele momento, eu não queria que ela me deixasse.

– O que você costumava fazer em dias de chuva, mãe?

Ela sorriu.

– Pular nas poças d'água, Oliver.

Pegamos a caminhonete dela, seja lá a cor que tivesse.

Chegamos diante do cabo de alta-tensão rompido, e eu prendi a respiração. Com o *womble*, porém, quase senti raiva do quão fácil foi passar por baixo dele. Soltei um suspiro de alívio dentro da máscara quando passamos sem qualquer problema sob os filamentos caídos.

Eram tão ameaçadores quanto fios de macarrão. Não representavam perigo algum, Moritz.

Eu conseguia ver o suficiente pelo visor do traje e pelo para-brisa para saber que o motor nos fazia avançar em velocidades que minha bicicleta nunca alcançaria. Não convulsionei, apesar dos golpes estonteantes de luz que vinham sobre mim enquanto ele dirigia. Eu jamais havia olhado pela janela de um carro antes, mas não gostei muito. Não parava de pensar em como minha mãe tentou sorrir quando saímos da garagem. Ela tentou, e, quando eu pensava naquilo, sentia que até o ato de respirar era doloroso.

Mas, pelo menos, eu não estava sofrendo uma convulsão. Ou o *womble* funcionava, ou eu havia enganado a mim mesmo.

Entramos nas ruas principais da cidade. Cobaltos e cerúleos perfurantes dançavam ao redor de outdoors, socos de âmbar emanavam das luzes dos postes. Marrons pastosos nos cobriam quando passávamos por outros motoristas. Contudo, não parei para apreciar aquilo como deveria.

Bigode-Ruivo olhava para mim a todo momento, como se desviar o olhar pudesse acabar perfurando o traje.

Quando estacionamos diante da escola, eu me esforcei para conseguir respirar. Havia *pessoas* lá fora, saindo da escuridão rumo às cores do prédio de telhado achatado.

Quase soltei um gemido.

– Isso é uma loucura. O que estamos fazendo?

– Às vezes, você precisa entrar de cabeça. Ou vai, ou racha.

Ele me ajudou a sair da caminhonete e enfiou um bolo de dinheiro na minha mão.

– Para comprar o ingresso.

– Ah. É mesmo. Dinheiro. As pessoas usam isso.

– Pois é.

– Venha me buscar às dez, ok? – Tentei falar com confiança. Achei que estava sofrendo alucinações.

– Há muitos tipos de aventuras no mundo, Ollie.

Entrei na escola a passos trôpegos junto com outras formas monstruosas, esquivando-me das lâmpadas do teto, assustando-me ao ver o brilho de celulares em mãos e com a sensação da batida que emanava pelo piso. Trazia os dois punhos cerrados; dei dez dólares a uma múmia que estava na mesa de ingressos. Ela apontou na direção da porta dupla que dizia "ginásio".

Aquele salão era uma agressão aos sentidos. A dor habitual não estava ali, mas eu sentia o peso da eletricidade difusa ao meu redor. As cores eram insuportáveis. Eu mal via os dançarinos e o DJ por entre as nuvens no ar ao seu redor. Tons individuais, auras individuais, eram quase impossíveis de identificar. Estavam emaranhadas e manchadas, todas juntas, em uma massa amorfa e agitada que cercava dezenas de adolescentes risonhos.

Podia ter sido pior. Acho que foi mais fácil ver bruxas, super-heróis e vampiros pelos olhos do *womble* do que seria ver os adolescentes normais com meus próprios olhos.

Claro que, mesmo fantasiada, consegui reconhecê-la. O vestido de Liz era preto com ossos pintados com uma tinta que brilha no escuro; seu tronco se parecia com o modelo de esqueleto que tenho no meu quarto. Seu rosto se tornara pálido depois de aplicar a maquiagem; ela havia colocado sombras sob os olhos e sob as maçãs do rosto.

Ela se parecia comigo, com a diferença de estar bonita.

Mas não estava sozinha. Estava com um rapaz loiro, vestido como um cavaleiro, com uma armadura feita de papel-alumínio. Se eu o chutasse entre as pernas, provavelmente chutaria uma armadura de malha de metal caseira.

Abri caminho para chegar até ela, empurrando dançarinos que falavam palavrões para mim. Embora o traje funcionasse, não iria durar muito tempo. O suor quente, os *flashes* que vinham de todos os lados e o zum-zum das vozes às quais eu não estava acostumado, o ataque das luzes... eu me sentia sufocado.

As cores me engoliram quando estendi as mãos para ela.

Minha luva envolveu o braço dela. Liz se afastou.

– Mas que diabo?

– Oi. – Martin Mulligan estreitou os olhos quando me viu, com um meio sorriso. – Quem é você? Brian? Cara, que fantasia bacana!

Abri o outro punho e pressionei a pulseira florida e o tocador de MP3 de Liz na mão dela. Havia limpado o sangue e a água do aparelho. Ela o observou com uma expressão séria. Em seguida, olhou bem na direção do meu visor.

– *Ollie?*

– Liz! – falei o mais alto que consegui. O calor era excruciante. Apontei para o DJ. – Música eletrônica?

– Ollie, o quê... Como? – Por entre a névoa, acho que vi os olhos dela se arregalarem.

– Nada... de mais. – E as minhas pernas cederam.

Martin Mulligan me agarrou com os braços cobertos por papelão.

– Cara, você está hiperventilando. Tire essa coisa!

– Não... posso.

Martin não entendeu. Ele achou que estava me ajudando. Isso foi a pior coisa – saber que ele realmente *era* um cara decente. Talvez eu acabasse mesmo gostando dele, afinal de contas. Desgraçado.

– Não! – gritou Liz.

– Pronto – disse Martin Mulligan, arrancando minha máscara de gás.

Minha cabeça explodiu. Uma muralha de eletricidades malévolas me apunhalou nas órbitas. Aquilo foi muito mais intenso do que qualquer dor – era uma angústia concentrada na base do meu pescoço, expandindo-se e me queimando enquanto eu esperava o meu cérebro se espatifar sobre meus sapatos.

Gritei quando os vasos sanguíneos nos meus olhos estouraram, quando minhas mãos começaram a balançar sem controle. Gritei duas vezes mais alto do que jamais havia gritado antes, até que o som reverberou até as vigas de sustentação do telhado do ginásio. E, quando caí no chão, gritei ainda mais alto, e meu crânio ficou batendo contra a madeira.

Gritei.

O mundo acabou.

E eu *quis* que acabasse.

Porque finalmente foi demais. E digo com certeza: tudo aquilo era demais. Tudo aquilo girava pelo meu esqueleto e nervos até implodir dentro de mim em uma espiral retorcida de dor ou algo muito pior, e juro que as luzes se inverteram diante dos meus olhos e vi mais do que Liz ao meu lado, horrorizada no ginásio.

Vi meu pai tropeçando nos cadarços desamarrados, mas todos os membros sensoriais que se estendiam das incubadoras estavam prontos para segurá-lo. Vi lírios brotando de um bolo de aniversário apodrecido que ninguém jamais comeu. Vi o aquário quebrado em cacos, pintado em um tom ainda mais vermelho do que o sumo de amoras. A mão de Liz sendo sugada para o interior da televisão de papelão. Joe voando para dentro da sua casa na árvore. Os ossos dos automóveis no ferro-velho rangendo e erguendo-se em enormes pernas de metal, com pés nas extremidades. Vi Dorian Gray iluminado pela eletricidade e vi nós dois cobertos com várias camadas de poças de lama tão grossas quanto casacos de inverno. Vi aviões caindo porque eu espirrei e vi, vi, vi todos os tipos de coisa que nunca conseguiria ver, além do peso de tudo aquilo que me puxava para baixo, e eu podia ter caído alegremente nos órgãos sensoriais das coisas que estavam nas incubadoras também, não é? Parecia o mais fácil a fazer.

Mas foi nessa hora que vi você. Você estava na cabana de caça outra vez, Moritz. Eu vi você, sorrindo com buracos no rosto, estendendo a mão na câmara que desabava de coisas que me prendiam, dizendo somente: "Nada disso é culpa sua!", e puxando-me de volta, para fora de lá e para perto de você.

Foi quase como se eu o encontrasse frente a frente, Mô.

E pensar nisso foi o bastante para arrancar toda a massa implosiva de horror de dentro de mim, girando, TODA DE UMA VEZ em um grito assombroso que ninguém ouviu, que nenhuma palavra, que nenhuma MAIÚSCULA poderia capturar.

Assim, o mundo acabou apenas para o DJ. Todas as suas caixas de som explodiram no exato instante em que seu notebook apagou. As luzes do teto começaram a bruxulear e finalmente se apagaram. Os celulares passaram a soltar faíscas e as pessoas os largaram no chão. Tudo que era elétrico morreu com meu grito.

Fiz o resto do mundo entrar em convulsão.

Estava deitado de costas. O som dos adolescentes que gritavam e corriam no escuro me fazia estremecer até os ossos.

– Ele está bem? – Martin Mulligan, o meu cavaleiro? Que se dane. – Eu vou... vou buscar ajuda. – O som dos passos dele se juntou aos das massas que saíam do ginásio, aos berros.

Abri os olhos. Vi Liz debruçada sobre mim. Visualizei o rosto dela sob o brilho do vestido com a estampa de esqueleto, embora doesse olhar por entre a névoa vermelha dos vasos sanguíneos rompidos.

– Eu... acabei com tudo – falei, com a língua torpe.

– Você é maluco. – O alívio dela era quase tangível, como se fosse uma cor.

Não desviei os olhos.

– Quer dançar?

– Você não trouxe seu glockenspiel. – Ela riu. Ou talvez tenha se engasgado.

Consegui, com dificuldade, ver seus olhos. Liz não parecia entediada. Achei que as sardas que ela tinha no rosto apareciam por baixo da maquiagem. E, quando ela me abraçou naquele ginásio que se esvaziava, uma corrente elétrica passou por nós.

Ela estendeu a mão.

– Quer se levantar, Ollie? – Um toque daquele velho sorriso. – Ou prefere ficar sentado aí, sangrando?

Eu me levantei.

Eu e Liz chutamos balões e desembaraçamos as serpentinas pretas e alaranjadas que estavam presas nos nossos sapatos. Deixamos a escola por uma saída de emergência.

Eu me sentia numa espécie de êxtase, com o rosto exposto ao ar, arrastando a máscara de gás por trás de mim. Ainda sorria feito um idiota enquanto ela me levava para longe da escola, apesar do sangue que esfriava no rosto. As luzes dos postes estouravam conforme eu passava sob elas. Quando a primeira lâmpada se estilhaçou, Liz soltou um gemido de susto e eu acabei arrastando-a também, mas o ar estava agradável, fresco e novo, havia asfalto sob meus pés pela primeira vez em toda minha vida, e eu só queria pensar naquele momento.

Mas Liz parou no meio do estacionamento enorme para recuperar o fôlego e ficamos sozinhos, e eu não sabia o que dizer. Olhei para ela e abri um pouco mais do *womble* abaixo do meu rosto. Caminhamos devagar pelo restante do terreno. A impressão que eu tinha era a de que precisávamos continuar andando, ou eu teria que parar para pensar, e não queria fazer isso.

— Então você conseguiu derrotar o cabo de alta-tensão – disse ela, que trazia confetes em formato de abóbora nos cabelos.

— Tive ajuda.

— Bom, quem sabe você pode começar a frequentar a escola aqui, também.

Acima de nós, a lâmpada de outro poste se apagou. Senti um alívio da pressão na minha têmpora conforme as luzes se apagavam, mas nada além disso.

— Não sei se é uma boa ideia.

— Quem precisa de computadores se tem origamis? – Ela estava com um sorriso enorme no rosto. – Vai dar certo.

Paramos de caminhar, ficando ao lado de um veículo solitário nos fundos do estacionamento, uma velha minivan que me causou uma sensação de nostalgia. Quando fiquei perto dele, meu estômago se retorceu e a fumaça negra que o cercava desapareceu. Talvez fôssemos nos beijar outra vez.

Mas...

— Tenho uma ideia melhor!

— Conheço esse olhar – falou ela, mas eu não queria pensar no motivo pelo qual Liz tinha aquela expressão sisuda, ou por que eu deveria estar com a mesma expressão no rosto. Assim, segurei a mão dela e a puxei para a frente, rumo à estrada que passava atrás da escola.

— Podemos ir a qualquer lugar! Aonde você acha que podemos ir, Liz? Onde há um bom lugar para comer? Talvez um restaurante japonês com sushi, porque provavelmente eu desligaria os fornos se chegasse muito perto. Depois, o que você acha de ir a Kreiszig? Não sei se eu conseguiria entrar em um avião. – Eu atropelava as palavras, puxando-a para a frente, caminhando sobre as linhas amarelas no meio da estrada. Havia me esquecido de que as estradas tinham essas coisas. Que ideia genial!

— Ollie! – Liz se abaixou quando outra lâmpada estourou sobre nós. – Dá para parar com isso?

— Olhe, talvez, se eu entrar em um avião, ele acabaria caindo, mas talvez não. Talvez eu consiga controlar um pouco a situação. Ou, então, podemos conseguir um barco. De qualquer maneira, eu veria o oceano. O *oceano*, Liz! Aposto que confissões são ainda mais dramáticas sob a luz de um pôr do sol no oceano. É algo a se pensar.

Liz soltou a mão da minha. Não consegui ver a expressão dela por baixo da maquiagem, mas seus dentes estavam à mostra.

— Você está agindo como um maníaco de novo!

— Não, não, não estou. – Aproveitei para mostrar os dentes também. – Só estou empolgado!

— O que aconteceu?

Ela me conhece muito bem, Moritz. Meu sorriso se desfez. E, quando isso aconteceu, senti que estava enjoado. A aura elétrica do próximo poste de luz subitamente pareceu ganhar força, e dei um passo para trás.

— Não aconteceu nada – respondi. – Só não quero voltar para casa.

– Ollie? – disse ela. – Acalme-se. Respire. – Liz colocou as mãos nos meus ombros. Quando foi que eu me agachei? – É alguma coisa com sua mãe?

Não respondi. Ela me ajudou a ficar em pé e começou a me levar de volta na direção da escola, novamente atravessando o estacionamento. Aquele *womble* era pesado demais. Meus pés estavam muito pesados.

– Ande logo, vista sua máscara. Vamos lá.

– Bigode-Ruivo... só vai voltar às dez.

– Eu dirijo. Não menti quando falei que estava fazendo aulas para tirar a carteira de motorista.

As coisas não terminaram ali, Moritz. Mas os momentos que ainda me restam com minha mãe estão se esgotando, e agora prefiro ficar perto da cama dela em vez de escrever para você.

Capítulo 33

O MICROFONE

Ollie, eu o arrancaria de toda e qualquer escuridão, se algum dia o encontrasse.

A Bernholdt-Regen não recebeu nosso alegre bando de tolos de braços abertos, mas parecia que o pai de Lenz realmente tinha influência. Tive receio de ele querer que eu recebesse uma punição ainda maior. Falar com ele no hospital foi muito mais difícil do que encarar Lenz. O jeito que ele olhava para mim, com aquelas bolsas embaixo dos olhos. Estalando os nós dos dedos secos. Mas ele disse:

– Eu sei que meu filho é do tipo que sai em busca de problemas. Eu disse às autoridades que ele caiu da ponte. Disse a eles que não precisavam rastrear a chamada de emergência. Disse a eles que Lenz, assim como eu, é desastrado.

– Ele... caiu.

– Eu sei um pouco do que ele fez a você. E ao outro garoto que o assustou.

O garoto que o assustou?

– Deus sabe que ele já hospitalizou um colega antes. Deus sabe que, na minha época, eu também já fiz isso. Tal pai, tal filho. – Ele tentou rir. O sorriso não alcançou seus olhos. – Desastrado, assim como eu. – Ele suspirou tão profundamente que aquilo parecia ter chegado até o fundo do seu ser. – Não tive a intenção de criá-lo para ser como eu.

– Eu sou tão... *desastrado*... quanto ele.

Senti que os olhos dele se enrugaram.

– Você também foi criado por alguém. Nós seguimos exemplos. Eu... eu fui um mau exemplo desde que a mãe dele faleceu. Coloquei você para fora da minha padaria há muitos anos. O que eu ensinava a ele?

– Mas é preciso mais do que apenas seguir exemplos – declarei. – Tenho que ser mais do que isso.

– Talvez você seja. Alguns de nós nunca conseguem chegar lá. – Ouvi os ossos dele rangerem. Os nós dos dedos se apertaram ao redor dos joelhos. – É muito difícil ser humano.

Eu levei as mãos aos ombros.

– Realmente.

Ele estendeu uma mão calejada e com a pele ressecada e rachada. Com a garganta ardendo, eu a apertei. Sua palma era tão quente quanto a minha.

Fieke e Owen esperavam por mim no pátio da escola. Meu coração saltava, Ollie, mas isso não era um sinal de falta de ar ou medo. Não estava prestando muita atenção ao que os outros alunos faziam. O fato de os Abend estarem conversando sobre amenidades, mandando suas próprias ondas na minha direção, era suficiente. Não em cores, mas em detalhes vívidos. Owen ria e agitava os dedos. Ele está tentando me ensinar a língua de sinais. É tão difícil quanto ler!

Pruwitt exige que eu continue a leitura. Ela me deu uma pilha de mangás há alguns dias, e acho que você aprovaria, Ollie.

Enquanto caminhávamos, Fieke disse que estava até pensando em começar a frequentar algumas aulas. Os professores dela vão se perguntar quando foi que Siouxsie Sioux se registrou para as aulas! Ha-ha!

Almoçamos juntos. Eu falei. Owen falou à sua própria maneira, segurando a minha mão sob a mesa. Duvido que você se importe, Oliver. Apesar de suas palavras gentis sobre encontros embaixo de cabos de alta-tensão.

Embora isso não seja ficção científica, eu quase me sinto como em um mundo de fantasia.

Exceto quando penso em você. Isso não é fantasia. Em um mundo de fantasia, sua mãe não estaria sentindo tanta dor. E você também não. Se eu pudesse lhe dizer isso pessoalmente, você ouviria a verdade na minha voz.

Talvez algum dia, porém, eu possa conhecê-lo, agora que você tem o *womble*. Afinal de contas, você conseguiu derrotar o cabo de alta-tensão. Talvez algum dia você consiga encontrar um ponto médio de felicidade entre suas polaridades – entre rejeitar a eletricidade e ser rejeitado por ela.

Não tenho medo de que você me machuque. Se isso acontecer, as cicatrizes não vão durar para sempre. As pessoas se machucam e se magoam o tempo todo. Especialmente quando se importam umas com as outras.

Nesses últimos dias, andei divagando. Perguntei ao meu pai onde fica o laboratório que nos criou. Não fazia ideia se o lugar ainda funcionava. Se ainda cheirava a antisséptico e a ambientes sem janelas. Meu pai anotou a latitude e a longitude do lugar.

– Nunca pensei que você fosse me perguntar isso – disse ele enquanto escrevia.

– Eu também não – falei. – Mas...

Ele assentiu.

– *Vergangenheitsbewältigung*.

No Poeta Doente, coloquei o papel dobrado com as coordenadas diante de Fieke e Owen.

— O que é isso? Você não consegue nem jogá-lo em mim? — perguntou ela, enquanto Owen desdobrava o avião de papel. Só consigo fazer os origamis mais simples, Ollie.

Os olhos de Owen se arregalaram. Ele gesticulou, formando um símbolo similar a "hospital" aos meus ouvidos pouco treinados.

Fieke franziu a testa com um som tilintante.

— Está se referindo ao lugar onde você foi criado?

Owen também me olhou com uma expressão séria. Ou talvez estranhasse o ruído irritante que o artista da vez fazia no palco da noite, berrando sem qualquer talento junto com músicas K-pop. Socorro, Ollie.

— Por que fofice você quer voltar lá? Está procurando pela sua mãe sociopata?

— Ela não era sociopata. E... não.

Fieke abriu a boca. Owen colocou a mão diante do rosto dela e assentiu.

— Eu esperava que algum de vocês pudesse pesquisar no Google como fazer para chegar lá. Se não for pedir muito.

Owen segurou o aviãozinho de papel desdobrado diante do rosto. Colocou-o sobre a mesa outra vez. Gesticulou para Fieke.

— Owen consegue encontrar qualquer coisa que esteja on-line. E então, quando partimos?

Acenei negativamente com a cabeça.

— Não espero que vocês me acompanhem.

— Meu Deus, você é um panaca — disse Fieke.

Owen a chutou por baixo da mesa. Parecia assustado, mas apontou para si mesmo.

Antigamente, isso poderia ter me irritado. Essa imprudência deles. A curiosidade sobre a fonte dos meus tormentos de infância. Como se isso fosse uma excursão da escola. Antigamente, eu talvez tivesse ficado irritado.

— Eu vou — resmungou Fieke. — Se sua próxima apresentação não for uma merda, *Brille*.

Olhei para os dois. Duas pessoas, Oliver, que aceitaram me seguir rumo à escuridão. As bochechas de Fieke tremiam com espasmos, apesar da firme expressão emburrada. Os olhos de Owen estavam arregalados, mas determinados.

Abrindo caminho por entre o grupo de frequentadores habituais do lugar, fui até o palco. Fiquei sob o holofote. Ajustei o microfone. Finalmente, tirei os óculos.

Talvez alguém tenha soltado um gemido de surpresa. Talvez o *bartender* tenha deixado cair um copo. Mas eu não prestava atenção nesses sons. Um estardalhaço enorme vinha da mesa do canto. Gritos, pés batendo contra o chão e mãos batendo na mesa. Esses eram os sons que ricocheteavam nas paredes do *Kneipe* e faziam até mesmo minha alma estremecer.

Lenz nos encontrou na estação de trem. Estava na plataforma, erguendo-se por trás do ombro de Fieke. Estalou os dedos quando Owen e eu nos aproximamos. Ela mostrou os dentes e apertou o antebraço dele de modo carinhoso.

– Eu passei por ele na boa e velha ponte, hoje pela manhã. Ele se ofereceu para me ajudar.

Percebi as evidências de que ele tinha mudado, pelo menos fisicamente: havia uma marca na parte de trás de sua cabeça. Uma reentrância que eu colocara ali.

– *Hallo* – murmurou ele.

Fieke sorriu como uma mãe orgulhosa.

Ele assentiu, entregou-lhe a mochila e nos deixou. Quando se virou, eu me lembrei mais uma vez do dia em que o vi pela primeira vez: o dia em que minha imagem o fez gritar.

Talvez ele saia por aí e acabe machucando alguém novamente.

Talvez ele ainda pense a mesma coisa quando olha para mim.

Imaginei que ele tinha um rato morto no bolso.

Mas espero que não.

Antigamente, Freiberg era um pequeno vilarejo, mas, com a escavação de suas reservas de minério no decorrer dos séculos, o lugar se tornou mais importante. Hoje em dia, Freiberg tem uma universidade técnica. E atrai mais turistas por causa das ruínas do Castelo Freudenstein. Há muralhas velhas caindo aos pedaços espalhadas aqui e ali, por entre as casas e lojas da cidade. Restos de um mundo antigo que se perdeu no tempo. Você mora na América, onde as coisas ainda são novas. Na Alemanha, o velho e o novo existem lado a lado.

A área ao redor de Freiberg tem a reputação de ser "verde" e cenográfica, devido à sua proximidade à floresta de Tharandt, uma vastidão muito antiga de árvores e cavernas de arenito. A floresta é considerada um dos lugares mais bonitos da Saxônia.

Não entramos no parque nacional que há ali, mas saltamos por sobre uma cerca perto dos limites da floresta. Owen nos guiou por entre aquelas árvores envelhecidas. O ar estava fresco sob as copas. Um musgo grosso se prendia frouxamente às árvores, exalando um cheiro adocicado, peculiar em sua familiaridade. Será que eu havia sentido esse cheiro quando estava no banco do carro, enquanto dormia? Enquanto minha mãe me levava para o laboratório num silêncio estonteante?

Chegamos a uma estrada de terra em algum lugar em meio às árvores. Imaginei que pudéssemos ter alcançado a viela de acesso da sua casa. Por mais que eu desejasse isso, com o coração inchado enquanto meus companheiros paravam para eu recuperar o fôlego, não havia um chalé triangular ao final daquela estrada de terra.

Escondida em meio a penhascos de arenito havia uma entrada para um estacionamento subterrâneo. Estava escuro lá dentro. Pedi aos outros que se segurassem em mim. Formamos uma corrente humana, e eu os conduzi pela garagem úmida. Eles traziam os celulares em punho, com as telas iluminadas. A grama havia invadido até mesmo aquele lugar, e todo o estacionamento encontrava-se vazio. Sem maquinário algum. Ou qualquer sinal de que aquele lugar já havia sido a fonte de tanta estranheza e dor.

Chegamos diante de portas automáticas fechadas. Hesitei. Fieke deu um passo à frente e derrubou o vidro com um pontapé. Como se fizesse esse tipo de coisa sempre. E é claro que ela faz, Ollie.

Parei na área familiar da recepção. Não havia nenhuma luz zunindo ali dentro. O papel de parede estava retorcido devido à infiltração de água. Tudo cheirava a frio. Todos nós sentimos o mesmo. O prédio inteiro estava vazio.

– Uma cidade-fantasma – disse Fieke.

Caminhamos pelos corredores que costumavam me abrigar, procurando o que eu costumava ser, sem respostas. Todos os equipamentos médicos haviam desaparecido. Pôsteres foram arrancados. Não havia nada. Nem mesmo papéis espalhados. Inclusive as pranchetas estavam ausentes das paredes. Até mesmo as revistas não mais se encontravam nas mesas.

Eu meio que esperava ver mulheres ansiosas sentadas nas salas de espera depois de tanto tempo.

– Certo, acredito que você costumava morar aqui – falou Fieke, parando diante da cantina, do outro lado da escadaria. – Isso explica por que você é um chorão. – A acidez havia desaparecido da voz dela. Tudo soava oco naquele corredor.

– Estou tentando sorrir mais.

Fieke soltou uma risada tensa, nervosa.

– Como se isso não fosse a parte mais triste de tudo.

Embora não consiga enxergar a escuridão, pude senti-la tomando conta daqueles degraus enquanto abri a porta que levava ao poço da escadaria. O ar estava mais gelado. O cheiro era ainda mais desagradável. Respirei fundo e dei um passo adiante.

Owen segurou meu braço. Fez um movimento negativo com a cabeça e começou a tamborilar uma mensagem para mim. Coloquei a mão sobre os dedos dele para interrompê-lo.

– Vou voltar antes mesmo de você pensar em sentir saudades.

Ele soltou meu braço, dedo após dedo. Apesar do silêncio, eu sabia tudo o que ele queria dizer e me senti mais forte por causa disso.

Desci sozinho.

A porta que levava à câmara anecoica continuava aberta. Ainda era um cofre escancarado de escuridão. Forcei-me a avançar e caí, apoiando-me sobre as mãos e os joelhos. Rastejei rumo ao vácuo sem sons.

Eu podia sentir as batidas do meu coração. A grade sob meus dedos enquanto escutava. Gritei uma vez, apenas para ter certeza. Os blocos de espuma haviam embolorado muito, de modo que a sala não era mais tão silenciosa quanto eu me lembrava. Não era mais tão boa para absorver tudo.

Ela não estava lá, Ollie.

Coloquei a mão sobre a boca e respirei pelo nariz, mais algumas vezes.

Se emiti algum som depois disso, as paredes devem tê-lo absorvido.

No andar de cima, Owen e Fieke esperavam, sentados em bancos na cantina. Owen veio me encontrar quando abri as portas. Pelo menos desta vez, Fieke não falou.

– Tudo se foi. – O som da minha voz ecoou pelos corredores. Corredores que costumavam me abrigar. – Não há ninguém. Não há nada aqui.

Fieke suspirou.

– Então, o que vamos fazer agora?

Embora ninguém conseguisse me ver naquela escuridão, eu sorri.

– Qualquer coisa fofa que quisermos – falei.

Frau Pruwitt apareceu na porta do meu apartamento para trazer o resultado de minha avaliação de transferência. Ela entrou na cozinha e quase sorriu quando meu pai lhe serviu um café. Ouvi as marcas em seu rosto protestando pela falta de familiaridade.

Meu pai sorria também. Oliver, romances talvez não sejam impossíveis para *todos* nós.

– Você passou – disse ela. – Nada que fosse inesperado. Aqui está uma lista de escolas boas para as quais você pode solicitar uma transferência.

– Nada que fosse inesperado. Mas vale a pena subir cinco andares de escadas para vir me informar.

Ela fungou.

Meu pai segurou minha mão.

– Estou orgulhoso, Moritz.

Não havia necessidade de ele dizer as palavras em voz alta. Eu sentia aquilo em sua postura. Mas meu pai está tentando falar mais. Nós dois estamos.

– Você também devia começar a pensar em universidades. Está um pouco atrasado, Sr. Farber.

– Vou deixar isso para depois que eu voltar.

– Como assim, depois que voltar?

– Depois que eu terminar o *Gymnasium*, vou aproveitar o ano sabático. Postergar o ensino superior. Viajar.

É tradicional que os estudantes alemães passem um ano no exterior antes de começar a universidade. Um ano para conhecer o mundo ou trabalhar e descobrir o que vão fazer da vida.

Frau Pruwitt claramente queria atirar um livro na minha cabeça.

– Deixe-me dizer uma coisa, Moritz. Sair à procura da mulher que o abandonou não vai tornar nenhum de nós mais feliz. Você encontrou um pai muito bom em Herr Farber.

– E ele encontrou um filho em mim – afirmei. – E me entende muito bem para saber que estou falando sério. – Eu sorri. – Não vou procurar por ela. Mas, se encontrar minha mãe durante minhas viagens, finalmente poderei acusá-la e dizer que foi ela que cagou.

Até mesmo meu pai ficou chocado.

Você me transformou num bárbaro, Ollie.

Algum dia, vou encontrar você. Vou encontrar você e nenhum de nós vai morrer por causa disso. Quando isso acontecer, você já terá visto tantos umidificadores que vai se sentir enjoado deles.

Dentro de um ano, espero estar onde você está, Oliver Paulot. Estou poupando cada centavo. Nesse meio-tempo, o punhado de amizades que você me ajudou a fazer será o bastante para me ocupar.

Talvez eu o surpreenda antes disso.

Talvez eu esteja na viela que leva à sua casa. Não muito longe de onde você se encontra sentado, dobrando origamis. Tamborilando com os dedos contra os ossos do seu glock. Pintando eletricidade.

Talvez eu já esteja diante da sua porta, com os braços e o coração fraco abertos.

Eis aqui uma rima infantil que você já conhece:
Prontos ou não, aí vou eu.

Com todo o meu amor,

Moritz Farber

Capítulo 34

A PORTA

Um dos aspectos mais divertidos sobre arcos de personagem, Moritz, é o fato de você decidir vê-los em quase qualquer pessoa, se prestar atenção.

Você pode dizer que Rochester começa sendo um cuzão em *Jane Eyre*, e termina sendo o mesmo cuzão, mas com uma visão pior, e isso poderia ser verdade. Ou você poderia dizer que ele cresceu como pessoa após se apaixonar e aceitar seu passado cruel (com um "Ops, talvez tenha sido estranho deixar minha esposa louca trancada no sótão por tantos anos").

Você pode dizer que Tess, de *Tess of the d'Ubervilles* começa e termina sua vida na miséria, e que tudo o que lhe acontece é horrível e não a impede de ser eternamente uma tola inocente. Ou pode dizer que ela lutou contra seu destino ingrato de uma maneira discreta que acabou se mostrando fútil, mas que, ainda assim, comprova sua resiliência.

Você pode dizer que Harry Potter começou como um garoto corajoso e terminou como um rapaz corajoso, e que nós nunca duvidamos, nem por um instante, de que ele chegaria até o fim, ou pode dizer que ficou roendo as unhas durante todo o desenrolar da história e o observou crescer com o coração na garganta.

Você pode dizer que as pessoas mudam ou não mudam, e provavelmente conseguirá apresentar argumentos bem convincentes para ambos os lados.

Pode dizer que minha mãe nunca teve uma oportunidade justa na vida, enfurnada no meio do mato comigo durante anos.

Ou você pode dizer que ela aproveitou muito bem o tempo que passou aqui. Muito da casa foi moldado pela presença dela: tapeçarias decoradas em ponto-cruz nas paredes, cobertores bordados nos sofás, móveis que ela mesma construiu, vasilhas, pratos e colheres que ela fez com porcelana e flores que ela plantou e que são perenes, ou seja, continuarão florindo durante vários e vários anos, mesmo agora que ela não está mais aqui.

E muito de mim foi moldado pela presença dela, também.

Sei que isso parece um pouco mórbido, mas enterramos minha mãe no quintal, onde eu havia enterrado Dorian Gray. Ela não morreu na noite do baile, nem no dia seguinte. Morreu umas duas semanas depois, e, durante aquelas últimas semanas, Liz praticamente morou no chalé conosco. Ela e Bigode-Ruivo ficaram lá o tempo inteiro, e, quando me despedi de minha mãe com um beijo por trás da máscara de gás, eles estavam logo atrás de mim, prontos para me segurar. Mas eu não caí. Não caí mesmo.

Tenho que viver sem um estribo agora.

Fizemos até mesmo um funeral.

Vesti um terno, e Bigode-Ruivo e os outros fizeram o mesmo. Para minha surpresa, algumas pessoas apareceram – a família de Liz, o cara do parque estadual, que chorava com tanto vigor que comecei a imaginar se ele e minha mãe faziam algo além de jogar pôquer; o carteiro e Lucy, da farmácia. Eu não queria falar com ninguém, e não dissemos às pessoas que deixassem seus telefones na entrada da casa. Isso me deu uma desculpa para não me aproximar delas.

Essa desculpa talvez nem sempre funcione.

Porque Bigode-Ruivo conversou comigo a respeito, um dia em que estávamos ao lado da cama da minha mãe e ela não conseguia abrir os olhos, e sua respiração estava entrecortada e acelerada. Bigode-Ruivo acha o mesmo que você: que talvez haja um meio-termo e que terei de me concentrar, um estado de concentração ainda mais intenso do que qualquer raio laser de ficção científica, mas talvez, com sua ajuda e com a esperança de me encontrar com você algum dia, eu aprenda a lidar com a eletricidade. E todas essas eletricidades vão aprender a lidar comigo também.

– Quer dizer... que eu não vou ter convulsões? Nem explodir as coisas?

– Se tudo correr conforme o planejado. E, nesse meio-tempo, podemos tentar encontrar algo menos esquisito para você usar em público.

– Esqueça isso. Está dizendo que vou poder assistir a um filme?

– Sim.

– E navegar na internet?

– S...

– E usar um umidificador?

– Todos os umidificadores do mundo, Ollie.

O catarro escorria pelo meu rosto.

– Aí vou eu, mundo – falei.

Do jeito que as coisas estão, eu meio que evito as ondas de cor quando as vejo e certifico-me de, se começar a sentir uma aura mais forte – se eu sentir cheiro de canela, sentir tonturas fortes ou uma vontade enorme de espirrar –, afastar-me rapidamente dali.

Estávamos no quintal aberto, em meio ao capim alto, então havia muitos lugares para onde correr se precisasse. Mas não fiz isso.

Joe Ferro-Velho apareceu, com a cadeira de rodas, mas não pôde vir até o gramado. Ele acenou para mim da varanda. Podia estar simulando ornitologia outra vez. Tive medo de chegar perto dele, com o respirador que ele utilizava, então talvez tenha sido melhor assim. Ele estava bem mais magro do que antes. Eu não sabia o que falar sobre tudo aquilo, e talvez ele sentisse o mesmo.

– Tio Joe fez questão de vir – disse Liz. Caminhávamos pela viela até o lugar onde ela havia estacionado o carro. Fiquei aliviado em deixar os convidados que murmuravam para trás. – Disse que as placas de "Entrada Proibida" da sua mãe lhe deram uma quantidade suficiente de peles de cervo no decorrer dos anos para reformar o estofamento de todos os veículos no ferro-velho, e ele devia isso a ela.

– Ele ainda fala sobre caçar?

Ela revirou os olhos.

– Metade da razão pela qual ele se esforça tanto na fisioterapia é voltar a subir até aquela cabana de caça no alto da árvore outra vez. Eu falei, Ollie. Ele é pirado.

As árvores nos dois lados da viela pareciam mais baixas do que eu me lembrava. Sobre a viela, eu via uma parte ainda maior do céu do que já havia parado para observar.

– Bem, olhe só para você – disse ela. – Estou com um telefone no bolso e você não está gritando feito uma menininha.

Eu tinha percebido o brilho esverdeado pelo tecido da jaqueta dela, logo acima do coração.

– Nunca gritei feito uma menininha. Eu gritava como um garoto afeminado, muito obrigado.

Ela me empurrou gentilmente.

– Está certo, seu afeminado. Quanto tempo vai levar até você vir para a escola? Todo mundo continua falando sobre o baile. Levaram dois dias para consertar os geradores. Se eu dissesse que a escola ficou parada durante quatro dias por sua causa, todos os garotos começariam a cantar hinos em louvor a você.

Ergui o queixo.

– Cumpri meu dever para com a escola e o país. Mas não acho que vou voltar.

– Ei! Nunca deixe que sua doença o defina. – Ela me deu uma cutucada. – Dê tempo ao tempo, Ollie.

Engoli em seco.

– Sim. É isso que as pessoas dizem. Mas acho que vou fazer mais do que isso.

Ela chutava as pedras distraidamente enquanto caminhava.

— Oh, é mesmo? Como assim?

— Vou sair para viajar com Bigode-Ruivo. Vamos pegar a estrada. — Ela se deteve. Pelo menos uma vez, eu a deixei para trás. — Ei, o que foi? Que cara é essa?

Ela estava com uma expressão séria: fios de cabelo sobre os olhos, linhas de expressão ao redor da boca.

— Eu apenas tinha pensado que, algum dia, você poderia não estar aqui.

Engasguei com uma risada que não foi exatamente uma risada.

— Engraçado. Eu pensava nisso todos os dias.

Em seguida, ela correu para a frente, jogou os braços ao redor do meu pescoço e me abraçou com força, pressionando meu coração e, quando senti aquele celular no bolso da jaqueta dela zumbindo contra meu peito, juro que foi o suficiente para me fazer soltar um gemido.

É assim que você se sente o tempo todo, Moritz?

— Eu vou com você — disse ela, sem fôlego.

— Não — neguei, e me afastei dela. Virei de costas antes que Liz me visse vacilar. Queria dar uma de durão. Queria dispensar aquela ideia com uma risada, mas meus pés estavam pesados. Já nos encontrávamos bem perto do cabo de alta-tensão.

Ela veio atrás de mim, tentando olhar nos meus olhos, pedindo-me que esperasse. Continuei andando até que ela segurou minha jaqueta.

— Espere, Ollie! Mas que inferno... você não foi até aquele baile para ficar comigo?

— Sim. Mais ou menos. Mas não foi o único motivo.

— Você foi até lá por causa da sua mãe.

Olhei para cima, para a copa das árvores.

— Uma parte enorme daquela noite foi para... me levantar. Como falei para Moritz fazer. Como eu vou fazer, tirando férias deste lugar. — Olhei para as pontas mortas do cabo rompido que estavam dependuradas. — Por mais que eu a ame com todo o meu coração, acho que às vezes isso é um problema. Não me entenda mal, mas você tinha razão. Acho que preciso entender quem eu sou antes, ou algo do tipo; preciso me tornar o tipo de pessoa que pergunta aos outros o que eles fazem em dias de chuva – pigarreei. – Depois, posso voltar sábio, elegante e charmoso para seus braços.

Achei que ela iria rir, mas obviamente Liz tentava encontrar as palavras para dizer alguma coisa.

– Então, tipo... – Eu conseguia pressentir aquele velho hábito que ela tinha. Aquela necessidade arraigada de ser politicamente correta. – Você acha que pode estar, digamos... interessado romanticamente por ele?

– Está me perguntando se tenho sentimentos gays em relação à Moritz?

– Eu nunca falaria desse jeito.

– Não falaria mesmo. – Abri um sorriso. – E, não, acho que não. Se você não sabe quem é a pessoa por quem estou apaixonado agora, então devo ser uma pessoa incrivelmente sutil.

Ela sorriu um pouco.

– Você definitivamente não é.

– Mas... humm... você já leu sobre romances shakespearianos?

– Como assim? Está falando de um *bromance*?

Pisquei os olhos, surpreso.

– Uau. Essa palavra é maravilhosa. Isso existe?

– É coisa da internet.

Eu ri.

– Algum dia, vou querer navegar nela. Pronto, acabei de admitir.

– E então? Por que não posso ir com você?

– Martin parece um cara legal, aquele desgraçado.

Ela me olhou diretamente nos olhos.

– Coloque tudo para fora, Ollie.

– Você é demais, Liz. Não somente porque estou dizendo, mas porque você é. Por que essa pressão? Você é maior do que aquela escola. Da próxima vez que alguém a chamar de lixo, faça como Fieke e responda com um soco na cara dessa pessoa. E depois poderá se sentir culpada e aprender algumas lições de vida, e ficar mais durona com a experiência.

— Quem é Fie... ah, deixe para lá.

Ela colocou os braços ao redor de mim mais uma vez, gentilmente, e juro que ela cheirava a outono e a todas as coisas que não quero esquecer sobre a Eremitônia.

— Vou sentir saudades de você, seu pateta.

— Eu também. Mas você sabe disso.

Ela me beijou na boca, e desta vez o beijo não foi horrível. Depois, foi embora. Não entrou na floresta, não estava mais com os bolsos cheios de amoras. Mas ainda era e sempre seria Liz.

Bigode-Ruivo me ajudou a fazer as malas no dia seguinte, embora eu tenha me chateado bastante quando ele disse que eu não poderia levar meu modelo anatômico ou todas as minhas *graphic novels,* ou a tapeçaria com o cervo. Ei, não estou acostumado a não ter essas coisas por perto. Sinto-me praticamente nu no mundo real, Moritz. Bati o pé quando ele tentou tirar meu aquário e o glock do carro.

Ele tem um celular que mantém envolto em um poncho de borracha; diz que vai mandar uma mensagem de texto para seu pai com o endereço do próximo lugar onde pararmos. Estamos indo para o sul visitar um garoto em Ohio. Pelo que li sobre Ohio, é um estado que prepara muitos astronautas. Isso talvez queira dizer que lá é um lugar muito legal, ou então que é exatamente o tipo de estado do qual você mal pode esperar para se afastar, o máximo possível.

De qualquer maneira, estou bastante empolgado.

— Quantos de nós há lá fora, Bigode-Ruivo? – perguntei enquanto ele carregava o seu Impala. Acostumei-me tanto a esse *womble* que às vezes esqueço que estou vestindo esse traje.

— "Nós"? Você se refere...

— Às CRIAS MONSTRUOSAS DO LABORATÓRIO.

— Ei, ei. Isso não é uma revista em quadrinhos, senhor Espécime Número 17.

– Ha. Ha.

– Até onde sei, houve 37... sucessos parciais no programa de aperfeiçoamento humano antes da dissolução do complexo e das verbas. Vários estão na Alemanha, e outros se encontram espalhados pelo mundo, na Nova Zelândia, em Taiwan e na Inglaterra. Eu visito os que moram nos Estados Unidos regularmente.

– Podemos ajudar todos?

– Ajudá-los de que maneira?

– Não sei. – Cocei a lona que cobria a parte de trás da minha cabeça. – Lidar com as besteiras emocionais dos adolescentes. Ver se algum deles teria condições de estrelar a própria história em quadrinhos. Nada muito fora do comum.

O rosto de Bigode-Ruivo está risonho outra vez, e ele conseguiu parar de retorcer os dedos, pelo menos desta vez.

– Se você conseguir encontrar uma maneira de lidar com besteiras emocionais, preciso, para meu próprio bem, acompanhá-lo.

– E eu estava pensando que besteiras emocionais eram algo que eu superaria.

– Desculpe, garoto. Não vai ser possível.

Virei o rosto para trás e olhei o chalé triangular no meio da floresta, enquanto saíamos da garagem. Olhei a porta onde ela não estava mais e respirei fundo. Feliz porque, por baixo do *womble*, eu havia me lembrado de vestir meu casaco.

Estou escrevendo isto dentro do carro. Estamos na estrada há apenas uma hora, mas vi lanchonetes de fast-food, caminhões e tantos jatos de cor que minha cabeça pode explodir metaforicamente, e acho que minha mãe ficaria feliz com isso, desde que eu não precise implodir literalmente para ver tudo isso. A viagem da Península Superior até a parte mais baixa de Ohio leva várias horas, mas não me sinto nem um pouco entediado. Eu poderia escrever muitas coisas para você.

Será que eu devia escrever sobre a garota que vamos visitar primeiro, aquela que guarda o coração em uma lancheira bem longe do próprio corpo, para não precisar sentir as coisas?

Ou sobre aquele que pretendo visitar depois – um garoto incapaz de curar quaisquer ferimentos e que por causa disso precisa tomar todo o cuidado quando se move, como se fosse feito de vidro e papel?

Porém, o garoto que estou mais ansioso para conhecer é você. Quero lhe contar histórias pessoalmente. E sabe de uma coisa? Talvez estejamos chegando perto disso. Mantenha o queixo erguido. E tire os óculos.

Algum dia, eu vou vê-lo em Kreiszig.

Do fundo do meu coração,

Ollie Ollie Paraoalto-Eavante

AGRADECIMENTOS

Não consigo acreditar que vou escrever uma lista de agradecimentos. Não consigo evitar pensar que este é um trabalho para pessoas mais elegantes. Não que eu não tenha pessoas para agradecer! São uma legião.

Em primeiríssimo lugar, a pessoa mais elegante de todas: minha editora, Mary Kate Castellani, e toda a equipe da Bloomsbury. Dezenas de pessoas trabalharam nos bastidores para dar forma a este livro. Um trabalho que eu mal consigo imaginar! Sinto-me espantada e grata.

Minha agente é uma superagente e nunca vou esquecer que foi ela que me encontrou primeiro. Lana, querida, não há palavras suficientes para você. Vou lhe dar abraços em vez disso.

Meus primeiros leitores mantiveram as coisas reais. Kali Wallace, minha maior fã, eternamente (e sou a maior fã dela também, então se afaste!). Erin Thomas, a pessoa milagrosa a quem este livro é dedicado. Karin Tidbeck, que me ajuda a aguentar os *brainstorms.* E Tamsyn Muir, que já torcia por meus garotos antes de eu começar a fazer isso. Amo vocês todos, demais, demais.

Há vários tipos de pessoas que me educaram para ser escritora, desde professores fantásticos até colegas de trabalho igualmente fantásticos. Também preciso agradecer à minha família, minha família estendida, meus amigos e companheiros de *cosplay*, por aceitarem minhas esquisitices. Meus colegas e instrutores na Clarion 2010, por ajudarem essas esquisitices a florescer em algo maior. ("O seu título é um horror!") Mando aqui um alô especial a Ann e Jeff VanderMeer, que me deram apoio e foram exageradamente gentis.

Como sou uma pessoa socialmente inepta e não consigo escrever sem fones enfiados nas orelhas, quero agradecer também aos músicos que inadvertidamente me ajudaram nesta batalha: em especial Perfume Genius, Youth Lagoon, Los Campesinos! e Owen Pallett. Também não consigo escrever sem comer. Escrevi mais da metade da primeira versão deste livro no Picnic Café, em Taipé. O chá e os bolinhos que vocês servem fizeram milagres. E toda a cidade contribuiu com uma parte, também.

E finalmente aos meus leitores, quem quer que sejam. Vocês são a principal razão pela qual escrevo. Não preciso conhecê-los pessoalmente para saber que são maravilhosos.

grupo novo século

Compartilhando propósitos e conectando pessoas
Visite nosso site e fique por dentro dos nossos lançamentos:
www.novoseculo.com.br

<ns

- facebook/novoseculoeditora
- @novoseculoeditora
- @NovoSeculo
- novo século editora

gruponovoseculo
.com.br

Edição: 1
Fontes: Optima | Helvetica